Erwin Neustädter

Mensch in der Zelle

Ein Erlebnisbericht

Original: Typoskript 1970, 186 Seiten, in Familienbesitz
Digitalisierung: Georg Aescht, im Auftrag des IKGS, München
(Institut für deutsche Kultur und Geschichte Südosteuropas)
http://www.ikgs.de/
Herausgeber: Mag. Klaus-Ortwin Galter, Linz

Bibliografische Information der Deutschen Nationalbibliothek:
Die Deutsche Nationalbibliothek verzeichnet diese Publikation in
der Deutschen Nationalbibliografie; detaillierte bibliografische
Daten sind im Internet über http://dnb.dnb.de abrufbar.

© 2015 Inge Galter
Herstellung und Verlag:
BoD – Books on Demand, Norderstedt
ISBN: 9783739218625

Gewidmet meinen Eltern

Inge und Heinz Galter

anlässlich der Feier der
Diamantenen Hochzeit
im August 2015

Inhalt

1	Erwachen in der Unterwelt	9
2	„Arpacaş" und Zapfenstreich	15
3	Besen, Kanister und Becher	17
4	„Das erste Mal!"	21
5	Kaffee, „Regulament" und Tschuang-Tse	23
6	Orientierungen	26
7	Der Untersuchungsrichter	28
8	Eiche oder Birke?	35
9	Regulament und Pyrrhussieg	39
10	Die Spur wird aufgenommen	44
11	Geduld! Siebzehn Stunden!	52
12	Morgensonne und Zeitberechnung	55
13	Das lauernde Auge	58
14	Foto und Fingerabdrücke	61
15	Hungerstreik	64
16	Badetag	76
17	„Hygienisches"	80
18	Taktiken, Praktiken	84
19	Erkundungsversuche	90
20	Menschen und Unmenschen	95
21	Zellengenossen	104
22	Das Geheimnis der Eisentür	115
23	„Wandmalereien"	121

24	Im Netz der Spinne	128
25	Nichts wird so fein gesponnen	137
26	„Letzte Zuflucht"	148
27	Überraschungen	155
28	Hangen und Bangen	166
29	Der Januskopf des Tages X	172
30	Bewährung	180
31	Luftveränderung	190
32	Beim Vetter auf dem Lande	197
33	Variationen schon bekannter Themen	205
34	„Spezialitäten"	212
35	Herr Vivivac	220
36	Tănase	233
37	Das Urteil und seine Folgen	241
38	Nachwort	252
39	Kurzbiografie: Erwin Neustädter	260
40	Anhang	262
41	Nachwort des Herausgebers	264

Erwin Neustädter [1]

Vorbemerkung

In meinem Bericht geht es weniger um das, was dem Individuum E. N. widerfahren ist, als um die Art und Weise, wie er dem begegnet ist, ohne zugrunde zu gehen. Die Erlebnisse mussten dabei natürlich bis in alle Einzelheiten geschildert werden, um das System und sein Ziel, die Zermürbung des Einzelnen, sichtbar zu machen. Meine Person ist dabei nur ein Beispiel für diesen Einzelnen, an dessen Erfahrungen gezeigt werden soll, welche Möglichkeiten er hat, seine innere Freiheit auch in einer abgekapselten Welt zu bewahren, in der er täglichen Demütigungen ausgeliefert ist.

Die Auswirkungen einer Zellenwelt, in der alle Umgangsformen und Gewohnheiten verboten werden oder widersinnig, ja sogar gefährlich erscheinen, auf andere Individuen und auf die zwischenmenschlichen Beziehungen zu schildern, war mein Anliegen. Auch Allzumenschliches konnte dabei nicht ausgeklammert werden. Nichts ist erfunden, alles ist erlebt.

---

[1] Zeichnung von Hans Eder, siebenbürgischer Maler, 1883-1955.

1 Erwachen in der Unterwelt

Ich fahre aus dem Schlaf. Etwas hat an meine Schulter gestoßen und dabei geklirrt. Hart, metallisch, dicht an meinem Ohr. Neben mir ragt ein Schatten vor einem schwach erhellten Rechteck. Der Schatten sagt etwas, aber was? Ich bin noch ganz benommen, tauche langsam auf aus abgrundtiefem Schlaf, klamm vor Kälte. Was will diese Erscheinung von mir? Wo bin ich überhaupt, und wie bin ich her geraten?
Da beugt sich der Schatten über mich und reißt mir mit heftigem Ruck die Beine vom Lager, so dass die Schuhe auf den Boden poltern und ich mich unwillkürlich aufsetze. Da kommt mir schlagartig zu Bewusstsein, wo ich bin, was sich hier abspielt. Durch den Dämmer der Betäubung blitzt Bild um Bild, ein Film zuckender Szenen rast durch das müde Gehirn. Ich unten auf der Straße, oben im Fenster meine Frau, die mir zum Abschied nachwinkt: Mach's gut. Schnitt.
Ich im Vorraum des Passamtes, wartend; jeder Atemzug ein Auf und Nieder zwischen Hoffen und Bangen. Plötzlich zwei junge Männer vor mir: Sind Sie Herr N.? Ja. Sie wollen nach Deutschland? Ja. Kommen Sie bitte mit, nur zur Klärung des Sachverhalts. Schnitt.
Eingeklemmt auf dem Rücksitz eines Autos, Fahrt durch wohlbekannte Straßen Richtung Obere Vorstadt. Jetzt weiß ich Bescheid. Mit einem Mal sieht die Welt ganz anders aus. Dort geht der alte B. mit seinen Milchflaschen, gebrechlich, dem Tod nah – aber frei. Er kann gehen, wohin er will, der Glückliche. Schnitt.
Büroraum, Schreibtisch, Aktenschränke, Klubsessel, scheinbar harmlos, wären nicht die beiden Gesichter mir gegenüber. Gespannt lauernd, die Maske der Höflichkeit wird immer fadenscheiniger, Bedrohliches schimmert durch. Scharfe, präzise Fragen dringen wie ein Seziermesser in mein Innerstes, legen es bloß. Verhör ab neun Uhr morgens. Mittagsläuten, Abendläuten, das Licht geht an. Die beiden lösen sich ab, ich bleibe angenagelt, ohne Pause, ohne einen

Bissen Nahrung. Einen Schluck Wasser kann ich nehmen, wenn man mich aufs Klo führt, weil die Därme rumoren und die Blase fast platzt. Die letzten Busse rumpeln über die Straße, die Stadt verstummt – das Verhör geht weiter. Von der Schwarzen Kirche schlägt es Mitternacht.
Mein Gott, wie wird sie's tragen? Statt unseren Pass in die Freiheit zu bringen, bin ich verschwunden. Jeder weiß, was das bedeutet. Sie wird zusammenbrechen. Mich packt der Schwindel, ich antworte nicht mehr. Dann muss ich meine Taschen leeren. Als ich die Uhr auf den Tisch lege, sehe ich: drei Uhr nachts.
Das nächste Bild: Ich in einem Betonschrank, dem Karzer. Aus dem Klubsessel auf das Armesünderbänklein. Es ist gerade mal handbreit, stocksteif muss man darauf sitzen, den Rücken an der kalten Betonwand, die Knie an der Eisentür, in Augenhöhe eine gleißende elektrische Birne, deren Licht einem auch bei geschlossenen Lidern in die Augen sticht. Gegenüber in der Tür das Guckloch. Nach 18 Stunden Verhör nun in einem Steinsarg, aus der Wohnzimmerwärme in die Kälte, ohne einen Bissen im Gekröse.
Und das ist noch nicht das Schlimmste. Schlimmer noch ist die Ungewissheit, wie sie damit fertig wird.
Am nächsten Morgen bringt man mich übernächtigt, durchfroren und ausgehungert zum Verhör, doch nicht in die bequeme Schreibstube im ersten Stock, sondern in einen kahlen kalten Raum ein Stockwerk höher. Die Inquisitoren sitzen an je einem Schreibtisch, ich an einem winzigen Tischchen auf einem am Boden festgeschraubten Stuhl im blinden Winkel hinter der Tür, wo mich, wenn sie aufgeht, niemand sehen kann.
Langsam stellt sich heraus, was man mir zur Last legt: Ich soll durch Vortrag und Verbreitung von Gedichten gegen Staat und Regierung gehetzt haben, und zwar vor allem in der Brigade, in der ich zwei Jahre lang auf dem Staatsgut von E.[2] gearbeitet habe. Ich soll sogar versucht haben, hier eine

---

[2] Elisabethstadt bei Schäßburg.

„Widerstandsgruppe" zu bilden. Das wird zwar noch nicht klar ausgesprochen, aber bedrohlich genug angedeutet. In diesem Licht erst erkenne ich den Sinn und Zusammenhang der Fragen von gestern. Doch wichtig ist mir im Augenblick nicht dies, sondern – als sie mir meine Gedichte vorlegen – der Gedanke: Sie weiß Bescheid. Nach der Hausdurchsuchung weiß sie, wo ich bin und worum es geht. Dann muss ich unter 200 Gedichten jene heraussuchen, die als regimefeindlich betrachtet werden könnten, und muss sie ins Rumänische übersetzen. Und das mit meinen geringen Sprachkenntnissen und ohne Wörterbuch, wo es doch gerade auf Genauigkeit ankommt.

Wozu das alles? Um unsere Ausreise zu verhindern?

Am späten Nachmittag des zweiten Tages kann ich nicht mehr ... In der Nacht, bevor sie mich in den Karzer führten, haben sie mir alle Wertsachen abgenommen: die Uhr, den Ehering, den Füllhalter, die Brille und das Geld. Nun muss ich in einer Wachstube alles Übrige abgeben: Leibriemen[3], Selbstbinder[4], Taschenkamm, jedes Fetzchen Papier. Nur das Taschentuch darf ich behalten – und muss es mir vor die Augen binden. Jemand nimmt mich beim Arm und führt mich wie einen Blinden über Gänge, durch Räume, mal kalt, dann wieder warm, über harten und weichen Bodenbelag. Getuschel, etwas klirrt, Schlüssel? Ich bekomme einen Stoß in den Rücken, hinter mir ein dumpfes Schnappen, dann Stille. Dumpfe Kühle.

Ich rühre mich nicht, lausche, warte. Zögernd löse ich die Binde vor den Augen. Dämmerlicht, muffiger Geruch – ein Keller? Gleichviel, Hauptsache, ich muss nicht in den Karzer zurück. Meine tastende Hand stößt an kalte Kanten: ein eisernes Bettgestell. Darauf eine unregelmäßig gewölbte weiche Masse, ein Strohsack. Der Leib sinkt der tastenden Hand nach, ich kippe vornüber – und weg. Dunkel ...

---

[3] Veraltet für Gürtel.
[4] Veraltet für Krawatte.

Diese Bilder, mal blitzhell, mal stockfinster, jagen durch mein erschöpftes Hirn, indes ich die Erscheinung vor mir anstarre und zu begreifen suche: Was hat sie gesagt, was will sie? Sie starrt kopfschüttelnd auf mich herab, eine Uniform trägt sie, wie ich nun sehe, und da begreife ich auch, worum es geht: Ich habe mit Schuhen auf dem Strohsack gelegen. Ob ich das von Haus aus gewohnt sei? Die Stimme ist gedämpft, doch die Drohung nicht zu überhören, nicht der Hohn auf diesen „Intellektuellen", der gegen Vorschrift und Anstand verstoßen hat.
Im Nu bin ich hellwach und erkenne: Dort ragt die Macht. Und hier hockt ein ihr hilflos ausgelieferter Feind des Staates und der Gesellschaft. Jetzt darf ich nichts Unbesonnenes tun, mir keine Blöße geben. Also erkläre ich einsichtsvoll, er habe Recht und ich könne nicht begreifen, wie das geschehen konnte.
Als ich mich dabei erhebe, spüre ich durch die dünnen Socken den kalten Betonboden, und ein innerer Drang wühlt meine Eingeweide dermaßen auf, dass ich mich krümme und nur mühsam die Frage hervorbringe, ob ich aufs Klo dürfe. Der Goliath schüttelt wieder den Kopf, schnauft verächtlich, schiebt sich aber zur Tür hinaus, zieht sie hinter sich zu und flüstert mit jemandem. Dann geht die Tür lautlos wieder auf, und ebenso lautlos tritt eine andere Gestalt auf Filzsohlen herein, während über der Tür in einer kleinen Öffnung ein grelles Licht aufflammt und das Gegenstück zum Goliath erkennen lässt: ein schmächtiges, doch sehniges Kerlchen mit flinken, klugen Augen – einen kleinen David. Er mustert mich einen Augenblick von oben bis unten, kühl, aber ohne Bosheit, und wirft dann etwas auf meinen Strohsack: eine Autobrille. Ich sehe ihn verständnislos an, er aber bedeutet mir wortlos, sie aufzusetzen. Mit einer Autobrille aufs Klo!
Ich gehorche, fast belustigt und angewidert durch die speckige Strippe. Vor meinen Augen wird Nacht. Wo andere Brillen Glas haben, hat diese – Blech. Der Wächter packt mich am Arm und bugsiert mich zur Zellentür hinaus. Von

da an sollte ich sie nur noch so passieren – ein Molchdasein in Unkenntnis der nächsten Umgebung.
Erst im Klosettraum darf ich die Brille abnehmen und an einen Haken an der Tür unterhalb des Gucklochs hängen. Die so genannten „türkischen" Abtritte bestehen aus zwei Fußrasten aus geripptem Beton links und rechts des Latrinenlochs, über dem man in die Hocke gehen muss.
Als ich kein Papier vorfinde, nichtsahnend an die Tür klopfe und darum bitte, merke ich dem Kartoffelgesicht des Goliath sofort an, wie ungeheuerlich mein Ansinnen ihm erscheint. Er meint sogar, ich wollte ihn auf den Arm nehmen, und droht mit Karzer, als David beschwichtigend zu bedenken gibt, dass ich neu sei, und spöttisch fragt, ob ich denn glaubte, in einem Hotel gelandet zu sein, und ob es nicht ausreiche, dass es Wasser, sogar fließendes Wasser gebe. Er zeigt auf das Waschbecken neben der Tür. Na also!

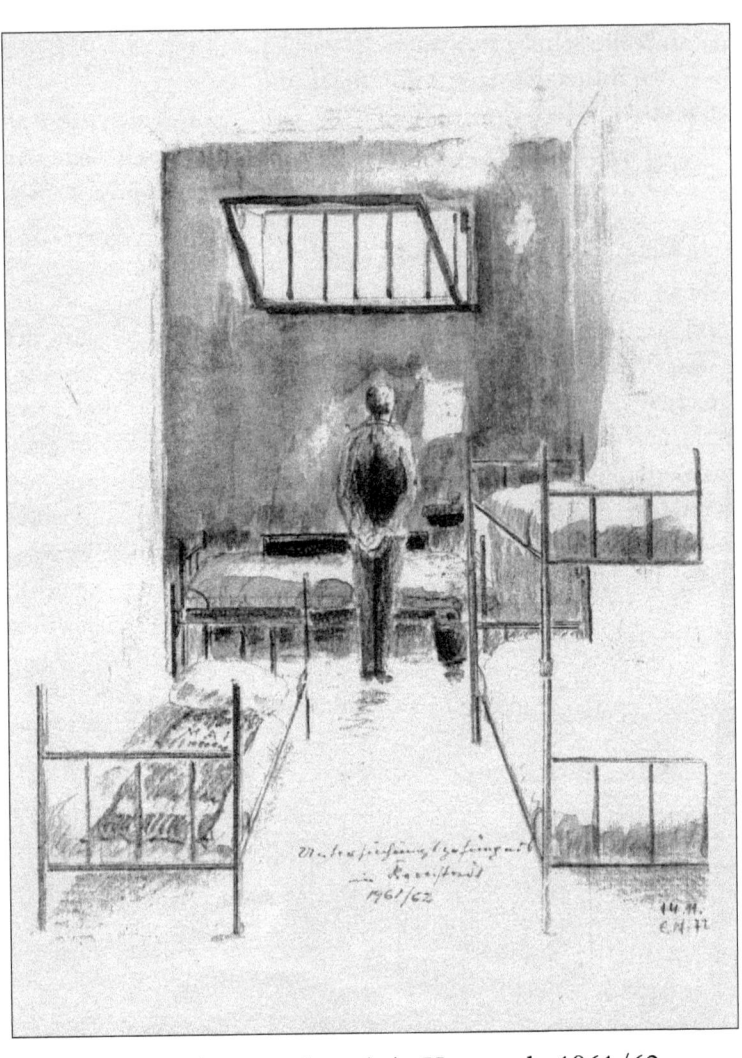

Untersuchungsgefängnis in Kronstadt, 1961/62

Skizze: Erwin Neustädter, 14.11.1972

2 „Arpacaş" und Zapfenstreich

Ich musste mir klarmachen, dass ich in eine Welt geraten war, in der andere Gesetze galten als draußen.
Kaum war ich wieder in der Zelle, ging die Tür auf und David brachte einen emaillierten Becher und einen blechernen Napf mit einem Klumpen von undefinierbarer Farbe und Konsistenz, in dem ein Esslöffel steckte. Er stellte alles auf einen Betonvorsprung unter dem Gitterfenster und ging mit den Worten: „Wenn du fertig bist, klopf an die Tür."
Angesichts des Essgeschirrs fiel mich plötzlich wieder der Hunger an. Die graue Pampe ohne Geruch und Geschmack war keineswegs appetitanregend, doch für mich wurden zwei Sprüche von alters her unmittelbar aktuell: Hunger ist der beste Koch, durfte ich erfahren, und unterwerfen musste ich mich dem bedingungslosen Imperativ: Friss, Vogel, oder stirb! So schlang ich denn die hirnähnlich widerwärtige Masse in mich hinein, ohne vorerst zu ahnen, dass ich hier das beste Heilmittel für meine chronische Kolitis gefunden hatte, die mir das Durchhalten überhaupt erst ermöglichen sollte, eine vielgeschmähte Speise mit dem rumänischen Namen Arpacaş, zu Deutsch: dicke Graupen.
Noch während ich an den letzten Happen würgte, vernahm ich den fernen Glockenschlag: zehn Uhr. Nun schwamm ich wenigstens nicht mehr im Uferlosen. Merkwürdig, das Wissen um die Zeit war wie eine Brücke nach draußen. Dort ging das Leben normal weiter – für die Anderen. Für eine aber nicht. Meine Frau, wie mochte sie es tragen? Allein zu Hause, auf der Straße, am Arbeitsplatz. Die Sorgen schnürten mich ein, doch der Gefängnisalltag brachte ein gewisses Maß an Befreiung: Dumpfes Pochen draußen im Gang näherte sich, je zwei Schläge, immer näher, und schließlich auch an meiner Tür. Da ich den Rest der Graupen mittlerweile bezwungen hatte, wollte ich den Napf abgeben, als die Tür unvermittelt aufging und David mir ein Decke hereinwarf: „Hinlegen! Zapfenstreich!"

Vom Strohsack stieg eine Staubwolke auf. Zum ersten Mal betrachtete ich ihn näher, dieses staubig-speckige Ding, auf dem ich geschlafen hatte. Angewidert untersuchte ich der Reihe nach auch die übrigen drei Eisenbetten. Links und rechts der Tür standen ein einfaches und ein Stockbett, unter dem Betonvorsprung an der Wand gegenüber der Tür gab es noch eine vierte Liegestatt. Ich hatte auf dem erstbesten an der Tür gelegen, jetzt stellte sich heraus, dass es das günstigste war, weil man weder klettern musste, noch Gefahr lief, sich den Kopf zu stoßen. Unter dem Gitterfenster musste es schlimm sein, weil hier der kalte Zug und die Wärme des Heizkörpers zusammentrafen. Schwieriger war die Wahl des Strohsacks, es galt, das kleinste Übel herauszufinden. Suppe und fettige Haare und sonstige Ingredienzien hatten überall ihre Spuren hinterlassen – wie viele Menschen mochten hier schon gelegen haben, und wie lange! Das war auch an der Füllung zu ermessen, die keinerlei Konsistenz mehr hatte und nur noch Staub absonderte. Zumindest die Wolldecke war weder verstaubt noch verschmutzt, wenngleich hart und steif und schwer wie eine Pferdedecke. Immerhin roch sie nach nichts anderem als nach Desinfektionsmitteln.

Zimperlich war ich Gott sei Dank weder von Natur noch von der Erziehung her, Krieg und Lagerzeit hatten mich abgehärtet. Überdies war ich hundemüde. So ergab ich mich in mein Schicksal, breitete mein Taschentuch über das dreckige Pölsterchen, deckte mich mit meiner Jacke und meinem Mantel zu, zog noch die Decke drüber und suchte die einzige Freiheit, die mir geblieben war, die Freiheit des Schlafes.

3   Besen, Kanister und Becher

Unsanft angestoßen, fuhr ich auf und sah abermals Goliath vor mir stehen. Wieder dauerte es eine Weile, bis ich begriff, was er von mir wollte. Ich sollte mich umdrehen, damit mein Kopf vom Guckloch aus zu sehen war. Dass ich mit dem grellen Licht vor Augen nicht schlafen konnte, kümmerte ihn nicht, die Häftlinge hatten mit dem Gesicht zur Tür zu liegen, andernfalls: Karzer. Bei der Entscheidung, ob das Taschentuch auf das Kopfkissen gehörte oder als Augenbinde zu benutzen war, gewann die Einsicht, dass ich Schlaf brauchte, die Oberhand: Ich legte das Tüchlein über die Augen und war gleich wieder weg.
Aber nicht lange. Es donnerte gegen die Tür, im Guckloch funkelten wütende Augen, eine Stimme keifte herein: „Aufstehen, oder soll ich dir Beine machen!" Vom Gang her Türenschlagen, Eimerklirren, Wasserrauschen, gedämpftes Hin und Her: Tagwache.
Kaum hatte ich meine steifen Glieder aus der dreifachen Hülle geschält, ging die Tür einen Spalt auf und eine Kehrichtschaufel und ein Reisigbesen wurden herein geschoben. In der Zelle war offenbar lange nicht gefegt worden, der Staub ballte sich zu Flocken, das Häckselmehl aus den Strohsäcken häufte sich. Besonders problematisch erschien mir die Staubschicht auf dem Betonvorsprung, der als Esstisch diente. Noch ehe ich ihrer Herr wurde, öffnete sich die Klappe und eine Stimme fauchte: „Bist du noch immer nicht fertig? Willst du dich wohl bücken! Ich werd' dir ..." „Fertig, Genosse, zu Befehl, Genosse." „Von wegen Genosse! Für einen Volksfeind bin ich der Herr Sergeant, verstanden? Und warum klopfst du nicht, wenn du fertig bist, ha? Her mit dem Mist, und zwar ein bisschen plötzlich!" Dabei ging die Tür einen Spalt auf. Als ich aber Besen und Schaufel hinausreichen wollte, wurden sie mir aus der Hand geschlagen, und von draußen höhnte es: „Der Herr will sich wohl die Händchen nicht dreckig machen, was? Hier geht's anders rum: Die Herren haben den Dreck,

und wir haben das Heft in der Hand. Los, fegen!" Ich war drauf und dran, ihm mit dem Besen ins Gesicht zu fahren, im letzten Moment noch konnte ich mich beherrschen bei dem Gedanken, dass er ja nur darauf wartete. Noch einmal fegte ich alles zusammen und bot ihm die Schaufel, die er verächtlich schnaufend nahm.

Das war der Auftakt. Ich konnte mich auf allerlei gefasst machen. Warum wurde vorausgesetzt, dass man alle Regeln beherrschte? Warum wurde einem nicht gesagt, wie man dieses oder jenes zu machen hatte? Gehörte das zur Methode, einen zu verwirren, unsicher zu machen und zu zermürben? Fragen war verpönt, das oberste Gesetz hieß: Schweigen und schlucken!

Dieser erste Tag brachte noch eine Reihe von Erlebnissen, von denen jedes einzelne genügt hätte, einen an zivilisierte Umgangsformen gewöhnten Menschen aus dem Gleichgewicht zu bringen. Dass mir das nicht widerfuhr, kann ich mir nur damit erklären, dass gerade die durch die Sorge um meine Frau ins Unerträgliche gesteigerte Spannung und Unruhe mich die Verunsicherung zwar um so stärker empfinden, sie allerdings nicht in die Tiefe dringen ließ. Dennoch ist sie mir gegenwärtig, in aller Deutlichkeit.

Zum Spintisieren[5] blieb mir nicht viel Zeit, denn schon wieder ging die Tür auf, und eine Blechbrille flog herein. Ich stand noch unschlüssig da, als David hereinschaute: „Was ist los? Willst du dich nicht waschen? Husch, husch!" Und ob ich das wollte nach den zwei Tagen und Nächten und dem Dreck in der Zelle. Aber ich hatte weder Seife noch Handtuch noch Zahnbürste oder Kamm. Als ich das vorbrachte, sah er mich kurz an und sagte: „Seife kannst du haben, alles andere musst du beim Rapport beantragen. Jetzt aber nimm den Kübel, der muss jeden Morgen geleert und gespült werden. Und sieh zu, dass du zur Sache kommst, du darfst erst am Abend wieder raus. Brille auf und los."

---

[5] Synonym zu grübeln, nachdenken.

Erst am Abend wieder! Und das bei meiner sowieso schwachen Verdauung, die durch Aufregung und Kälte erst recht strapaziert war. Der „Kübel", eigentlich ein Kanister mit einer höchstens handbreiten Öffnung, eignete sich zum Spülen ebenso wenig wie zu einschlägigen Verrichtungen. Was das alles an Peinlichkeiten zur Folge hatte, möchte ich dem Leser ersparen, wenngleich es für das, was einem politischen Häftling zugemutet wurde, charakteristisch ist.
Dabei war bestimmt nicht alles auf absichtsvolle Bosheit zum Zweck der Zermürbung zurückzuführen. Nein, vieles entsprach einfach einem rückständigen, robusten, von keinerlei humanitärer Gefühlsduselei angekränkelten System. Der reibungslose Ablauf des Betriebs, die strikte Einhaltung des „Programms" war der Götze, dem alles geopfert wurde. Mag das beim Militär mit Jugendlichen aufgrund ihrer natürlichen Flexibilität noch halbwegs klappen, ist es für ältere Menschen, deren Organismus aufgrund jahrzehntelanger Gewohnheit in einem bestimmte Rhythmus funktioniert oder gar durch Krankheit beeinträchtigt wird, eine Prozedur, bei der es weitgehend vom Wohl- oder Übelwollen der jeweiligen Wachmannschaft abhängt, wie schmerzlich sie sich auswirkt.
Auch jetzt konnte ich nicht an eventuelle künftige Unannehmlichkeiten denken, sondern musste dem Gebot des Augenblicks gehorchen. Also stellte ich den Kanister griffbereit hin und streifte die Brille über. „Und den Becher lässt du hier?" Auf Davids Frage nahm ich die Brille wieder ab und sah ihn verdutzt an. Er schüttelte spöttisch den Kopf: „Womit willst du den Kübel spülen? Und alles Übrige besorgen – ohne Papier?" „Aber das ist doch mein Trinkbecher", stotterte ich. „Ach, der taugt zu vielerlei", meinte er gleichmütig, fuhr aber dann auf: „Und jetzt los, verdammt!"
Im Grunde musste ich ihm für diesen Wink dankbar sein. Mit Brille, Kanister und Becher bugsierte mich David einen Gang entlang, drehte mich nach etwa zwanzig Metern nach links, öffnete eine Tür, schob mich hinein und sagte: „Du

kannst die Brille abnehmen. Heute hast du zehn Minuten Zeit, sonst fünf. Klopf, wenn du fertig bist."
Leider kommt einem in einer solchen Situation meist nicht nur der Sinn für Humor, sondern auch die Beobachtungsgabe abhanden. Man käme nicht nur leichter über sie hinweg, sondern darüber hinaus auch noch zu allerlei Erkenntnissen, sei's auch nur über sich selbst. Da stand also ein „Zivilisationseuropäer" mit einem Blechkanister von etwa zwölf Litern Fassungsvermögen und einem Achtelliter-Becher, mit dem er jenen säubern und zu einem Viertel füllen, aber auch in Ermangelung des Klopapiers sich selbst reinigen sollte. Eine dritte Herausforderung war die Morgentoilette ohne jedes Hilfsmittel. Das alles sollte hinfort in fünf Minuten bewältigt werden. Fast ist es ein Glück zu nennen, dass hier kein Spiegel hing. Da klickte das Guckfenster, und eine Hand streckte mir ein kleines Stückchen Seife entgegen, graue Waschseife – aber wie dankbar war ich!
Fiel mir damals schon Wilhelm Busch ein, oder meldet er sich erst jetzt? „In Nöten findet manches statt, was sonst nicht stattgefunden hat." Stattfand jedenfalls Folgendes: Ich entschloss mich zum Vordringlichen, der Entleerung, und dabei fand ich tatsächlich zu Urzeitgewohnheiten zurück: Die Hand besorgte, was man sonst dem Papier überließ, mit dem Wasser aus dem Becher säuberte ich sie, so gut es ging. Dann kam der Kanister dran, den ich auch nur mit dem Becher befüllen konnte, da er nicht unter den Wasserhahn passte. Weil der Geruch nur mit einem Wasserpegel von etwa dreißig Becherfüllungen leidlich niedergehalten werden konnte, kam das eigentliche Anliegen, die Körperpflege, diesmal und nicht nur diesmal zu kurz. Immerhin konnte ich mir im Lauf der Zeit eine gewisse Flinkheit in allen Verrichtungen antrainieren und sie mir – nachdem ich die Eigenheiten der einzelnen Wächter studiert hatte – so einteilen, dass auch für die Morgentoilette noch ein bisschen Zeit blieb.

4 „Das erste Mal!"

Die Wucht dieser Worte ist für einen gerade Verhafteten niederschmetternd konkret. Man stelle sich vor, was da in den ersten Tagen auf Geist, Seele und Körper niedersaust an Unbekanntem, Verstörendem, an Gewalt und Willkür.
Zunächst die Tatsache der Verhaftung, in meinem Fall ein Blitz aus heiterem Himmel, ein Sturz aus den Hoffnungen auf ein Leben in Freiheit in diese Unterwelt entwürdigender Zwänge. Dann plötzlich eine Anklage, ohne dass man sich auch nur vorstellen kann, was man verbrochen hat. Man stelle sich vor: Eben war man noch ein gewöhnlicher Bürger mit Rechten und Pflichten, der planen und sein Leben innerhalb gewisser Grenzen selbst bestimmen und einrichten konnte, jetzt wird man aus allem Gewohnten, allen Bindungen gerissen und zu einem verdächtigen Individuum, einem Staatsfeind degradiert. Bei mir kam erschwerend hinzu, dass ich als Deutscher einst in der „Volksgruppe" tätig gewesen war, der Klasse der Begüterten angehört und mich als „Intellektueller", als Lehrer und Schriftsteller, der Gleichschaltung durch das neue System entzogen hatte. Das wog in ihren Augen wohl am schwersten, galt doch der Grundsatz: Wer nicht für uns ist, der ist gegen uns.
Mir blieb also nichts, worauf ich mich stützen oder verlassen konnte, außer mir selbst und meinem guten Gewissen, dass ich nichts Strafbares getan oder geplant hatte. Wie schwer es aber ist, seine Unschuld zu beweisen, wenn einem noch dazu jede Hilfe, jede Rechtsbelehrung versagt bleibt, konnte ich damals noch nicht ahnen.
Dem ersten, vielleicht gefährlichsten Schock folgen alsbald andere, die nach und nach alle Fundamente des Lebens erschüttern: die Trennung von Familie und Heim und Beruf mit der Sorge um jene, mit denen man nun keine Verbindung mehr aufnehmen kann, die Gefährdung der Existenzgrundlage und des sozialen Netzes, in das man eingebunden war. Sensible Naturen vermag das fürs Erste zwar in ihrem Innersten treffen, doch werden sie sich

frühzeitig geistige Nischen suchen, in denen sie ihre Werte unbeschadet der aggressiven Umwelt zu bewahren vermögen, während vermeintlich robuster Veranlagte sich mit dem Verzicht auf leibliche Genüsse und Gewohnheiten auf Dauer schwerer tun.

Doch zurück zu den nur scheinbar belanglosen Einzelheiten der Morgentoilette, deren Erinnerung mich zu diesem kleinen Exkurs bewogen hat: Erst allmählich lernte ich meine Kleidung den Umständen anzupassen, also Jacke und Weste in der Zelle zurückzulassen, da ich sie im Waschraum nirgendwohin legen oder hängen konnte. Das Hemd konnte ich zwischen die Knie klemmen, als es wärmer wurde, ließ ich auch das zurück – lauter kleine Praktiken, die ein Minimum von Annehmlichkeit ermöglichten. Fürs Erste musste ich es aus Zeitmangel beim Gesicht- und Händewaschen bewenden lassen. Ich hatte es sicher nur der Nachsicht des kleinen David zu verdanken, dass ich diesmal auch den Mund ausspülen und mein Haar mit den nassen Fingern etwas strählen konnte.

Das alles erscheint kaum der Rede wert, wenn man es als vorübergehenden Ausnahmezustand betrachtet. Anders ist es allerdings, wenn so gut wie keine Aussicht besteht, in den Normalzustand zurückzukehren, und wenn man in einer körperlich-seelischen Verfassung wie meiner damaligen ist. Da erhalten auch Kleinigkeiten ungeahntes Gewicht.

5 Kaffee, „Regulament" und Tschuang-Tse

Kaum war ich wieder in der Zelle und hatte die Brille hinausgereicht, als auch schon die Klappe aufging und Goliath hereinglotzte. „Wird's bald?" schnaubte er. „Oder wünschen der Herr vielleicht keinen Kaffee? Los, den Becher!" Als ich den eiligst hinhielt, goss er so ein, dass er mir die Finger mit dem heißen Getränk verbrühte. Dazu drückte er mir noch einen Kanten Brot in die Hand, brummte „Tagesration" und ließ die Klappe einrasten.
Da stand ich nun. Der Kaffe brannte mir an den Fingern, ich stellte den Becher schleunigst ab, wischte sie an der Matratze ab und kühlte sie an der Wand. Dann stellte ich den Kaffee auf die Betonplatte. Bevor ich allerdings das Brot hier ablegte, erkor ich meinen Hut als Zwischenlager und reinigte die Platte mit einer Handvoll Füllmaterial aus einem der Strohsäcke, ohne dabei erwischt zu werden – denn das war gewiss verboten. Ich wollte den Wisch bei meinem nächsten Klogang verschwinden lassen.
Nun konnte ich mich dem Kaffee widmen. Selten hat mir etwas so gemundet wie nach all dem Frieren und Darben dieser heiße, bittersüße Trank. Dazu das frische Kommissbrot, das besser schmeckte als jenes „draußen", allerdings auf knapp 250 Gramm pro Tag bemessen war.
Während ich nun genüsslich schlürfte und kaute und der Morgen kühl und grau durch die vergitterte Fensterluke kroch, bemerkte ich an der Wand darunter ein Blatt Papier, gleichsam diskret angebracht wie die Preisliste in Hotelzimmern. Was mochte diese Hoteldirektion hier offenbaren? Da man mir die Brille weggenommen hatte, konnte ich nur mit Mühe die Großbuchstaben des Titels entziffern: REGULAMENT.
Hier konnte ich also erfahren, was ich zu tun oder zu lassen hatte, es schien ziemlich viel zu sein, was da zu beherzigen war, ich aber beschloss, es vorerst nicht lesen zu können. Ohne Brille verharrte ich eben im Stande der Unschuld – solange es ging. Ganz wohl war mir dabei nicht, aber ich

wollte es darauf ankommen lassen. Der heiße Kaffe und das Brot hatten meine Lebensgeister dergestalt geweckt, dass ich über die Enge der Zelle hinaus zu denken und aufzumucken begann!

Wie spät mochte es sein? Was tat sich wohl daheim? Sonderbarer, befremdlicher Gedanke, dass dort etwas so weiterlief wie vordem – wenigstens äußerlich. War das nicht wie eine Generalprobe für den anderen, den endgültigen Abschied? Auch dann musste weitergemacht werden, so gut oder schlecht es eben ging. Wenn die Liebe daheim sich nur nicht unterkriegen ließ! Wenn sie nur Menschen fand, die ihr beistehen würden! Nicht viele gab's, denen wir vertrauten, und niemanden, der zu helfen vermocht hätte. Vor dieser Macht, die mich nun in ihren Fängen hielt, wurde mancher, von dem man es gar nicht gedacht hätte, schwach. Diese Tage wurden zur Bewährungsprobe für sie. Schon binnen kürzester Zeit würde man Bescheid wissen und sie meiden. Wie würde sie sich kleiden, wie vor ihre Kollegen und vor die Klasse treten? Oder war sie vielleicht schon entlassen? Allem war sie nun ausgeliefert, wie ich ...

Ich aber musste hier all meinen Willen und meinen Scharfsinn zusammennehmen, um den Fallen zu entgehen. Noch glaubte ich an Verleumdung, an die Absicht, unsere Ausreise zu hintertreiben, an Einschüchterungsversuche, wie man sie schon etliche Male unternommen hatte, um mich zu Spitzeldiensten zu erpressen.

Ich sollte Gedichte gegen das Regime verfasst und verbreitet haben! Ich war doch kein Narr. Kopfzerbrechen bereitete mir nur, wie das Gedicht „Fernzug" [6] in ihre Hände geraten war, wo der letzte Vers hieß: „Fort in eine freie Welt!" Das musste aus dem engsten Bekanntenkreis kommen. Schon die Übersetzung des Gedichtes aber musste die Haltlosigkeit der Vorwürfe gegen mich erweisen und damit die Gesetzeswidrigkeit des gesamten Vorgehens. Weder lag ein Verstoß meinerseits vor noch ein Haftbefehl gegen mich.

---

[6] siehe: Anhang Seite 262.

Also musste ich gegen die Verhaftung und gegen die Behandlung protestieren und klare Anklage oder Freilassung fordern!

So klar waren meine Überlegungen allerdings keineswegs, während ich die fünf Schritte zwischen Eisentür und Gitterfenster ablief. Nein, ich musste durch ein beträchtliches Gestrüpp von Für und Wider arbeiten, bis ich zu meiner Schlussfolgerung kam, dass ich etwas fordern musste. Gleichzeitig sah ich mir selbst dabei zu und konnte mich eigentlich nur fragen, wie ich auf den verrückten Gedanken gekommen war, hier etwas zu fordern.

Hatte doch Tschuang-Tse gesagt: „Im Äußeren magst du dich anpassen, aber im Inneren musst du deinem eigenen Richtmaß standhalten! Du darfst nicht die äußere Anpassung nach innen dringen lassen, noch das innere Richtmaß sich nach außen kundgeben lassen!" Vor mehr als 2000 Jahren hatte da ein Mensch die Formel für die schwierige Gleichung gefunden, die der Macht wie der Selbstbehauptung vor ihr das Ihre ließ und dem Leben diente. Sollte er in einer ähnlichen Klemme gesteckt haben? Solche Erkenntnisse entsprießen nicht bloßem Denken. Sie sind erlebt, erlitten. Diese Worte, vor Jahren einmal gelesen und unbewusst gespeichert, gewannen nun just im letzten Augenblick Leben und Kraft, wurden zur Stimme, die mich wachrief und warnte.

In dem Augenblick jedoch, da ich befreit und dankbar aufatmen wollte, wurde mir drängend bewusst, was mir da auferlegt war: dauerndes Ringen zwischen dem, was sein sollte, und dem, was sein konnte. Würde mein Rückgrat das durchhalten?

6   Orientierungen

Das war die erste meiner peripatetischen Reflexionen, der noch viele folgen sollten. Diese wurde jäh unterbrochen durch das Morgenläuten unserer Kirchenglocke – und zugleich harte Schritte auf dem Korridor. Die Luke ging auf, ein rundes glattes Gesicht mit schwarzem Bärtchen unter der Nase und stechenden Augen erschien und zog sich gleich wieder zurück. Halblaute Stimmen draußen: „Warum steht der nicht, wie sich's gehört?" „Ein Neuling, erst seit gestern, Genosse Oberleutnant." Dann schob sich ein breites pockennarbiges Gesicht in die Luke und zischte: „Beim Rapport hast du am Kopfende des Bettes strammzustehen, ist das klar?" Die Luke krachte zu, und die Schritte entfernten sich.

Dies war also der Frührapport und die Wachablösung, sieben Uhr früh. Bis dahin musste alles erledigt sein: Kehren, Klogang, Waschen, Frühstück. Darum die Hetze. Damit begann der Tag. Was würde er mir bringen?

Zunächst versuchte ich mein Brot so unterzubringen, dass es möglichst frisch blieb, und fand nichts Besseres als meine Manteltasche. Dann bemühte ich mich herauszukriegen, in welche Richtung mein Zellenfenster ging. Auch heute ist mir nicht klar, warum mir so viel daran lag. Ich hatte durch das Hin und Her gänzlich das Gespür für die Örtlichkeit verloren und konnte, da die Sonne nicht schien, auch die Himmelsrichtungen nicht ausmachen, so dass ich nicht einmal wusste, in welchem Teil des mir von außen bekannten Gebäudes ich mich befand. Das hochgelegene Kippfenster war blickdicht und nur vom Wächter vor der Zelle zu manipulieren. Was ihm damit für ein Druckmittel in die Hand gegeben war, sollte ich erst später feststellen.

Die einzige Möglichkeit, einen Blick nach draußen zu erhaschen, wurde durch den Öffnungswinkel des Fensters gewährt. Um etwas im Hof erspähen zu können, hätte man auf das Bett steigen müssen, aber das damit verbundene Risiko konnte ich mir schon jetzt ausmalen. Stand ich links vom Fenster, konnte ich durch den Winkel rechts die Stämme und Zweige einiger dürftiger Fichten sehen; stand ich rechts neben dem Kübel, erfasste mein Blick die der Straße abgekehrte Ecke der Villa Popovici, die enteignet und als Sitz der Staatspolizei eingerichtet worden war.

Vorerst genügte mir zu wissen, dass mein Zellenfenster nicht der Straße, sondern dem Stadtzentrum, der Schwarzen Kirche und unserer Wohnung zugekehrt war, was ich allerdings auch aus dem Läuten hatte schließen können, wenn auch nur annähernd. Ich nahm es als glückliche Fügung, dass ich Licht und Luft just aus jener Richtung empfing, der auch meine Gedanken zustrebten, wie der Mohammedaner sich Mekka zuwendet. So blieb mir erspart mein Sehnen gegen die Wand richten zu müssen.

7 Der Untersuchungsrichter

Ich weiß nicht, ob man das, was ich hier erlebte, als Bewusstseinsspaltung bezeichnen kann, doch darum geht es ja eigentlich auch nicht. Tatsache ist, dass ich besonders in jenen ersten Tagen bei allem erschreckend Neuen, das auf mich eindrang und das ich mit verschärften Sinnen wahrnahm, bemüht war wie nie zuvor, das Leben draußen, daheim, bei meiner Frau mitzuerleben, eine seelische Verbindung mit ihr herzustellen, um sie spüren zu lassen, dass ich im Geist bei ihr war. Da unser Tagesablauf immer schon durch diverse Sachzwänge streng geregelt gewesen war, wusste ich jederzeit ziemlich sicher, wo sie gerade war und womit sie sich beschäftigte – vorausgesetzt natürlich, dass alles so weiterlief wie bisher. Das war das große Fragezeichen, das dieses sentimentale Bemühen überschattete.

Dabei wusste ich noch nicht einmal, wie es hier weiterlaufen würde. Noch hegte ich eine unbestimmte Hoffnung, dass sich alles binnen kurzem klären, als Missverständnis oder Verleumdung herausstellen würde und ich heimkehren könnte. Doch sie sollte bald zunichte werden.

In Brüten versunken hatte ich aus dem Fenster gestarrt und gar nicht gemerkt, dass sich die Tür hinter mir geöffnet hatte, so dass ich zusammenfuhr, als plötzlich eine scharfe Flüsterstimme befahl: „Umdrehen!" Im Türspalt stand in Filzpantoffeln ein mir noch unbekannter Wächter, rundlich und stämmig, mit aus dem feisten Gesicht leicht hervorquellenden Augen, und wies auf die Brille auf dem Strohsack. Diese Geste zur Unzeit, also außerhalb der Toilettenstunde, sollte mir in den nächsten Wochen zum Albdruck werden, denn sie war das Zeichen für den Gang zum Verhör. Die ersten Verhöre hatten mich vor allem durch ihre Länge mitgenommen, die nun beginnenden bewirkten dies durch die raffinierte Hinterhältigkeit, mit der sie geführt wurden.

Von alledem wusste ich damals allerdings noch nichts. Ich setzte die Brille auf und tappte auf den Gang hinaus, wo der Wächter mich am Arm packte und auf einem ganz anderen Weg durch warme Räume, über Holzdielen und Steinstufen bugsierte. Schließlich klopfte er an eine dem Klang nach eiserne Tür, drinnen knirschte ein Schlüssel, kurzes Flüstern, dann ging's über einen Teppich, eine scharfe Wendung nach rechts, eine Tür wurde geöffnet und ich in einen Raum geschoben. Nach einer Weile kam von links eine Stimme: „Sie können die Brille abnehmen."
Ich stehe drei Schritt vor einem Schreibtisch, hinter dem ein sehr gepflegter zierlicher Mann sitzt, das glänzend schwarze Haar scharf gescheitelt, eine Hitlerfliege unter der wohlgeformten Nase. Er mustert mich kühl und ausführlich wie der Metzger einen Ochsen oder der Geldwechsler einen Schein. Da ich mich nicht rühre und prüfend zurückstarre, runzelt er leicht die Stirn, räuspert sich und reicht mir ein Blatt Papier: „Hier, lesen Sie." Als ich nähertrete, durchzuckt es mich: Achtung, nicht aus der Rolle fallen! „Ohne Brille kann ich nicht", sage ich und lasse die Hand mit dem Papier sinken. Er schaut mich einen Augenblick prüfend an, drückt dann unter der Tischplatte einen Knopf und befiehlt dem eintretenden Wächter: „Bringt seine Brille!" Mir winkt er, ihm das Blatt zurückzugeben, er könne es mir genauso gut vorlesen, ich brauche nur noch zu unterschreiben. Und dann liest er, langsam und überdeutlich, wobei er mich nach fast jedem Wort ansieht: „Haftbefehl! Da die Voruntersuchungen sowie die Hausdurchsuchung schwerwiegendes Belastungsmaterial gegen (es folgen die Personalien) im Sinne der Artikel Nr. ... des Gesetzes zum Schutze des Staates und des Strafgesetzbuchs erbracht haben, wird hiermit die Inhaftierung des Genannten vorläufig für vier Wochen verfügt. Die Haftzeit kann gegebenenfalls verlängert werden. Richter XY, Kronstadt, am 26. 4. 1961."
Da hatte ich die Antwort auf meine Hoffnungen. Es war gut, dass ich gleich zu Anfang gemerkt hatte, wie er mich

musterte, um die Wirkung des Schlages zu beobachten, gut war auch, dass gerade jetzt der Mann mit der Brille kam, so dass ich mich zusammenreißen und mit leidlich ruhiger Stimme fragen konnte, wovon die angeführten Gesetzesartikel handelten. „Staatsfeindliche Umtriebe, Agitation, Konspiration", lautete die lakonische Antwort. Ich traute meinen Ohren nicht – das war so ziemlich das Schlimmste. Jetzt Ruhe bewahren. So schüttelte ich nur den Kopf: „Wenn diese Anklage sich auf meine Gedichte stützt, wird sie nicht aufrechterhalten werden können." „Lassen Sie das meine Sorge sein. Ich werde die Untersuchungen leiten: Untersuchungsrichter Hauptmann (den Namen verstand ich nicht), damit Sie wissen, mit wem Sie zu tun haben."
Selbst wenn ich seinen Namen verstanden hätte, wäre mir verborgen geblieben, warum er damit so auftrumpfte. Nicht dies war es jedoch, was mich verblüffte, sondern dass er sich überhaupt vorstellte, was hier genauso wenig üblich war wie das „Sie" in der Anrede. Gehörte das „Sie" zu diesem Stockwerk wie das „Du" zum Erdgeschoß? War etwas daran echt? Zufällig war hier nichts, soviel hatte ich schon gelernt. Da ich dies alles im Augenblick nicht entwirren konnte, bat ich nur um Stift oder Feder zum Unterschreiben, worauf er ein Tintenfass und einen Federhalter aus einer Schublade nahm, mir beides reichte und auf das Armesündertischchen in der Ecke wies. Als ich den Haftbefehl noch einmal überflog, blieb mein Blick an den Ziffern der Gesetzesartikel hängen, und Zweifel tauchten auf, ob ich durch meine Unterschrift nicht etwas bestätigte, was ich später bereuen könnte. Ich zögerte und fragte nach, ob ich damit nicht eigentlich schon meine Schuld eingestand. Der Hauptmann lächelte spöttisch: „Das haben wir nicht nötig. Wir brauchen die Unterschrift nur als Nachweis, dass Sie über die Legalität Ihrer Haft Bescheid wissen und nicht meinen, Opfer eines Übergriffs geworden zu sein. Klar?" So merkwürdig es mir vorkam, dass man diesmal so viele Umstände machte, zog ich es doch vor, nicht weiter zu fragen, sondern wandte

mich um und kritzelte „Zur Kenntnis genommen" sowie Datum und Unterschrift auf das Blatt.
Was nahm damit seinen Lauf? Bisher hatte ich nie mit Gerichten zu tun gehabt. Und jetzt das: Konspiration! Staatsfeindliche Umtriebe! Ein politischer Prozess! Du lieber Himmel!
Als er das schicksalsschwere Blatt entgegennahm, wog er es in der Hand und fragte: „Sind Sie Raucher?" Etwas verdutzt gab ich zurück: „Zum Glück nicht, sonst hätte ich noch etwas zu entbehren." „Schade." Er wippte lässig auf zwei Stuhlbeinen. „Wir sind nämlich gar nicht so. Bei uns werden Rauchern je nach Führung drei bis zehn Zigaretten am Tag zugestanden." Wo wollte er hinaus? Bevor es mir aufging, fuhr er gleichmütig fort: „Mit Anfragen, Wünschen, Beschwerden jeder Art hat man sich unmittelbar an den Untersuchungsrichter zu wenden, also an mich. Deshalb immer um Vorführung bei mir bitten, klar?"
Wenn das so war, musste ich den Augenblick nutzen und versuchen, mir darüber Gewissheit zu schaffen, wie es um meine Frau stand, auch wenn es mir schwerfiel. „Herr Hauptmann", hier stockte ich schon, als ich seine kalt forschenden Augen auf mich gerichtet sah, „Herr Hauptmann, meine Frau, Sie müssen wissen, sie ist schlecht dran mit der Gesundheit, besonders mit den Nerven ... Ich fürchte, sie hält dies nicht durch. Dürfte ich wissen, wie es ihr geht?"
„O la la! Der besorgte Ehemann." Er wippte, offenbar belustigt, auf seinem Stuhl, dann beugte er sich vor, sah mich scharf an und fragte kurz: „Wie alt sind Sie?" Verdutzt antwortete ich: „Vierundsechzig." „Und Ihre Frau?" Ich musste erst nachrechnen und sagte dann zögernd, weil ich nicht wusste, wo das hinaus sollte: „Siebenundvierzig." „Verheiratet seit wann?" Wieder musste ich mich erst besinnen: „Seit sieben Jahren, aber ..." „Kein Aber." Er blätterte in den Papieren, die vor ihm lagen, und sah zwischendurch kurz auf: „Das war also in der Zeit der Evakuierung?" „Kurz danach." „Wovon lebten Sie damals

eigentlich?" „Ich war angestellt." „Als was?" „Arbeiter." „War das ein Auskommen für eine Familie?" „Meine Frau ist Lehrerin, wir verdienten beide." „Was hat denn eine staatliche Angestellte veranlasst, einen staatsfeindlich Gesinnten, aus dem Schuldienst Entfernten, als Volksschädling Evakuierten zu heiraten?"
Die Fragen schnitten wie Peitschenhiebe durch die Luft, und ich spürte, wie sie sich gefährlich steigerten. Hier wurden Fallen gestellt, also Vorsicht, Ruhe bewahren, sich nichts anmerken lassen. So brachte ich denn so gleichmütig wie möglich hervor: „Aus dem Schuldienst bin ich nicht entfernt, sondern bei der Reform ohne jede Begründung nicht mehr eingestellt worden, und was die Evakuierung betrifft, hat eine Ministerialkommission nachträglich festgestellt, dass sie mich aus Versehen anstelle eines Anderen getroffen hat." „Das ist nicht die Antwort auf meine Frage!" fuhr er mich an. „Doch, Herr Hauptmann. Schließlich hat der Befund der Kommission mich rehabilitiert, die staatliche Angestellte hat also keinen Staatsfeind geheiratet." „Sondern ein Unschuldslamm, was?" höhnte er. Als ich seinem Blick standhielt, wandte er sich ab und tat, als würde er etwas notieren, schob dann aber das Blatt von sich und sah nachdenklich zum Fenster hinaus. Ganz leise, als spräche er mit sich selbst, kroch es dann auf mich zu: „Jedenfalls hat sich die gesellschaftliche Position dieser Frau durch die Heirat keineswegs verbessert, im Gegenteil, verschlechtert hat sie sich. Das hätte sie doch wissen müssen." Mit einem Ruck wandte er sich plötzlich mir zu: „Aus dem Alter jugendlicher Torheiten sind Sie doch beide raus, oder?"
Mir wurde langsam unheimlich zumute. Was sollte dieses Bohren im Allerintimsten? So wagte ich die Frage, ob das zu meinen „staatsfeindlichen Umtrieben" gehöre. „Was ich frage, gehört alles dazu. Und auf präzise Fragen erwarte ich präzise Antworten. Also?" „Wenn für Sie, Herr Hauptmann, bei einer Eheschließung nur praktische, materielle Gründe zählen, dann weiß ich auf Ihre Frage keine befriedigende

Antwort." „Aha, materielle Gründe nicht, also ideologische, wie?" schnappte er. Hier wollte er mich also hinhaben. Jetzt wurde es brenzlig. Jedes falsche Wort – schwer abzuwägen in der fremden Sprache – konnte eine Mine hochgehen lassen. So musste ich denn ganz behutsam formulieren: „Ideologisch? Ich weiß nicht, ob man Sympathie, Vertrauen und ähnliche Gefühle so bezeichnen kann." „Sympathie! Vertrauen!" höhnte er. „Phrasen aus der Mottenkiste der Bourgeoisie! Heuchlerisches Flitterwerk, um etwas ganz anderes zu bemänteln."

Plötzlich schien er sich zu besinnen und wechselte die Tonart: „War es am Ende eine – Liebesheirat?" Stumm zuckte ich die Schultern. „Nun, jedenfalls waren Sympathie und Vertrauen nicht einseitig, oder? Sie haben Ihrer Frau doch wohl die gleichen Gefühle entgegengebracht, stimmt's?" „Natürlich." „Und das ist auch so geblieben?" „Gewiss, sonst wäre es doch keine Ehe." „Gewiss, gewiss. Sehr schön! Dann haben Sie ja wahrscheinlich auch keine Geheimnisse voreinander, zum Beispiel in puncto Ausgaben und Einkünfte und so." „Geheimnisse, Herr Hauptmann? Wo doch jeder wusste, was der andere verdient, und alles in die gemeinsame Kasse kam." „Soso. Interessant. Und da die Frau mehr verdiente und dazu die Wirtschaft führte, haben Sie ihr das ganze Geld anvertraut, nicht wahr?" Ich bestätigte es und war leicht erstaunt, als er sich zufrieden die Hände rieb und murmelte: „Jaja, die Sachsen. Man lernt nie aus."

Scheinbar angelegentlich begutachtete er seine Fingernägel und ließ langsam, beinahe genießerisch, vernehmen: „Nun, dann werden Sie ihr ja auch Ihre Arbeiten, Pläne, Ideen nicht verheimlicht haben." Das war es also! Er wollte sie mit hineinziehen. Gab ich es zu, stellte ich sie als Mitwisserin bloß, bestritt ich es, so war das ein Eingeständnis, dass ich schon immer etwas zu verbergen gehabt hatte. Wie kam ich bloß aus dieser Zwickmühle? Wie hielt ich sie heraus aus diesem Teufelskreis? Ich fror und fühlte, wie mir der Schweiß ausbrach. Er beobachtete mich, registrierte jede

Miene, jedes Zögern, jeden Atemzug. Herrgott, wenn ich nur wüsste, wie sie aussagen würde! Erspart blieb es ihr bestimmt nicht, das war mir jetzt klar. Unsere Aussagen durften sich auf keinen Fall widersprechen.
Schon hatte ich zu lange gezögert. Er beugte sich lauernd vor: „Nun?" Ich mimte Niedergeschlagenheit, Verlegenheit, Verzicht: „Ja, Herr Hauptmann, das ist ein wunder Punkt. Meine Frau ist von ihren dienstlichen Verpflichtungen derart in Anspruch genommen – Sie wissen ja selbst, wie das ist –, dass ich sie abends mit etwas anderem gar nicht mehr ansprechen kann. Ich hätte sie also nicht mit irgendetwas belästigen können, selbst wenn ich es vorgehabt hätte." „Sie werden doch nicht behaupten, dass in Ihrer Ehe, die, wie Sie sagen, auf Vertrauen gegründet ist, gerade das, was Ihnen als Lebensaufgabe am Herzen liegt, geheim geblieben ist." „Solche Gespräche gab's einmal. Aber ich habe nichts zu verheimlichen, nichts zu besprechen. Ich komme nicht mehr zum Schaffen, sie kommt nicht mehr zum Fragen." „So, und das soll ich Ihnen glauben?" „Wenn nicht mir, dann vielleicht ihr", wagte ich zu pokern. „Sie scheinen Ihrer Sache sehr sicher zu sein", hakte er nach. „Weil es die Wahrheit ist." Er sah mich an, und die Mischung aus Ironie, Misstrauen und Anerkennung war schwer zu deuten: „Diesmal haben Sie Glück gehabt. Ihre Aussagen stimmen mit ...", er nahm kurz eines von den Blättern zur Hand, „mit den Tatsachen überein."
Während er dann Schreibzeug und Papier in die Lade räumte, fügte er beiläufig hinzu: „Was Ihren Wunsch betrifft, er kann nicht erfüllt werden. Jeder Kontakt mit der Außenwelt ist Untersuchungsgefangenen strengstens verboten." Dann klingelte er nach dem Wächter. Ich aber wischte mir, als ich die Brille aufsetzte, heimlich den Schweiß von der Stirn.

8 Eiche oder Birke?

Diesmal zählte ich keine Stufen und achtete nicht auf die Richtung. Ich hatte auch keine Ahnung, wie lange dieses Verhör gedauert hatte. Erschöpft, ja ausgehöhlt fühlte ich mich, als ich in der Zelle aufatmen konnte. Die Zelle als Ort der Zuflucht! Ihre Einsamkeit war trotz des Gucklochs eine Befreiung von der furchtbaren Anspannung des Verhörs. Wie oft sollte ich das noch durchmachen? Von meiner Frau wusste ich nur, dass sie ihnen meine Gedichte ausgefolgt hatte. Mehr würde ich voraussichtlich auch nicht erfahren, ich war von der Außenwelt abgeschnitten wie in polaren Eiswüsten oder im afrikanischen Busch, ja aussichtsloser noch, denn dort mag es Zufälle geben, diese Maschinerie aber funktionierte gnadenlos unfehlbar.

Ich saß also „legal" hier. Wegen Agitation und Konspiration gegen das Regime mit meinen Gedichten. Wahrhaftig, es wäre zum Lachen gewesen, wenn es nicht so traurig gewesen wäre. Mir fiel der Prozess gegen meine Schriftstellerkollegen ein, der nun schon ein paar Jahre zurücklag und in dem sie auch wegen Agitation gegen den Staat verurteilt worden waren. Ich kannte die meisten, und ich kannte ihre Werke, doch dass darin etwas Staatsfeindliches sein sollte, hatte ich nie gedacht. Und das sollte nun Hetze gegen Staat und Regime gewesen sein? Näheres wusste man nicht, und so konnte ich keine Schlüsse daraus ziehen außer der Feststellung, dass es keinen Grund gab, weshalb es mir besser ergehen sollte als ihnen.

Mir fiel der Nachdruck ein, mit dem der Hauptmann seinen Namen genannt hatte, und seine Bemerkung über „diese Sachsen", von denen man immer lernen könne. Sollte er einer von denen sein, die schon von den fünf Schriftstellern gelernt, die sie überführt hatten? Jedenfalls galt es auf der Hut zu sein, denn dieser Inquisitor konnte einem aus allem eine Schlinge drehen, die vertrackten Rösselsprünge seiner Fragen hatten es mir gezeigt.

Während ich vor mich hin grübelte, fiel mir eines meiner frühen Gedichte ein, das gar nicht gegen dieses Regime gerichtet sein konnte, weil es das damals noch nicht gab. Es ging darin um den Verfall des sächsischen Gemeinwesens und die Rolle der Rumänen in Siebenbürgen, sie wurden als „Eindringlinge" bezeichnet und der Willkür, Ehrlosigkeit und Habsucht geziehen. Bei diesem einen war es nicht geblieben. Zwar hatte ich mit diesen Texten nie hetzen, nie politische Wirkung erzielen wollen und deshalb auch nie an eine Veröffentlichung gedacht. Wer aber würde mir glauben, dass ich bloß monologisiert hatte? Hätte ich sie angeben müssen? Je tiefer ich in meinem Gedächtnis wühlte, je kritischer ich diese oder jene Wendung abwog, desto enger wurde mir ums Herz. Sollte ich diese Gedichte nun nachträglich noch angeben, oder sollte ich sie einfach unterschlagen in der Hoffnung, dass sie nicht entdeckt würden? Was galt es hier? Charakter zu beweisen oder durchzukommen? Stand ich da nicht wieder vor Tschuang-Tses Leitsatz? Wie ließ sich der in dieser Lage anwenden, wo verlief die Grenze zwischen Äußerem und Innerem? Konnte ich vor meinem Inneren bestehen, wenn ich heuchelte, mich verkrümmte? Andererseits: Wem würde es nützen, wenn ich in dieser Lage „Charakter wahrte", also vor diesen Leuten den Narren abgab? Denn die dachten „realistisch", nicht „idealistisch", allenfalls noch ideologisch. Es hatte keinen Sinn, hier ein Martyrium der anständigen Gesinnung anzutreten. Hier gab es höchstens „Verstockte", „Unverbesserliche", und mit solchen machte man kurzen Prozess. Nicht dem Vorbild der Eiche, sondern dem der Birke musste man hier folgen, sich beugen, doch zäh im Grunde wurzeln.

Ich will nicht behaupten, dass ich dieses gleich damals, unmittelbar beim oder nach dem Verhör, so zusammenhängend überlegt hätte, wie es nun dasteht. Das ist sogar unwahrscheinlich, denn vorerst war ich einfach erledigt. Aber bis zur nächsten Begegnung mit ihm muss ich mir bereits soweit klar geworden sein, dass ich in meinem Verhalten einer klaren Linie folgte.

Er hatte gesagt, dass Anfragen, Wünsche und Beschwerden ihm vorzutragen seien. Unmittelbar, nachdem er mir den Haftbefehl unterbreitet und den Prozess angekündigt hatte, konnte ich, überrumpelt wie ich war, nur an meine Frau denken und daran, wie dieser Schlag sie treffen musste. Darum hatte ich jene in dieser Umgebung sentimental wirkende Bitte vorgebracht. Jetzt dämmerte mir, dass ich Umwege einschlagen musste, die nicht als solche erkennbar waren.

Bisher hatte ich alle hygienischen Mängel stillschweigend, ja mit einigem Humor hingenommen, da ich meinte, sie würden bald überstanden sein. Nach jener Ankündigung nun sah die Sache natürlich anders aus. Ich hatte keine Möglichkeit zu baden, keine Wäsche zum Wechseln, der ganze Körper juckte schon vor Schmutz, die Bartstoppeln sprossen – ich musste vorstellig werden, und zwar möglichst bald. Hier schien man sich um nichts zu kümmern als um die Einhaltung der Dienstvorschriften, zu denen das Fegen der Zelle, der Klogang, Frühstück und Rapport gehörten. Ob und wie man sich selbst säuberte, in welcher gesundheitlichen Verfassung man sich befand, das schien niemanden zu interessieren. Ich musste mich also selbst darum kümmern.

Das Nötige konnte ich nur von daheim erhalten, dabei war jeder Kontakt zur Außenwelt untersagt. Versuchen musste ich's, war es doch auch der einzige Weg, irgendetwas von ihr zu erfahren und sie vielleicht etwas erfahren zu lassen.

Während ich dergestalt grübelnd zwischen Eisentür und Gitterfenster auf und ab ging, vergaß ich Zeit und Raum, und so konnte geschehen, was später nicht mehr vorkam, dass ich nämlich das Mittagsläuten und auch die Vorbereitungen für die Fütterung überhörte und überrascht war, als ein rotbrauner Blechnapf im Guckfensterchen erschien. Jetzt freilich fiel mich der Hunger an wie ein Raubtier, und im Nu war ich fertig mit der Brühe, in der ein

paar Kartoffelscheibchen schwammen. Dann harrte ich der Dinge, die da kommen sollten, was aber kam, war eine große Enttäuschung. Das Fensterchen wurde zwar abermals geöffnet, aber es wurden mir nur Löffel und Napf abgenommen, nicht etwa wieder gefüllt. Dass nachher noch Trinkwasser angeboten wurde, war ein schwacher Trost. Nachdenklich betrachtete ich das Restchen Brot, das ich mir aufgespart hatte. Die Versuchung war groß, es jetzt schon zu verschlingen, aber wenn das Abendbrot genauso dürftig ausfiel wie diese Brühe ... Und bis zum nächsten Morgen war es noch lang. Seufzend steckte ich den Kanten wieder in die Tasche.
Ich musste den Betrieb hier erst genauer kennenlernen, um zu wissen, wie ich mir die Tagesration einzuteilen hatte. Ich musste mich nur des Elends im Lager erinnern, als wir die knochenharten Bohnen in der Suppe an den Fingern nachzählen konnten. Und wie war das mit den Trockenerbsen gewesen, als wir meinten, die schwarzen Krümel auf der Suppe seien geröstete Zwiebeln, und es sich erst später herausstellte, dass es aus den Erbsen herausgekochte Bohrkäfer waren!

9 Regulament und Pyrrhussieg

Geduld also, und das nach Lage der Dinge Bestmögliche tun: hinlegen. Rund ein Liter warmes Wasser im Bauch hatte mich einigermaßen durchwärmt, und so gedachte ich, die Wärme zu bewahren, indem ich mich in eine Decke hüllte und ein wenig döste – ahnungsloser Neuling, der ich war.
Eine Viertelstunde mochte höchstens vergangen sein, als mich heftiges Klirren auffahren ließ. In der halbgeöffneten Tür stand leicht vorgeneigt mit ungläubig glotzenden Augen ein mir noch unbekannter Uniformierter, der gleich noch einen anderen heranwinkte und mit dem Kopf auf mich wies: „Schau dir das an! Was sollen wir mit dem denn machen?" Da ich merkte, dass da etwas nicht stimmte, schälte ich mich aus der Decke und stand auf, wobei ich die beiden fragend ansah. „Jetzt spielt er auch noch das Unschuldslamm, der Alte! Steht da, als könnte er nicht bis drei zählen." Und der andere sekundierte: „Du glaubst wohl, das hier ist ein Sanatorium, was! Siesta nach dem Mittagessen, wie! Pennen am helllichten Tag – wer hat das hier schon mal gesehen! Und zu diesem Delikt kommt noch die Abnutzung der Decke, also Missbrauch von Staatseigentum. Was steht darauf, Genosse?" wandte er sich an seinen Kameraden. Der musterte mich kühl von oben bis unten, zuckte verächtlich die Schultern und zischte: „Karzer!"
„Wieso denn?" brachte ich mühsam hervor. „Wieso? Stell dich nicht so an, Alter! Willst du uns verarschen? Glaubst du, weil du dich Intellektueller schimpfst, sind wir Tölpel? Nein, mein Lieber, diesmal ist gerade das der Haken. Du kannst nicht behaupten, du könntest nicht lesen. Was steht dort unter Punkt drei?" Er zeigte auf das „Regulament" unterm Fenster. Ich wandte den Kopf kurz hin und wieder zurück, schüttelte ihn dann aber bedauernd: „Ich weiß es nicht, Herr Sergeant, ich kann es nicht lesen", sagte ich sanft. Der Mann lief rot an und plusterte sich auf wie ein kollernder Truthahn: „Jetzt ist aber Schluss mit den

Frechheiten! Raus!" Bevor ich aber etwas erwidern konnte, zupfte ihn der andere am Ärmel und flüsterte ihm etwas ins Ohr, worauf dieser, sich am Hinterkopf kratzend, brummte: „Hast recht, Genosse." Während er sich zum Gehen wandte, warf er mir noch hin: „Wart nur, Alter, dich werden wir noch weichkochen!" Dann knirschte der Riegel, und ich war allein, etwas beengten Atems, ich will's nicht leugnen.

Was immer da unter Punkt drei stehen mochte, ich musste dabei bleiben, dass ich ohne Brille nicht lesen konnte. Ich hatte jedoch nicht Zeit, weitere Überlegungen anzustellen, denn schon ging das Fensterchen wieder auf und das Gesicht des diensthabenden Offiziers tauchte darin auf. Da ich diesmal vorschriftsmäßig am Kopfende des Bettes strammstand, musterte er mich zuerst, bedeutete mir dann mit einer Kopfbewegung, ich solle nähertreten, und sagte leise, aber scharf: „Wie können Sie es wagen, Unteroffiziere im Dienst zu verhöhnen? Sie scheinen sich nicht im Klaren zu sein, wo Sie sich befinden." Ich sollte die Unteroffiziere verhöhnt haben? Mein ehrliches Erstaunen machte ihn stutzig. „Haben Sie etwa nicht behauptet, Sie könnten nicht lesen?" „Gewiss, Herr Oberleutnant, ohne Brille kann ich nicht lesen. Das weiß auch der Herr Hauptmann Untersuchungsrichter." „So? Und wo ist die Brille?" „Sie ist beim Herrn Untersuchungsrichter geblieben." „Sie haben das ‚Regulament' dort also nicht gelesen, und es hat Ihnen niemand gesagt, dass es verboten ist, sich tagsüber hinzulegen, die Decke zu benutzen oder dergleichen?" „Nein, Herr Oberleutnant." Das Gesicht verschwand, das Fensterchen klappte zu, gedämpfte Stimmen entfernten sich. Ich wartete angespannt, aber es dauerte nicht lange, bis sich die Tür wieder auftat und die Blechbrille auf den Strohsack flog. War jetzt doch Karzer fällig? Ich setzte sie auf und hörte, wie der Wachmann an mir vorbei in die Zelle trat. Er packte mich am Arm und bugsierte mich wie am Morgen zum Verhör gleich durch die Tür gegenüber, durch den Vorraum mit dem Dielenfußboden, dann aber nicht die Treppe hinauf, sondern durch eine zweite Tür in einen angenehm geheizten Raum, wo es sogar nach Parfüm oder Pomade duftete.

Hier durfte ich die Brille abnehmen. Ich stand im Wachzimmer, wo man mir meine paar Habseligkeiten weggenommen hatte. Hinter dem Schreibtisch saß der Oberleutnant, dem der Wachmann einen Bogen Papier überreichte: das „Regulament" aus meiner Zelle. Neben dem Schreibtisch stand ein Feldwebel. Soeben entnahm er einem Etui – meine Brille. Auf einen Wink des Offiziers übergab er sie mir. Dieser aber lehnte sich im Stuhl zurück, begann auf zwei Stuhlbeinen zu wippen – die Geste der Überlegenheit hatte er wohl dem Untersuchungsrichter abgeguckt – und sagte: „Dein Glück, dass das mit der Brille stimmt. (Mir fiel auf, dass er mich duzte.) Wenn das Schwindel gewesen wäre ... Du hast jetzt fünfzehn Minuten Zeit, das Regulament durchzulesen. Dir als Intellektuellem wird's ja genügen. Und weh dir, wenn du noch gegen irgendeinen Punkt darin verstößt!"

Nun war es also aus mit dem Stande der Unschuld. Nun musste ich vom Baum der Erkenntnis fressen, ob ich wollte oder nicht. Mein einziger Trost war, während ich das ominöse Blatt studierte und ab und zu die schadenfrohen Gesichter in der Runde mit dem Blick streifte: Ich hätte, was diese nicht ahnten, das Blatt auch ohne Brille entziffern können. Freilich durfte ich mich dabei nicht ertappen lassen. Zwanzig Punkte in geschraubtem Kanzleistil einer Fremdsprache sollte ich mir nun in einer Viertelstunde einprägen. Heute bringe ich sie nicht mehr zusammen – bis auf den ersten und den dritten Punkt, denn diese waren es, gegen die ich verstoßen hatte. Punkt 1 schrieb die Höflichkeitsformeln in der Anrede vor, derer sich die Häftlinge zu befleißigen hatten, wobei ihnen „Genosse" ausdrücklich verboten war. Punkt 3 besagte, dass es vom Wecken um fünf bis zur Nachtruhe um 22 Uhr strengstens verboten war, sich aufs Bett zu legen und Kissen, Decke oder Leintuch auf irgendeine Art zu benutzen.

Verboten war der Aufenthalt in der Nähe der Tür, wenn man nicht dazu aufgefordert wurde. Sobald sie geöffnet wurde, hatte man ihr den Rücken zuzukehren und zu warten, bis man aufgefordert wurde, sich umzudrehen. Zur Zeit des Frührapports hatte der Häftling am Kopfende des Bettes strammzustehen. Nachts hatte er mit dem Gesicht zur Tür und den Händen sichtbar auf der Decke zu schlafen. Der Besitz von Papier, Bleistift oder sonstigem Schreibmaterial war strengstens verboten, ebenso der von harten Gegenständen jeder Art und Größe bis hin zu Nadeln, Nägeln, Blechstücken oder Glasscherben. Untersagt war die Hervorbringung von Geräuschen, lautes Sprechen oder gar Singen. Besonders schwer bestraft wurde das Klopfen an Zellenwände oder Heizung und jeder sonstige Versuch, sich mit anderen Häftlingen oder gar der Außenwelt in Verbindung zu setzen. Wollte der Häftling etwas melden oder um etwas bitten, so musste er dreimal leicht an die Zellentür klopfen. Bitten oder Beschwerden, die nicht vom Wachpersonal erledigt werden konnten, waren beim Frührapport vorzubringen. Beschmutzen oder Beschädigen staatlichen Eigentums zog nicht nur Strafe, sondern auch Schadenersatzforderungen nach sich. Die Zelle ohne blickdichte Brille zu verlassen oder diese draußen ohne ausdrückliche Erlaubnis abzunehmen wurde aufs Strengste geahndet. Grundsätzlich wurden die Häftlinge morgens und abends zur Toilette geführt. In besonderen Fällen wurden auf ärztliche Anordnung Ausnahmen gewährt. Dieser letzte, breit auszulegende Punkt sollte wegen meines Magen-Darm-Leidens zum wahren Folterinstrument werden, das böswillige Wächter gegen mich einsetzten.
In welche Zwangsjacke wurde man da geschnürt! Aber es galt ruhig Blut bewahren und gute Miene zu dem wahrhaft bösen Spiel zu machen. Da ich ihnen die Genugtuung nicht gönnte, ersuchte ich um keine Verlängerung der Lesedauer, sondern nahm nach der dritten Lektüre die Brille ab und wandte mich betont höflich an den Oberleutnant: „Ich danke Ihnen, Herr Oberleutnant, dass Sie mir auf diese Art

Gelegenheit gegeben haben, von der Hausordnung Kenntnis zu nehmen und deren Übertretung einzusehen. Ich werde mich fortan bemühen, sie genauestens einzuhalten." Etwas verdutzt und misstrauisch starrten mich alle an, ich aber fuhr unbeirrt fort mit der Frage, ob er gestatte, dass ich aufgrund von – ich sah aufs Blatt – Punkt X um eine Unterredung mit dem Herrn Untersuchungsrichter ansuchte. Worum es denn gehe, herrschte er mich an, sichtlich aus dem Konzept gebracht. „Um Wäsche und die nötigsten Toilettenartikel. Ich kann mich, wie zu sehen ist, nicht sauber halten." Ich wies auf meine Stoppeln und den speckigen Hemdkragen. Der Offizier und der Feldwebel sahen sich an, dieser zuckte kaum merklich die Schultern, da er offenbar auch keinen Einwand wusste, worauf der Oberleutnant mir das „Regulament" abnahm und einen Blick darauf warf. „Hast deine Lektion verdammt schnell gelernt, hoffentlich behältst du auch die anderen Punkte so gut, sonst ..." Er wies mit dem Kinn in Richtung Karzer. Dann wurde er barsch: „Brille auf! Abführen!"

War dies nun ein Erfolg? Für den Augenblick schien es so, doch ich konnte seiner nicht recht froh werden, denn ich wurde den Verdacht nicht los, dass ich einen Pyrrhussieg errungen hatte. Und wirklich hatte ich das Dümmste getan, was man unter solchen Umständen tun kann: Ich hatte die Aufmerksamkeit auf mich gelenkt und war noch dazu selbstbewusst aufgetreten. Fortan würden sie es hinterhältiger einfädeln. Hier durfte man seine Karten nicht aufdecken. Ich grübelte, was mich wohl zu dieser Unvorsichtigkeit verführt hatte. Auflehnung gegen den stupiden Zwang? Hochmut, der zeigen wollte, dass sich Geist nicht unterkriegen lässt? Jedenfalls hatte eine Gefühlsaufwallung meine Vernunft überspielt. Ganz bedenklich konnte es werden, wenn solches sich wiederholen sollte. Und dass dies möglich war, spürte ich nur zu deutlich, forderte doch die ganze Atmosphäre dazu heraus, wenn man sich nicht von vornherein selbst aufgab.

10 Die Spur wird aufgenommen

Vorerst musste ich mich wohl oder übel in Geduld fassen und mich zu der Einsicht bequemen, dass ein Anrecht besitzen nicht bedeutet, dass es auch erfüllt wird. Wenn die etwas von einem wollten, dann konnte es gar nicht flink genug gehen, wenn unsereins aber etwas benötigte, dann konnte einem der Bart lang wachsen und auch noch grau werden, bis man es – vielleicht – erhielt. Das Warten sollte sich beinahe zu einer Krankheit auswachsen. Vorerst gab es noch so viel Neues, dass die Abschnitte relativ kurz waren. Langsam aber stellte sich Monotonie ein.
Der Tag begann vor den Faustschlägen an die Tür, dem Befehl zum Aufstehen, mit Spatzenschilpen und Taubengurren in den dürren Fichten vor dem Fenster. Wenn die Fenster der Torwache geöffnet wurden, wehten von dort her die Radioklänge der Staatshymne herüber, und auf der Straße brummten die Busse. Mal strähnte Regen vor der Luke und es wehte kühl herein, mal blinzelte die Sonne und es wurde etwas milder – Aprilwetter. Ja, war es denn überhaupt noch April? Es fiel mir nicht leicht, nachzurechnen, es schob sich alles ineinander, doch allmählich glaubte ich sicher zu wissen, dass es der 29. sein musste, dass also der Feiertag des 1. Mai anstand. Bestimmt hingen draußen überall Fahnen und Girlanden, Transparente, Losungen und Bilder der Staatsheiligen. Würde auch sie mitmarschieren müssen? Festtagsstimmung mimen müssen vor den Kollegen? Was würde ihr auch schon anderes übrigbleiben. Und ob man hier drinnen etwas merken würde von dem Ereignis? Nun, um es vorwegzunehmen: Einen Festschmaus gab es nicht.
Stoff zum Nachdenken allerdings gab es genug, glücklicherweise, wie sonst hätte man über die endlosen Stunden kommen sollen. Am späten Nachmittag, wenn der Nachmittagsunterricht zu Ende ging, der weite Kirchhof nach dem Kindergeschrei wieder still wurde, die Schwalben ums graue Gemäuer flitzten und die Tauben in den Linden

zu gurren begannen, da hatte ich sie oft abgeholt. Jetzt wartete dort niemand am Strebepfeiler gegenüber dem Schultor.

In dieses Spintisieren klirrte mit einem Mal der Riegel. Merkwürdig, dass man sich an dieses Geräusch nicht gewöhnt. Auch jetzt fährt es mir noch, wenn ich daran denke, in die Glieder, bis in den Magen. Ja, sie holten mich. Zu dieser ungewohnten Zeit! Was hatte das zu bedeuten? Doch während ich die Stufen hinauftappte, beruhigte ich mich mit dem Gedanken, dass es mit meiner Bitte zusammenhängen konnte.

Dem war aber nicht so. Ich Neuling rechnete noch zu sehr mit einem vernünftigen Zusammenhang von Ursache und Wirkung. Hier musste man immer auf Unwahrscheinliches, auf Überraschungen peinlichster Art gefasst sein wie im Krieg. Auch hier stand man einem unberechenbaren Feind gegenüber, noch dazu wehrlos.

Ja, dort saß er hinter dem Schreibtisch, genau wie beim ersten Mal. Diesmal musterte er mich jedoch nicht gleichgültig, sondern feindselig und bedrohlich, ohne auf meine stumme Verbeugung im Mindesten zu reagieren. Dicke Luft, spürte ich sofort mit allen Sinnen. Dann griff er unter die Schreibtischplatte, holte zwei in braune Pappe eingeschlagene Bände im Folioformat hervor und legte sie ohne ein Wort und, ohne mich aus den Augen zu lassen, auf den Tisch vor mich hin.

Ob es mir gelang, meine Bestürzung zu verheimlichen und meinen stockenden Atem zu überspielen, weiß ich nicht. Jedenfalls brachte ich es fertig, äußerlich ruhig zu bleiben, während es sich in mir zusammenkrampfte: Jetzt hatten sie diese Sachen auch aufgestöbert, den eisernen Vorrat für den Fall, dass die Auswahl verlorengehen sollte. Wenn sie jetzt bloß nicht weiterschnüffelten, denn dann wurden ja auch andere hereingezogen! Doch während mich noch dieser Wunsch durchzuckte, war mir auch schon bewusst, wie töricht es war, diese Meute durch fromme Wünsche von ihrer Spur abbringen zu wollen.

Wie ich nun plötzlich zu meiner Bestürzung merkte, hatte ich bis zu diesem Moment immer noch nicht recht an den Ernst der Lage geglaubt und verdrängt, dass sie auch andere betreffen könnte, hätte doch meine Übersetzung der vermeintlich gefährlichsten Gedichte ausreichen müssen, um die Haltlosigkeit des Verdachts zu beweisen. Und nun war das Verfahren nicht nur nicht eingestellt, sondern die Suche ausgedehnt worden, und sie würde, was noch schlimmer war, nicht bei mir haltmachen, sondern auch andere ins Visier nehmen und zu Mitschuldigen machen. Dies wurde mir, noch ehe er den Mund auftat, beim Anblick der beiden Bände und seiner Miene klar.

Da ich keine Anstalten machte, irgendetwas zu sagen, und die Zeit verstrich, die erhoffte Schockwirkung also ausblieb, bequemte er sich zu der leisen, scheinbar harmlosen Frage, ob ich die beiden Bände als die meinen anerkenne. „Sofern ich weiß, steht doch mein Name als der des Verfassers drin." „So? Und warum haben Sie uns diese Sachen unterschlagen?" schnappte er zu. „Wieso unterschlagen?" „Sie haben nur die beiden in farbigen Bast gebundenen Bände angegeben und diese verschwiegen. Ist es nicht so?" „Ich habe jene beiden angegeben, die die letzte Fassung und Sammlung enthielten und noch auf dem Schreibtisch lagen. Ich bin nach den Gedichten der letzten Zeit gefragt worden und habe diese genannt. Dass eine Hausdurchsuchung vorgenommen würde ohne meine Kenntnis und in meiner Abwesenheit ..." „Am Ende wollen Sie sich gar beschweren? Im Übrigen war Ihre Frau zugegen und auch noch ein Zeuge, alles ganz legal. Doch zur Sache!"

Und nun folgte ein Verhör, das mir den Schweiß aus den Poren trieb und mich ahnen ließ, was mir noch bevorstand. Anfangs ging es noch glatt, da es sich nur um mich selbst und um die einfache Feststellung von Tatsachen handelte: wann ich diese Sammlung getippt hatte, wann jene kleine im Basteinband, und warum gleich zwei Sammlungen in nur vier Jahren. Jene zu meinem sechzigsten Geburtstag als Rückschau, diese in Vorbereitung der Ausreise – auch aus

Gründen der Handlichkeit, außerdem seien in den letzten Jahren ein paar Texte dazugekommen. Ob ich denn nicht wisse, dass es verboten sei, unzensierte Schriften mitzunehmen, oder etwa die Absicht gehabt habe, diese zensieren zu lassen. Ich hätte darin kein Problem gesehen, da sie meines Erachtens nichts Staatsgefährdendes, mich Belastendes enthielten.

Meine ruhige, feste Aussage schien ihm nicht wenig zu schaffen zu machen. Erst schien er aufbrausen zu wollen, dann räusperte er sich beherrscht, strich sich übers Schnurrbärtchen und tat verwundert: „Merkwürdig, dass gerade so genannte Intellektuelle so häufig die Wirklichkeit verkennen. Und den Ton verfehlen." „Wenn man seine Überzeugung vertritt, hat das doch nichts mit Intelligenz zu tun." Er wiegte den Kopf: „Nicht unbedingt. Wohl aber, wann, wo und wie man es tut." Das saß! Seit wann war das aber hier üblich, einen zu warnen? Sonst wurde doch alles getan, einen herauszufordern und zu unüberlegten Aussagen zu reizen. Ich wurde nicht klug aus dem Mann. Doch zum Grübeln ließ er mir keine Zeit, sondern schoss eine Frage nach der anderen ab, haarscharf gezielt auf den verwundbarsten Punkt.

Warum ich denn die Gedichte in mehr als je einem Exemplar getippt hätte, wenn ich doch behauptete, sie nur für den Eigengebrauch geschrieben zu haben? Das sei kein Widerspruch, da ich sie zunächst chronologisch brauchte, um meine Wandlung zu verfolgen, dann aber auch thematisch systematisiert, um das eine oder andere rascher zu finden. Die Durchschläge seien bloß eine Reserve für den Fall eines Verlustes oder zur Sendung an einen Verlag bestimmt. Davon seien bislang aber nur zwei Exemplare aufgetaucht, wo denn die restlichen seien?

Jetzt begann, was ich befürchtet hatte: Ich musste Namen nennen, denn Leugnen hatte wenig Sinn, es konnte die Sache nur noch verschlimmern, wenn die Bände nachträglich in fremden Wohnungen gefunden wurden. So gab ich denn wahrheitsgemäß an, dass ich sie meiner

Tochter anvertraut hatte. Ich musste auch ihre Anschrift nennen.

Das alles hört sich recht einfach und harmlos an, doch nur für einen, der nie mit der Securitate zu tun hatte. Ich wusste, welche Aufregung denen bevorstand, die Besuch von ihr bekamen, denn die Kommissare fuhren natürlich nicht vor und verlangten etwas Bestimmtes, sondern tasteten sich weiträumig fragend an ihre Opfer heran, vielleicht sprang ja noch etwas raus. Außerdem waren meine Tochter und mein Schwiegersohn als Pfarrersleute in der Gemeinde in derart exponierter Stellung, dass ihnen derlei überhaupt nicht recht sein konnte.

Gefährlicher noch war aber etwas, was mir erst jetzt ein- und auf die Seele fiel: meine Tagebücher. Auch diese hatte ich ihnen anvertraut, wohlverpackt, verschnürt, versiegelt und mit dem Vermerk: „Erst nach meinem Tode zu öffnen." Darin waren alle meine Erlebnisse vom Tag meines Abiturs und der Einberufung 1915 bis heute festgehalten, natürlich auch mit zahlreichen Anmerkungen politischen Inhalts. Bislang hatte hier niemand eine Ahnung von der Existenz dieses Zündstoffs, die Meinen aber auch keine Ahnung von dessen Tragweite. Ein Wort zu viel, ein kleines Versagen der Nerven, und alles würde auffliegen.

Doch sie hatten auch in einer anderen Richtung eine heiße Spur aufgenommen. Die führte zu einem mir nahestehenden Menschen, der gerade durch seine freundschaftliche Hilfe nun in Gefahr geriet. Es war eine von diesen unscheinbar daherkommenden Fangfragen: Dies sei es also – vorläufig –, was die Pappbände betreffe, wie stehe es aber mit den in Bast gebundenen? Warum hatte ich die mit einer anderen Maschine getippt, wo ich doch meine „Erika" so lobte? Das hatte ich total vergessen! Wie hatte das passieren können? Gleichviel, jetzt galt es, die rechte Antwort und Begründung zu finden. Gerade rechtzeitig fiel mir noch ein: Jede Maschine war bei der Securitate gemeldet und ihre Schrifttype dort hinterlegt. Jedes halbe Jahr musste die Probe erneuert werden. Eine Aussageverweigerung hätte die

Feststellung des Sachverhalts nur verzögert und dem Verdacht, dass es etwas zu verheimlichen gab, neue Nahrung gegeben. Auch hier nützte – ebensoviel wie sie schaden mochte – nichts als die volle Wahrheit, so peinlich die Folgen auch waren, die sie zunächst für die arme Ch. haben mochte. Sie, nicht ich, hatte die Bastbändchensammlung abgetippt, auf meine Bitte – da ich die Zeit nicht aufwenden und ein fehlerfreies Manuskript haben wollte – und mit ihrer Maschine. Da sie als Freundin der Familie kein Honorar annehmen wollte und sich als Andenken einen Durchschlag erbeten hatte, musste der bei ihr zu finden sein.
Es war alles andere als leicht, das hervorzubringen, sich solcherart gegen das Gefühl und für die „Vernunft" zu entscheiden. Warum empfand ich es als Verrat oder zumindest als Versagen, wo doch mein Schweigen am Endergebnis nichts geändert, ja es noch verschlimmert hätte? Weil ich damit gegen die ideale Forderung oder die Vorstellung, die ich von mir selber hatte, verstieß? Stand ich da nicht wieder vor Tschuang-Tses Entscheidung, diesmal jedoch in gesteigerter Form, da es nicht um mich selbst ging?
Selbstverständlich kann ich nur jeweils das „Gerippe", den „roten Faden" eines Verhörs wiedergeben, nicht die Nuancen des hinterlistig gesponnenen Gewebes und des raffiniert gesteuerten Ablaufes. Was sich hier verhältnismäßig gradlinig ausnimmt und auf eine kurze Zeit beschränkt erscheint, zog sich in Wahrheit über Stunden hin, mit Abweichungen, ja Ablenkungen in die verschiedensten Richtungen, wobei aber jede meiner Aussagen sofort schriftlich festgehalten wurde. Und wehe, wenn sich nach verschiedenen Winkelzügen eine Antwort mit einer vorhergegangenen nicht deckte. Da ich mit der teuflischen Taktik nicht vertraut war, geriet ich anfangs natürlich des Öfteren in Schwierigkeiten und musste berichten, was mir zusätzliche Verdächtigungen eintrug. Keine noch so belanglos erscheinende Frage war es wirklich, jede einzelne entpuppte sich als Schlinge oder als Steinchen in einem

Mosaik, das ich nach einem mir unbekannten planvollen Entwurf ergänzen sollte.

Diesmal ließ mir der Hauptmann Zeit, meinen Gedanken nachzuhängen, denn er schrieb etwas auf, wobei er immer wieder in den Notizen nachlas. Als er den Schrieb beendet hatte, winkte er mich heran, übergab ihn mir sichtlich zufrieden zugleich mit der Brille und den knappen Worten: „Durchlesen und unterschreiben!" Er hatte auch allen Grund, zufrieden zu sein, denn er hatte erreicht, was er wollte. Er hatte Dinge aus mir herausgequetscht, die mich und andere nach der hier herrschenden Auffassung nur belasten konnten. Schwarz auf weiß stand hier in dürren Worten, was ich ausgesagt hatte und nun bestätigen sollte, das Protokoll.

So also lief das. Es war das erste Mal, dass ich dermaßen festgenagelt wurde, und mich beschlich ein Gefühl, als legte ich mir selber die Schlinge um den Hals. Dabei war mir die juristische Tragweite meiner Aussagen alles andere als klar. Besonders beunruhigte mich, dass gewissen Aussagen, die ich als belanglos erachtet hatte, offenbar eine Bedeutung zugemessen wurde, die ich nicht verstand. Trotz meiner unzulänglichen Sprachkenntnisse merkte ich, dass meinen Aussagen hier, ohne dass sie im Kern verändert worden wären, eine ungünstige, verfälschende Wendung gegeben wurde. Mangelnde Sprachbeherrschung und mangelnde Rechtskenntnis konnten mir hier zum Verhängnis werden.

Es war wohl nur ein Akt instinktiver Abwehr gegen diese bestürzende Einsicht, ein Versuch, ein kleines Gegengewicht zu schaffen, dass ich in diesem Augenblick vorbrachte, was ich mir eigentlich von dieser Zusammenkunft erhofft hatte. So fragte ich denn, als ich das Blatt zurückreichte, ob meiner Bitte, die ich auf dem Dienstweg eingereicht hatte, genügt werden könne. „Was für eine Bitte?" wunderte er sich mit hochgezogenen Brauen: „Nun, um Wäsche, Seife und dergleichen." Wen ich darum gebeten hätte, und wann, wollte er wissen. Als ich es ihm sagte und auch die Lernstunde in Sachen „Regulament" hinein flocht, sah er mich abwägend von der Seite an, schien etwas sagen zu wollen, schluckte es aber hinunter, nahm den Hörer ab und bestellte den Wächter, der mich abholen sollte. Als ich die Brille schon aufgesetzt hatte, hörte ich die beiden tuscheln, konnte aber nichts verstehen. Nur ein unterdrücktes Lachen meinte ich zu vernehmen. Erst als ich schon zur Tür hinaus gedreht wurde, rief er mir nach, das mit der Wäsche werde sich schon finden, ich solle nur Geduld haben.

11 Geduld! Siebzehn Stunden!

Das sollte nun mein Losungswort werden, und nicht nur für die nächsten Tage. Geduld ist die Losung der Gefangenen überhaupt, seit eh und je, überall. Hier ist von einer besonderen Geduld die Rede, und zwar einer von außen aufgezwungenen, hinter der weder Gesetz noch Sinn stand. Im Gegenteil.
Hier wurde Menschen Lebenszeit gewaltsam geraubt. Angesichts dessen wird der Rat, Geduld zu üben, zu bitterem Hohn. Doch der Häftling muss so tun, als fügte er sich in sein Schicksal, muss geduldig tun, um sich so ein Restchen Freiheit und Selbstbestimmung zu bewahren. Er nimmt eine dauernde Abwehrstellung ein und bedient sich dabei aller zu Gebote stehenden Mittel. Jede List, Lüge oder Heuchelei gegenüber der Macht wird als Notwehr aufgefasst, und diese Einstellung wird zum Dauerzustand, zur Gewohnheit, krampft sich gleichsam fest, so dass er nach der Entlassung Mühe hat, sich wieder in normale Verhältnisse einzugliedern.
Damals freilich konnte ich mich nicht in solchen Erwägungen ergehen, da mir die Muße und die Erfahrungen fehlten. Meine Überlegungen pendelten wie Tiere im Käfig zwischen zwei Zielen: den Hauptmann herumzukriegen, dass ich an Sachen und somit an Lebenszeichen von daheim kam, und mich heil zwischen den Punkten des „Regulaments" hindurchzuwinden.
Welcher dieser Punkte der zermürbendste war, sollte sich erst nach Wochen und Monaten herausstellen, denn zunächst war ihm gar nicht anzumerken, was alles er barg: Es war der Punkt über die Zeitdauer, die man täglich wach sein musste und nichts tun durfte. Siebzehn Stunden vom Wecken bis zur Nachtruhe! Siebzehn Stunden Auf und Ab in der Zelle, fünf Schritte in der Länge, drei Schritte in der Breite, Herumstehen, hin und wieder an die Gitterstäbe des Eisenbettes gelehnt, Herumsitzen mal auf diesem, mal auf jenem Strohsack, immer in Versuchung, sich auszustrecken

oder sich in die Decke zu hüllen, wenn man fror. Dem Hund, dem man ein Stück Fleisch vor die Nase hält, nach dem er nicht schnappen darf, mag ähnlich zumute sein. Das Schlimmste war, zumindest für mich, dass ich keine Beschäftigung hatte, nichts tun durfte. Siebzehn Stunden lang untätig zusehen müssen, wie Zeit und Leben verrinnen! Die täglich wiederkehrenden Programmpunkte Fegen, Toilette, Mahlzeiten wurden allmählich zu sehnlichst erwarteten Ereignissen, da sie ein bisschen Abwechslung brachten, die Gänge zum Verhör jedoch zur gefürchteten Sensation, bei der zwar die Zeit verging, die Nerven jedoch eine Zerreißprobe nach der anderen erlitten.

Noch aber merkte ich nicht, wie entsetzlich lang sich ein Tag dehnen kann. Noch konnte es geschehen, dass mich das Geklapper des Essgeschirrs überraschte. Erst langsam wurde auch mir das Essen, besser gesagt die Fütterung, zum Ereignis des Tages, ganz gleich, was es gab, Hauptsache, es füllte den Magen. Wenn Quantität und Qualität des Futters so bemessen sind, dass man nicht richtig satt wird, sondern immer am Rande des Hungers dahin geistert, wird dreierlei erreicht: Das Denken des Häftlings bewegt sich erstens die meiste Zeit um diese Frage. Er ist zweitens schon körperlich nicht mehr fähig, aufzumucken. Und drittens spart man.

Nach etwa zwei Wochen Aufenthalt konnte ich ziemlich genau voraussagen, was wann serviert wurde, denn der Speisezettel variierte nur vier Grundmöglichkeiten, die je nach Jahreszeit ergänzt wurden. Das Mittag- und das Abendessen bestanden im Wesentlichen in einer Brühe, deren beste Eigenschaft die Wärme war. Was darin schwamm, unterlag dem Gesetz der Rotation: waren es zu Mittag Kartoffeln gewesen, so gab es abends Kohl, und auf weiße Bohnen folgten meist Rüben oder Karotten – und wieder von vorn. Im Sommer kamen noch Kürbis oder grüne Bohnen hinzu. Einmal in der Woche wurde dieses Schema durch Graupenbrei unterbrochen. Ungefähr jeden zweiten Sonntag schwamm in der Brühe ein Happen

Rindfleisch, das je nach Glück und Zu- oder Abneigung der Wächter mehr oder weniger genießbar war.

War das Treibgut in der Brühe einmal von etwas soliderer Güte, troff gar etwas Öl vom oder ringelten sich Nudeln um den Löffel, so konnte man sicher sein, dass eine Inspektion bevorstand. Leider waren die Zeiten, da Potemkin hier umging, selten und immer nur auf ein paar Tage begrenzt. Sonst fand der Löffel beim Fischen kaum etwas zum Beißen und man träumte vom satt werden, ob wachend oder schlafend. Als im Spätsommer nicht nur die Brotration verringert und durch Maisbrei ersetzt wurde, sondern auch tagelang nichts als eine elende Kürbissuppe in den Teller kam, klappte ich mit furchtbaren Schmerzen im Hinterkopf zusammen. Nach und nach jedoch sollte ich mich akklimatisieren.

Das Leben war wie ein Tappen im tiefsten Dunkel, obendrein durch vernebeltes Moorland. Man wusste nie, was der nächste Schritt bringen würde. Je undurchsichtiger das alles, desto unbegrenzter die Möglichkeiten, überrascht zu werden. Immerhin hatte der Tagesablauf bald nichts mehr Aufregendes für mich, da ich Übung gewann und das „Regulament" kannte. Kopfzerbrechen bereitete mir nur die Vorschrift, dass die Hände beim Schlafen auf der Decke zu liegen hatten, wo ich doch gewohnt war, mich mitsamt Händen in sie einzuwickeln. Konnte man auch für Verstöße im Schlaf belangt werden? Man konnte!

12 Morgensonne und Zeitberechnung

Kurz danach bescherte mir ein Morgen eine Überraschung, auf die ich hier wahrhaftig nicht gefasst war. Als ich, diesmal noch vor dem Klopfen, erwachte, gewahrte ich mir gerade gegenüber, unterhalb der Luke, in der die elektrische Birne brannte, einen anderen, mindestens ebenso hellen keilförmigen Lichtschimmer. Es dauerte eine Weile, bis ich begriff, was es war: der Gruß der aufgehenden Sonne, die zu dieser Jahreszeit noch so tief stand, dass sie beim seitlichen Fensterspalt eindringen und ihr Licht noch über die Tür schießen konnte. Da jetzt auch das Donnern der Tagwache sich näherte und ich also wusste, dass es fünf Uhr sein musste, hatte ich plötzlich eine Sonnenuhr für mich – und damit eine Verbindung nach draußen, von der niemand etwas ahnte. Von nun an schenkte mir jeder heitere Morgen eine kleine Freude. Zugleich bot sich mir darin eine Beschäftigung, nämlich von Stunde zu Stunde und später von Tag zu Tag die Kurve der aufsteigenden Sonne an der Wand zu verfolgen und an trüben Tagen vorauszuberechnen, wo sie vermutlich das nächste Mal erscheinen würde.

Anfangs half mir auch der Glockenschlag der nahen St. Nikolauskirche bei der Zeitmessung, als dieser jedoch vollends durcheinandergeriet und schließlich ausblieb, war ich vor allem auf mein Zeitgefühl angewiesen, dem allerdings bei schönem Wetter noch etliche andere „Sonnenuhren" zu Hilfe kamen: zunächst die wie eine Zitronenpresse gerippte Kuppel der Villa mir gegenüber, dann ein vierkantiger Rauchfang auf einem sattelförmigen Hausdach. Je nach Licht- und Schattenspiel an diesen beiden Bezugspunkten konnte ich auf die jeweilige Tageszeit schließen.

Schwer zu sagen, warum mir so viel daran lag. Es war sowohl der Wunsch, dem Tun und Lassen der Meinen draußen irgendwie zu folgen, als auch der Drang, mich auf irgendeine Art geistig zu beschäftigen und das Bestreben der

Machthaber zu unterwandern, einen von der Außenwelt abzuschnüren und die Einzelhaft durch den Zwang zum Nichtstun noch zu verschärfen. Dieser Drang sollte noch seltsame Blüten treiben.

So hatte der Tag mit einer freudigen Ablenkung begonnen, doch danach geschah nichts, absolut nichts. Wenigstens schien das mir, der ich darauf wartete, dem Hauptmann vorgeführt zu werden, so, weil ich noch nicht gelernt hatte, auf die geringfügigsten Geräusche in meiner Umgebung zu achten, und schon gar nicht, sie zu deuten und daraus meine Schlüsse zu ziehen. Es ist dies aber für einen Häftling ebenso wichtig wie dem Vernehmen nach für einen Indianer das Spurenlesen war oder für einen Blindflieger das Armaturenbrett als einzige Möglichkeit, sich über das, was nicht zu sehen ist, zu informieren und sich zu orientieren – und die Leere der siebzehn Stunden Nichtstun einigermaßen auszufüllen. Überdies hat er so die Möglichkeit und die Genugtuung, sich trotz aller Absperrmaßnahmen die Umgebung und den Betrieb einigermaßen zu erschließen.

Zelle in Kronstadt 1961/62

Skizze: Erwin Neustädter

13 Das lauernde Auge

Meine Zelle befand sich, wie schon erwähnt, genau der Eingangstür gegenüber, was eine gezielte Erschwerung meiner Haft und manche Nachteile mit sich brachte, von denen ich aber im Laufe der Zeit einige in Vorteile zu verwandeln vermochte.
Ein Nachteil dieser Lage bestand in dem Lärm, den die Eingangstür machte, wenn sie über den Betonboden scharrte. Tagsüber beachtete ich ihn kaum, nachts jedoch wuchs er sich zur zermürbenden Belästigung aus. Schlimmer noch als Lärm aber war die Tätigkeit des Wachpersonals, das alle seine dienstlichen Obliegenheiten vor meiner Zellentür abwickelte. Dass Frührapport, Wachablösung und Essenverteilung von dort ausgingen, war zu ertragen, das alles ging sehr schnell, überdies waren dabei ja die Wachleute die Hauptbeschäftigten und hatten deshalb keine Zeit, sich um mich zu kümmern. Leider taten sie dies aber den ganzen Tag über umso intensiver, da meine Zelle ja so bequem vor ihrer Nase lag. Ob sie es aus Neugier oder auf besondere Weisung taten oder ob das mit Neulingen so zu geschehen hatte, vermag ich nicht zu sagen, Tatsache ist, dass in den ersten Wochen keine zehn Minuten vergingen, ohne dass ein Auge hereinspähte.
Ich glaube nicht, dass jemand, der dies nicht erlebt hat, in der Lage ist, sich vorzustellen, was das bedeutet. Auch wenn man nicht die geringste Absicht hat, etwas Verbotenes zu tun, zerrt und zehrt das dermaßen an den Nerven, dass man je nach Gemütsart zur Verzweiflung oder zu Wutausbrüchen, zum Verfolgungswahn oder zur völligen Zerrüttung getrieben wird. Das immerfort lauernde Auge ist wohl das furchtbarste Mittel, einen sich selbst zu entfremden. Im Zusammenwirken mit den Demütigungen verschiedenster Art von der Anrede über den Anstand bis zur Hygiene, der suggestiven Verhörführung und den seelischen Entbehrungen, der Unterernährung und der Lähmung geistiger Tätigkeit wird der Wille, die

Menschenwürde, das Ich als Ganzes dermaßen unter Druck gesetzt, dass schwächere Naturen zusammenbrechen, stärkere auf Dauer aber zumindest verformt werden. Da ich diesen Plan früh genug erkannte, war ich imstande, wie ein Belagerter, der auf keinen Entsatz hoffen darf und deshalb die Vorwerke räumt, um seine Abwehrkräfte nicht zu verzetteln, alles nicht unbedingt Lebensnotwendige preiszugeben, mich auf die innerste Zitadelle zurückzuziehen und sie zu verteidigen.

Es war also wieder einmal soweit, dass ich mich abkapseln und „panzern" musste, wie ich es in meinem Erstlingsroman „Der Jüngling im Panzer" beschrieben hatte, der auf ein ähnliches Erlebnis, das des Ersten Weltkriegs und des Zusammenbruchs von 1918, zurückging. Die Erfahrungen des Zweiten Weltkriegs literarisch zu gestalten war mir durch die Umstände verwehrt, nur in meinem Tagebuch hatte einiges seinen Niederschlag gefunden, was mir zum Verhängnis hätte werden können. Ich hatte mein eigenes Schicksal als beispielhaft für das der Deutschen und Intellektuellen im Nachkriegsrumänien kommentiert, wo vielen Ähnliches widerfuhr: Internierung in Lagern, Enteignung, Verlust der Arbeitsstelle, Tagelöhnerdasein – und schließlich Kerkergitter. Ob dies die letzte Station war?

Da stand ich nun am Anfang des dunklen Ganges und hatte keine Ahnung, wo er münden und welche Rolle dieses Teufelsauge spielen würde. Vorerst überwog die Verblüffung. Anfangs erwartete ich immer, dass er, der dort guckte, etwas von mir wollte, ja ich fühlte mich unsinnigerweise an seiner Stelle peinlich berührt, wenn ich ihn ertappte, und bemühte mich, nicht hinzusehen, wenn ich das Schiebetürchen vernahm oder den Blick spürte. Noch war die Zeit nicht gekommen, wo mich das Grauen packte schon beim bloßen Gedanken, dass sich der Spalt dort sacht, ganz sacht öffnen und das Auge hereinspähen könnte. Es kam so weit, dass ich wie gebannt hinstarren musste, weil ich panische Angst hatte, hinterrücks oder im Schlaf belauert zu werden, ohne dass ich dies hätte verhindern können. Traf mein Blick dann den seinen, so konnte es geschehen, dass grell wie eine Stichflamme die Wut hochschoss und ich mich zähneknirschend abwenden musste, um nicht die Zunge zu recken oder die Fäuste zu schütteln oder sonst eine Torheit zu begehen. Es war eine schlimme Zeit. Damals begriff ich, wie unheimlich treffend das Wort „überschnappen" diesen Zustand kennzeichnet. Ich war nicht weit davon.

14 Foto und Fingerabdrücke

In die ersten Tage meiner Haft fielen noch zwei Ereignisse, die mir, obgleich ich vorerst Untersuchungsgefangener war, drastisch vor Augen führen sollten, dass ich als „Krimineller" eingestuft und dementsprechend behandelt wurde. Man wollte mich einschüchtern und gefügig machen. Beides wurde im Übrigen, als ob der Vorgang an sich nicht schon demütigend genug wäre, möglichst eindrucksvoll inszeniert: das Fotografieren fürs Verbrecheralbum und die Abnahme der Fingerabdrücke.
Beide Male wurde ich zu ungewohnter Zeit, kurz vor oder nach dem Abendbrot, auf die bekannte Weise abgeholt und ohne ein vorbereitendes Wort in den Kanzleiraum bugsiert. Dort sah ich mich am ersten Abend, als ich die Brille abnehmen durfte, einem Uniformierten, der wie ein Schlächter aussah, und einem Zivilisten gegenüber, der an einem schwarz verhangenen Gegenstand hantierte. Ich wurde vor eine Messlatte gestellt, an der zwei Querlatten den Kopf in die Zange nahmen, dann wurde mir eine Pappe mit einer Nummer um den Hals gehängt, der Zivilist verkroch sich hinter dem altertümlichen Fotokasten unter einem dunklen Tuch, ein Blitzlicht flammte auf und ein Verbrecher mehr war zunächst von vorn auf eine Platte gebannt. Die ganze Prozedur wiederholte sich für die Seitenaufnahme. Unrasiert und ungekämmt seit mehr als einer Woche, mit zerknülltem, verdrecktem Hemdkragen muss ich der Standardvorstellung, die man sich gemeinhin von einem verkommenen Kriminellen macht, sehr nahe gekommen sein.
Als nun der „Schlächter", ein Hauptmann, nach einer verächtlichen Musterung meines armseligen Aussehens seine Leute grinsend fragte, ob sie nicht meinten, man solle mir auch einen Abzug fürs Familienalbum schenken, damit auch meine Nachkommen ihre Freude an dem sauberen Vogel hätten, schoss mir das Blut derart in den Kopf, dass ich nur mit Mühe an mich halten konnte, aber doch mit äußerer

Ruhe und Höflichkeit hervorbrachte, ich wäre sehr dankbar, ein solches Erinnerungs- und Beweisstück für die gute Behandlung und vorbildliche Hygiene hier zu erhalten. Es war kaum heraus, da wurde mir bewusst, was ich riskiert hatte, aber zu meiner großen Überraschung und Erleichterung ging die Explosion in anderer Richtung los. Nach einem Augenblick allgemeiner Konsterniertheit nahm der Hauptmann, dessen feiste wohlrasierte Backen violett angelaufen waren, den Kanzleifeldwebel her, warum zum Teufel man mir Toilettenartikel und Wäsche noch nicht ausgefolgt habe. Als der ihm betreten etwas ins Ohr flüsterte, winkte er unwirsch ab und knurrte: „Wenigstens den Barbier hättet ihr holen können." Nach dieser Wendung wurde ich schleunigst abgeführt.

Als mir tags darauf durch den Kanzleifeldwebel die Fingerabdrücke abgenommen wurden, führte nicht der Hauptmann, sondern der kleine drahtige Oberleutnant mit der Hitlerfliege unter der Nase und dem pomadeglänzenden Scheitel das große Wort. Wichtigtuerisch nahm er zunächst mein Vorstrafenregister auf. Ob ich schon straffällig geworden sei? Nein. Ob ich denn nicht im Lager gewesen sei, als Politischer? Gewiss, doch ohne Haftbefehl, Untersuchung oder Urteil, bloß auf einen Verdacht hin. So so. Und wie das mit der Brandstiftung auf der Zinne gewesen sei. Ebenfalls nur haltlose Verdächtigungen, wie gegen viele andere, was die Untersuchung einwandfrei ergeben habe. Und dann die Haft wegen geheimer, nicht genehmigter Vorträge. Sei denn die Tatsache, dass seine eigene Behörde mich nach einer Woche Haft, genauester Untersuchung und Zeugenvernehmung auf freien Fuß gesetzt habe, nicht Beweis genug für die Grundlosigkeit der Anschuldigungen? Nun, meinte er mit schmallippigem Lächeln, wenn es mir bisher gelungen sei, mich mit schlauen Antworten herauszuwinden, diesmal werde mir das beim Untersuchungsrichter nicht glücken.

Dann wies er mich mit einer Kopfbewegung an den Kanzleibullen, der mich gleich wie ein beflissener Henker

am Handgelenk packte, eine Fingerkuppe nach der anderen über die bereitliegende Platte mit Druckerschwärze wälzte und dann auf den Steckbriefbogen drückte. Nicht genug damit, nahm er auch Abdrücke von den ganzen Handflächen. Als ich schließlich mit völlig verschmierten Händen dastand und fragte, wie ich sie säubern solle, da ich weder Seife noch Handtuch besäße, zuckte er die Schultern und warf einen flinken Seitenblick zum Offizier hin: „Deine Sache." Dann streifte er mir aber die Brille über und führte mich hinaus, und zwar nicht geradewegs in die Zelle, sondern zum Klo. Zu meinem Erstaunen trat er mit mir ein, nahm mir die Brille ab, kramte mit verschmitztem Grinsen ein Fläschchen und einen furchtbar schmierigen Lappen aus der Hosentasche und bot mir beides mit den Worten: „Hier, putz dir die Pfoten, damit du uns den Strohsack nicht versaust." Dann nickte er mir zu und verließ den Raum.
Verdutzt sah ich ihm nach. Gute Geister in dieser Verkleidung? Was war denn nun Maskerade, das vorhin oder dies? Fläschchen und Lappen waren jedenfalls keine Täuschung, und das Benzin im Fläschchen auch nicht, und so geschah das Wunder, dass meine Hände relativ sauber wurden. Höchst sonderbar das Ganze. Als ich klopfte, holte mich der Wächter vom Dienst ab, nicht der, dem ich danken wollte. Nachher in der Zelle hatte ich noch lange über die beiden sonderbaren Veranstaltungen zu grübeln, deren offenbar beabsichtigte Wirkung durch die Schlusswendung in ihr Gegenteil verkehrt worden war.

15 Hungerstreik

Die Tage schlichen dahin, unendlich langsam und immer länger sich dehnend mit dem wachsenden Sommer. Siebzehn Stunden wach sein müssen und nichts tun dürfen! Nichts geschah. Es war, als hätte man mich vergessen. Dass das Gegenteil der Fall war, dass sich etwas zusammenbraute, dass Material zusammengetragen, Erkundigungen eingezogen, Zeugen bestellt wurden, wusste ich zwar nicht, spürte es aber mit allen Nerven. Die Gedanken wuselten in alle Richtungen durcheinander wie Mäuse im Käfig, um zu wittern, woher der Angriff kommen könnte und wie ihm zu begegnen wäre. Nichts zermürbt so wie die Ungewissheit.
Der Bart wuchs, die Nägel wuchsen, das Haar verfilzte, und die Leibwäsche, aus der ich Tag und Nacht nicht herauskam – nun, ich will kein Aufhebens davon machen, an der Front war man ja auch manchmal wochenlang nicht aus den Klamotten gekommen. Das war freilich die Front gewesen und das Ungemach durch die Umstände erzwungen und nicht abstellbar wie hier. Hier war es nicht eine Begleiterscheinung, sondern Mittel zum Zweck, gezielt und genau dosiert eingesetzt. Warum wurde meinem wiederholten Ersuchen um Vorführung beim Untersuchungsrichter nicht stattgegeben? Was sollte das spöttische oder gelangweilte Schulterzucken, mit dem reagiert wurde, wenn ich darauf drängte und auf meinen verdreckten Zustand hinwies? War meine Bitte überhaupt weitergeleitet worden? Die ganze Kanzlei wusste doch davon! Ich hatte doch vorschriftsmäßig gehandelt. Ratlos stand ich vor einer Mauer des Schweigens.
Als wollte sich mein Körper mit den Feinden verbünden, begannen meine Eingeweide von Tag zu Tag heftiger zu rebellieren. Krampfartige Durchfälle zu den unmöglichsten Zeiten fielen mich an und brachten mich an den Rand der Verzweiflung, weil ich auf die Gnade des jeweiligen Wächters angewiesen war, der mich hinausführte – oder eben nicht. In jedem Fall zwangen mich meine Därme zu

den peinlichsten Erniedrigungen: Wenn das kniefällige Flehen nichts fruchtete, war ich gezwungen, meine Not irgendwie in den Kanister zu verrichten, ohne auch nur fließendes Wasser zu haben. Und dann galt es auch, den Gestank stundenlang zu ertragen.

Ich will nicht behaupten, dass ich irgendeine besondere Berücksichtigung durch die Vorsehung oder eine wundersame Fügung verdient hätte, und doch drängt sich die Vermutung auf, dass hier etwas Derartiges, schwer zu Benennendes auf beinahe groteske Art und Weise hereingespielt und gerade das letztgenannte Übel als Hebel zur Veränderung eingesetzt hat. Ich habe schon erwähnt, dass die Tür meiner Zelle dem gewöhnlichen Aufenthaltsort der Wächter gegenüberlag. Dass sie nicht luftdicht schloss, sondern am Guckloch und über der Schwelle etliche Fugen aufwies, bewirkte schließlich, was all mein Bitten und Drängen nicht vermocht hatte. Die Wächter, die mich nicht hinausführten, wurden durch diese Fugen in Mitleidenschaft gezogen, so dass ich mir als Draufgabe zu meinen Nöten allerlei boshafte Anzüglichkeiten über „stinkige Intellektuelle" und überdies finstere Drohungen anhören musste.

Als auch meine Bitten um irgendein Mittel gegen Durchfall ebenso unerhört blieben wie die, dem Untersuchungsrichter vorgeführt zu werden, verdichtete sich mein Verdacht zur Gewissheit: Dies alles hing zusammen, ich sollte mit all diesen Mitteln „fertiggemacht" werden, durch die seelische Pein der Ungewissheit und die körperliche der Verwahrlosung und der Krankheit. Es war ein konzertierter Angriff gegen meinen Willen, meine Selbstachtung, auf den innersten Kern der Selbstbehauptung und damit auch des Widerstandes.

Die Absicht des Gegners zu erkennen ist Voraussetzung für den Versuch, sie zu durchkreuzen – aber wie? Verkommen sollte ich, damit ich vor ihrer militärisch gedrillten, vorschriftsmäßigen Sauberkeit und Wohlrasiertheit „in meines Nichts erbärmlichem Gefühle" in die Knie ging, weich wurde wie ein Häuflein Dreck. Als ob ich meine Kraft aus sauberen Kleidern oder aus Zahnbürste und Seife zöge wie weiland Simson aus seinem Haar. Nun, sie sollten sich verrechnet haben!

Zum Glück vermochte ich mein empörtes Aufbegehren abzukühlen auf ironische Gelassenheit und Überlegung. Wenn ich über die Vorschriften nichts erreicht, dann vielleicht auf einem anderen Weg. Was kann der Schwache dem Mächtigen gegenüber anderes als seine Schwäche so auszuspielen, dass die noch Mächtigeren aufgescheucht werden? Es war gewagt, aber ich musste es wagen! Es ging schließlich nicht nur um Wäsche und Zahnbürste, sondern mehr noch um ein Zeichen nach draußen und von draußen, von daheim, also um die seelische Sicherung. Ich sah keine andere Möglichkeit, die Mauer des Schweigens zu durchbrechen, so schwer es mir auch fallen mochte, litt ich doch schon jetzt ständig Hunger. Es musste sein: Hungerstreik! Lieber ein Ende mit Schrecken als dieses Dahinvegetieren in Ungewissheit und Verwahrlosung.

Ich begann ohne Ankündigung, indem ich das Essen zwar entgegennahm, es aber beim Einsammeln der Näpfe unberührt wieder hinausreichte. Der erste Tag verging, ohne dass irgendeiner der Wächter eine Frage gestellt hätte. Das konnte verschiedene Gründe haben, noch kannte ich das Verhalten der Einzelnen zu wenig. Wie wichtig es war, den Charakter und die Eigenheiten eines jeden sowie den jeweiligen Dienstantritt zu kennen, sollte sich bald zeigen.

Die beiden, die am nächsten Tag Dienst hatten, reagierten jedenfalls anders. Anscheinend hatten die vom Vortag doch Meldung erstattet, denn als ich den vollen Napf hinausreichte, raunzte es von draußen: „Auch dies geht dem Herrn nicht auf die Zähne! Was sollen die Zicken, Alter?" Als ich schweigend die Schultern hob, knurrte er: „Dir wird das Achselzucken noch vergehen. Die Schüssel stellst du dorthin aufs Tischchen!" Und er knallte das Türchen zu.

Damit hatte ich nicht gerechnet. Da sollte ich nun stundenlang den Frass vor Augen und unter der Nase haben.

So elend er war, er duftete verführerisch und ließ mir das Wasser im Mund zusammenlaufen. War das Absicht, wohlerprobte Taktik? Ich kauerte im fernsten Winkel und krümmte mich, um die Eingeweide zu beruhigen.

Am Abend kam ein anderer. Als ich ihm den Napf hinausreichen wollte, wies er ihn mit einer Handbewegung zurück und sagte ruhig: „Stell es nur zu den andern." Dann betrachtete er mich eine Weile und fragte sachlich: „Du isst schon seit gestern nicht?" Ich nickte. „Und warum?" Ich schwieg. Er wiegte den Kopf: „Was willst du eigentlich? Du bist doch ein Studierter und musst wissen, dass du mit dieser Masche hier nichts erreichst. Also raus mit der Sprache!"

Es klang zwar rau, aber nicht bösartig. Ich sah mir den Mann genauer an. Er war mir bisher nur durch seinen Schnurrbart aufgefallen, einen etwas altmodischen, bis zu den Mundwinkeln hinunterreichenden, rötlichblonden Schnauzer, der ihn älter erscheinen ließ als die anderen, aber auch weniger gedrillt, etwas eigenwüchsiger. Dazu die etwas überhängende Adlernase zwischen den grauen, fältchenumspielten Schalksaugen, alles in allem ein derbgesundes, verschmitztes Bauerngesicht unter der Tellermütze. Auch seine Rede klang anders, als ich sie bisher hatte zu hören bekommen, sie klang beinahe nach Zuspruch. Ich entschloss mich, nicht widerborstig zu sein, und sagte: „Es ist keine Masche, sondern leider eine Notwendigkeit." Er sah mich zweifelnd an. „Ja", fuhr ich fort, „man beschwert sich über den Gestank in der Zelle, man beschimpft mich dafür. Wenn ich nun nicht esse, werde ich auch nicht mehr stänkern müssen." Seine Brauen hoben sich, er pfiff leise durch die Zähne, dann huschte ein Grinsen über sein Gesicht, und während er den Kopf zurückzog, hörte ich ihn noch amüsiert brabbeln: „So einer bist du also. Das kann ja heiter werden."

Die Wachgruppe des nächsten Tages beglotzte mich zwar wie ein Wundertier, sie sagten jedoch nichts und taten nichts anderes als ihre Vorgänger: Sie wiesen die vollen Näpfe wortlos zurück, so dass sich auf dem Tischchen schon bald

kein Platz mehr dafür fand und die Brotrationen aus meinem Hut zu quellen begannen.
Nur etwas Kaffee und Wasser hatte ich in der ganzen Zeit genippt und fühlte mich gar nicht gut. Mir schwindelte, die Därme krampften sich zusammen, dass es mich krumm zog, und ich klapperte mit den Zähnen vor Hunger und Kälte auf meinem Strohsack und überlegte zum hundertsten Mal, ob es einen Sinn hatte, den Streik fortzusetzen, da er anscheinend ohne Eindruck und Wirkung blieb. Sein einziges Ergebnis war, dass mein Durchfall tatsächlich aufgehört hatte.
Da, am Abend des dritten Fastentages – ich war eben völlig erschöpft vom abendlichen Klogang zurückgebracht worden –, ging plötzlich die Zellentür auf und die Brille flog, bevor ich noch Haltung annehmen konnte, neben mich auf den Strohsack. Um diese Zeit? Das war gegen die Hausordnung! Doch zum Grübeln blieb mir keine Zeit. Schon packte mich der Wächter am Arm, und hinaus ging's, allerdings nicht in die Kanzlei, sondern die Steintreppe hinauf. Um diese Zeit, in diesem Zustand zum Verhör? Das konnte nur schiefgehen. Ich fühlte mich außerstande, klar zu denken, geschweige denn irgendeinen Widerstand zu leisten. Noch bevor ich mir irgendetwas überlegen konnte, standen wir vor einer Eisentür, diesmal allerdings nicht im zweiten, sondern im ersten Stock. Und als die Tür aufging, wehte mir ein anheimelnder Duft entgegen: Äther, Jod, Baldrian – Spitals- und Apothekendüfte!
Als ich die Brille abnehmen durfte, sah ich mich in einem winzigen medizinischen Kabinett einem jungen, robusten Fleischhackertyp im weißen Kittel gegenüber, der an einem mit Medikamenten, Schriften und Broschüren überladenen Schreibtisch saß. Er musterte mich mit einem abschätzigen Seitenblick, der allerdings mehr meiner verwahrlosten Erscheinung als meinem gesundheitlichen Zustand zu gelten schien. Da mir nicht klar war, ob ich diese Vorführung meinem Durchfall und seinen Folgen oder dem Fasten zu verdanken hatte, schwieg ich. Mir wurde schwarz vor Augen

und mein Herz raste, doch ich wartete so ruhig wie möglich ab. Das schien den Mann zu verunsichern und zu reizen. Er runzelte die Stirn und warf dem Wächter einen fragenden Blick zu. Der beugte sich über den Schreibtisch zu ihm hinüber und flüsterte ihm etwas zu, wobei er zugleich auf einen seitlich liegenden Zettel deutete. Der Oberarzt – ich hatte inzwischen seine Uniformjacke mit den Rangabzeichen über seiner Stuhllehne bemerkt – brummte nur etwas vor sich hin, schlug dann ein großes Register auf, trug dort und auf dem Zettel eine Nummer ein und herrschte mich dann an: „Name! Geburtsjahr! Ort! Eltern!" Die Art, wie er die Personalien aufnahm, ließ seinen Widerwillen gegen das dazugehörige Individuum deutlich erkennen.

Dass meine Antworten sich in Kürze und Ton seinen Fragen anpassten, schien er zunächst nicht zu bemerken. Als er nun zum Medizinischen überging, wurde sein Ton lauernd, auch schien er meine Angaben mit denen auf dem Zettel zu vergleichen. „Krankheiten?" Die und die. „Operationen?" Ich nannte sie. „Verletzungen?" „Zwei." „Wann, wo?" „Die erste 1916, Handgranatensplitter in Schulter und Hüfte." „Sichtbare Narben?" „Ja." „Und die zweite?" „1919, Durchschuss beider Knie."

Er stutzte, hob die Brauen, sah zum ersten Mal richtig auf und mir ins Gesicht, und langsam kroch die Frage auf mich zu. „1919? Da war der Krieg doch zu Ende." Ich holte tief Luft. Es war unmöglich, dass er, ein Arzt und ideologisch geschulter Offizier, nichts vom Angriff rumänischer Truppen gegen die ungarische Räterepublik, dem so genannten Theißfeldzug, gehört haben sollte. Was also bezweckte diese schauspielerische Frage? Ich sollte wohl selbst aussagen, dass ich gegen Kommunisten gekämpft hatte! Wie es dazu gekommen war, spielte keine Rolle, die Schlagwörter genügten auch vierzig Jahre danach, mich zum Feind des Regimes zu stempeln. Eine ruhige Antwort fiel mir nicht leicht – einem Arzt gegenüber, der sein Augenmerk nicht auf den Patienten, sondern auf den politischen Feind richtete. Dennoch brachte ich in

gemessenem Ton hervor: „An der Theiß leider noch nicht, Herr Doktor."
Er runzelte die Stirn, schien etwas sagen zu wollen, räusperte sich dann aber bloß, wies mit einem Ruck des Kopfes auf eine Messlatte und eine Personenwaage in der Ecke und knurrte: „Ohne Schuhe!" Während ich leicht aus den senkellosen Schuhen und an die Latte trat, fragte er den Wächter neben mir: „Wie viel?" „Eins achtundsiebzig", meldete jener darauf den Stand der Waage: „Einundsechzig Komma fünf." „Hm", brummte der Arzt und trug die beiden Zahlen ins Krankenbuch ein. „Warum habt ihr den nicht früher gebracht?" Der Wächter zuckte nur vielsagend die Schultern. „Seit wann isst er nicht?" „Den dritten Tag schon, Genosse Oberarzt!" „Und seit wann bekniet er euch, weil er außer der Reihe raus will?" „Seit seiner Einlieferung, Genosse Oberarzt."
„Aha, also eine chronische Sache, nicht erst hier aufgetreten", wandte er sich jetzt an mich. „Jawohl, Herr Doktor, nur verschlimmert hat es sich hier so, dass ich es nicht mehr ertragen kann. Ich bitte dringend um die Erlaubnis, hinauszudürfen, wann immer es mich überkommt, und um ein Mittel gegen die Krämpfe. Das in der Zelle – das ist gegen jede Hygiene. Und überhaupt, Hygiene ..." Jetzt brach sie aus mir heraus, die lange angestaute Empörung, und drohte alles umzuwerfen, zu verderben, was ich so lange und mühevoll vorbereitet. „Sehen Sie mich an, Herr Doktor, wie sehe ich aus? Und wahrhaftig nicht aus eigenem Verschulden. Seit bald zwei Wochen bitte ich um das Nötigste, um mich sauber halten zu können, aber es rührt sich nichts!" Wer weiß, zu welchen Torheiten ich mich noch hätte hinreißen lassen, wenn nicht der Arzt finsteren Gesichts abgewinkt und dem Wächter befohlen hätte: „Runter mit ihm! Das Weitere wird sich finden."
Mit dieser ominösen Schlussbemerkung im Ohr und unguten Gefühlen tappte ich hinab in meine Zelle. Was würde daraus erwachsen? Was hatte diese ganze Farce zu

bedeuten, wo der „Herr Doktor" mich doch nicht einmal angerührt und sogar die direkte Anrede so vermieden hatte, als könnte auch die ihn beschmutzen? Hatten die Wächter die Vorführung veranlasst wegen des steten Ärgers mit dem Hinausführen oder wegen des Gestanks oder gar wegen meines Hungerns? Ich kannte den Betrieb noch viel zu wenig, als dass ich hätte ahnen können, wie ausgeklügelt hier alles ineinandergriff, wie jede Regung beobachtet, gemeldet und ausgewertet wurde, damit man zum Ziel gelangte, nämlich zum Geständnis dessen, was man von einem hören wollte. Dazu war jedes Mittel recht, die körperliche oder die seelische Zermürbung oder deren Kombination, je nach Anfälligkeit des Opfers wohldosiert bis vor, aber eben nur vor die Grenze des völligen Zusammenbruchs, denn ein solcher hätte peinliche Folgen haben können – auch für die Behörden.

Nein, ich ahnte nicht, was sich hinter der Mauer des Schweigens abspielte. So legte ich die Tatsache, dass ich dem Arzt vorgeführt worden war, als Erfolg aus, dessen sonderbares Verhalten aber als Misserfolg, und beschloss, das Hungern als offenbar aussichtslosen Versuch aufzugeben. Fünf Kilo hatte ich hier schon verloren, wie mir die Waage gezeigt hatte, viel abzugeben hatte ich ohnehin nie gehabt, und jetzt spürte ich, dass ich am Ende war. Schluss also, ich durfte mich nicht selbst zugrunde richten.

Ich weichte etwas von meinem Brotvorrat in Wasser, kaute es gründlich zu Brei und ließ es langsam in den Schlund gleiten. Unsagbar wohl tat das. Solche Genüsse konnte man sich hier verschaffen? Wenn man nur nicht zu teuer dafür zahlen musste. Dies waren die letzten Gedanken, bevor ich einschlief.

Der nächste Morgen brachte gleich mehrere Überraschungen. Kurz vor dem Frühstück ging das Schiebetürchen auf, und in der Öffnung erschien ein mir unbekanntes, noch sehr junges, nicht unsympathisches Gesicht. Zu meinem Erstaunen stak der, der mich heranwinkte, in Zivil und hielt mir auf der Handfläche sechs

schwarze Scheibchen unter die Nase. „Je zwei nach jeder Mahlzeit, unzerkaut", sagte er leise, „und von diesem", damit zog er ein Fläschchen aus der Tasche, „zehn Tropfen in einem Löffel Wasser, wenn Sie Krämpfe bekommen. Der Wächter wird sie Ihnen geben, wenn Sie darum bitten, klar?" Ich nickte, er nickte, und das Türchen wurde geschlossen.
Ich wunderte mich, dass dies alles doch nicht ganz vergebens gewesen sein sollte. Nachdenklich betrachtete ich die sechs Pillen in meiner Hand, offenbar harmlose Tierkohlekompretten, aber welche beruhigende Wirkung ging von ihnen aus! Jetzt war ich der Tyrannei der Eingeweide und der Wächter nicht mehr so hilflos ausgeliefert, musste mich ihretwegen nicht mehr so erniedrigen. Ein erster kleiner Schritt aufwärts schien getan. Der heiße schwarze Kaffee, der gleich danach kam und in den ich von dem getrockneten Brot brockte, tat das Seine, meinen Lebensgeistern noch weiter aufzuhelfen. Wie nötig das war, sollte sich bald erweisen.
Kaum war der Rapport vorbei, öffnete sich die Tür, die Brille flog herein, und ich wurde den bekannten Weg hinaufgeführt, diesmal aber in den zweiten Stock, und als ich gleich darauf die Brille abnehmen durfte, stand ich endlich vor dem Untersuchungsrichter, der Sphinx dieses Labyrinths.
Die stumme Musterung, die anscheinend zum Ritus des Verhörs gehörte oder eine Eigenheit des Hauptmanns war, verlief jedes Mal anders. Diesmal hatte ich den Eindruck, dass er mich geradezu neugierig, ja ein wenig amüsiert betrachtete, bis er mir schließlich mit dem Kopf ein Zeichen gab, an den Schreibtisch heranzutreten, mir ein Blatt zuschob und sagte: „Unterschreiben Sie, dass Sie dies zur Kenntnis genommen haben." Ohne mich aus den Augen zu lassen, schob er mir Brille und Tintenstift zu.
Was ich da zu lesen bekam, ließ mir Atem und Herzschlag stocken, vor Freude und Bestürzung zugleich: Es war ihre Unterschrift, die ich da sah, die bekannten Züge, klar und gleichmäßig wie eh und je, obgleich diesmal Grund genug

gewesen wäre, sie zu verzittern, denn sie standen unter dem Verzeichnis der mir abgenommenen Wertsachen, die erhalten zu haben sie hiermit bestätigte. Was musste sie gedacht, gefühlt haben, als ihr mein Ehering, die goldene Uhr, Brieftasche und Füllhalter übergeben wurden! Sonst geschah so etwas ja nur, wenn der Besitzer verstorben war! Da war nun das heißersehnte Lebenszeichen – aber in welch teuflischem Zusammenhang! Es muss für ihn ein fesselndes Schauspiel gewesen sein, den Widerstreit der Empfindungen in meiner Miene zu beobachten. Ich wüsste selbst nicht zu sagen, welche in dem Augenblick, da ich noch wie erstarrt dastand, statt zu unterschreiben, überwog: Schreck oder Freude? „Nun, da können Sie ja schwarz auf weiß sehen, dass Ihre Gattin daheim und wohlauf ist. Noch immer nicht zufrieden?" „Doch, schon", brachte ich mühsam hervor, „aber was hat sie denken müssen beim Anblick dieser Dinge?" Ein spöttisches Lächeln spielte um seine schmalen Lippen: „Nun, ich denke, einem Toten bräuchte man keine Seife oder Zahncreme mehr zu schicken. Das Zeug erhalten Sie unten in der Verwaltung. Aber unterschreiben tun Sie hier." Mir war zumute wie auf einer Riesenschaukel, mit leerem Kopf und Magen. Halb bewusstlos kritzelte ich meinen Namen hin und vernahm noch wie aus weiter Ferne, ich solle mir ja nicht einbilden, ich hätte dies etwa meinem Hungerstreik zu verdanken. Mit solchen Mätzchen komme hier niemand durch. Dies alles sei längst auf dem Amtsweg erledigt worden, ich solle nur einmal auf das Datum der Übergabe sehen. Als ich es daraufhin, noch ganz benommen, entzifferte, stellte ich mühsam fest, dass es tatsächlich schon zehn Tage zurücklag. Diese Teufel! Das war das letzte, was ich denken konnte, ehe mich der Wächter am Arm nahm und hinab führte.
Als mir am Nachmittag in der Kanzlei tatsächlich die Sachen ausgehändigt wurden, hatte ich mich wieder beruhigt und konnte mich über das, was doch sie ausgesucht hatte, dankbaren Herzens freuen und dabei sogar über die Umständlichkeit der Prozedur und die Vorsichtsmaßnahmen

dabei lächeln. Jedes einzelne Stück, Hemd, Handtuch, Unterhose, Taschentuch, Strickweste, Socken, alles und jedes wurde auseinandergefaltet und geschüttelt, die fabrikneue Seife sogar zerschnitten und untersucht, ob nicht irgendeine Botschaft oder sonst etwas Unerlaubtes geschmuggelt werden sollte. Ein Wunder, dass sie nicht auch die Zahncreme aus der Tube drückten. Das Handtuch wurde dafür halbiert, damit es nicht zum Strangulieren taugte. So besorgt war man um mich.
Doch weder dies noch die Tatsache, dass man mir nur jeweils ein Stück jeder Art ausfolgte, da der Häftling nur über zwei Garnituren verfügen dürfe und ich die eine am Leib trüge, konnte mir noch etwas anhaben, dünkte ich mich doch reich beschenkt in jeder Hinsicht. Das Lebenszeichen von ihr, und dazu in doppelter Gestalt! Das Gute am Übel ist, dass es auch einmal zu Ende geht. Hatte nicht Epikur sich und uns damit getröstet? Jetzt konnte ich mich wieder richtig waschen, trocknen, umziehen – ach, was nicht alles!
In meiner freudigen Erregung bemerkte ich nicht gleich, dass Kamm und Bürste fehlten. Erst als ich die Liste der übernommenen Gegenstände unterzeichnen sollte, fiel es mir auf, und als ich danach fragte, hieß es, die seien hier nicht nötig. Vermutlich war der Punkt der Gefängnisordnung, demgemäß die verurteilten Sträflinge kahlgeschoren wurden, auf die Untersuchungshaft ausgedehnt worden. Wie sich das auf uns, die wir unsere Haare vorläufig behalten durften, auswirkte, lässt sich schwer beschreiben. Offenbar sollte dadurch auch die ästhetische Kluft zwischen dem Häftling und dem Wächter, zwischen dem Feind der Gesellschaft, des Volkes, des Regimes und seinen Hütern vertieft werden; sie sollten auf ihn als einen in jeder Hinsicht Minderwertigen und Verächtlichen hinabsehen können. Nun, sie erreichten, dass wir uns selbst zum Ekel wurden, und vielleicht war es ein Glück, dass es nirgends einen Spiegel gab.
Aus der Generalsäuberung wurde freilich zunächst noch nichts. So verdreckt, wie ich war, konnte ich unmöglich die

saubere Wäsche anziehen. Nein, ich musste noch zwei Tage warten bis zum Badetag, dem Samstag. Noch zweimal 24 Stunden! Welch anderes Warten ist es aber, wenn man sich auf etwas freuen kann.

16 Badetag

Nach allem, was bisher geschehen oder vielmehr nicht geschehen war, wird man sich denken können, was das für ein großer Tag für mich war. Nicht nur die Aussicht auf ein Bad verlieh ihm diesen Glanz, sondern auch das Drum und Dran: Seife, richtig gute Seife, saubere, sauber duftende Wäsche danach. Welche Genüsse, schon jeder einzelne, dann erst alle zusammen!
Wie gedankenlos und undankbar nimmt man doch derlei im Alltag hin, als sei es selbstverständlich. Keine Annehmlichkeit, die der Mensch dem Menschen gewährt – oder ausschlägt –, ist selbstverständlich. Wer gar glaubt, sie fordern zu dürfen, ist auf dem Holzweg, auf dem Weg zu schlimmen Enttäuschungen, die ihn nicht nur verbittern, sondern geradezu lebensuntauglich machen können. Nein, nie Gutes erwarten, immer auf das Schlimmste gefasst sein, aber alles, was einem etwa an Gutem zufällt, dankbar annehmen – das ist mir als Lebenseinstellung zugewachsen, und da die Jahre hinter Stacheldraht und Gitterfenstern mir besonders sinnfällig zu dieser Einsicht verhalfen, muss ich sie nicht als ganz verloren werten.
Der Badetag kündigte sich dort dadurch an, dass einem nach dem Frühstück ein Bröckchen graue Waschseife von der Größe einer Streichholzschachtel in die Zelle gereicht wurde. Dann begann das Warten, und das konnte sich bis zum späten Nachmittag hinziehen, wenn alle Zellen besetzt waren und man das Pech hatte, zu den Letzten zu gehören. Die Reihenfolge änderte sich jede Woche, ebenso die Badedauer je nach Häftlingsdichte zwischen einer Viertel- und einer halben Stunde. Die hätte ja zum Baden völlig ausgereicht, zumal es nur Duschen gab, aber ...
Dass die Duschanlage ein umgebautes Klo war, hätte uns nicht weiter gestört, wenn sie nur ihrem neuen Zweck besser entsprochen hätte. Dem war aber nicht so. Sie unterschied sich von unserem Klo nur dadurch, dass die Abtrittöffnungen hier mit je einem Siebabfluß versehen

worden waren und dass es einen kleinen Vorraum mit einem Waschbecken gab. Die Klotüren hatte man ausgehängt, die Schwellen aber dem neuen Zweck nicht angepasst, so dass das Wasser gleich in den Vorraum floss, wo unsere Schuhe standen und wir uns aus- und anziehen und schließlich die Überschwemmung aufwischen mussten. Außerdem gab es im Vorraum nur zwei Haken. Sobald man also einen Badgenossen hatte und es überdies draußen kalt war, wurde es eng, denn unten ablegen konnte man bei der Überschwemmungsgefahr nichts.

Kleinigkeiten, gewiss. Aber auch das kleinste Steinchen im Schuh kann einem übel mitspielen, wenn man damit marschieren muss. Zu diesen betrüblichen Umständen im Bad kam noch etwas anderes, was Neulinge nicht wussten: Diese paar Minuten mussten nicht nur fürs Baden reichen, sondern auch für das Waschen schmutziger Wäsche. Es hieß, beides miteinander zu verbinden: Während man duschte, musste man die Wäsche mit den Füßen walken, ähnlich wie früher der Winzer die Trauben kelterte. Das von einem selbst hinunter strömende Seifenwasser besorgte das Einweichen und die Vorwäsche. Hatte man sich selbst abgeschrubbt, ging es ans Einseifen und Auswaschen. Zum Glück hatte man nicht viel zu waschen, aber immerhin Hemd, Unterhemd, Unterhose, Socken, Taschentuch und Handtuch, und wer sich bisher noch nicht als Vierhänder betätigt hatte, tat sich schwer. Hinzu kam, dass das Stückchen Seife, das wir bekamen, klein, im wahrsten Sinne des Wortes verschwindend klein war und auch für die nächste Woche reichen sollte. Die ganze Tücke des Objekts bekam ich vorerst gar nicht zu spüren, da ich noch über das große Stück Badeseife von daheim verfügte. Als dieses jedoch dahin schmolz und ich auf das ärarische Stückchen angewiesen war, merkte ich, was es bedeutet, mit einem solch glitschigen kleinen Ding Wäsche zu waschen. Es rutschte einem dauernd weg, verschwand zwischen den Wäschestücken, flitzte im Wasser herum, kurz, es spielte einem allerhand Streiche, die einen nicht nur erbosten, sondern Zeitverlust bedeuteten.

Nur ein Beispiel dafür, auf was für Ideen einen diese Notlage bringen kann: Als ich im dritten Monat meiner Haft für kurze Zeit einen Zellengenossen erhielt und er bei unserem ersten gemeinsamen Bad meine hektischen Bemühungen sah, zeigte er mir nach der Rückkehr in die Zelle, – als Ergebnis langjähriger Erfahrung hinter Gittern –, wie man diesem ärgerlichen Missstand abhelfen konnte. Ich hatte, solange meine gute Seife vorhielt, die zugeteilten Stückchen gesammelt und versucht, sie durch Anfeuchten zusammenzukleben, um ein größeres und handlicheres Stück herzustellen. Vergebens, sie fielen natürlich immer wieder auseinander. Als mein Zellengenosse meinen Vorrat, den ich in der Manteltasche bewahrte, zu Gesicht bekam und davon hörte, lächelte er milde aus der Reife bitterer Erfahrung und unterwies mich. Er untersuchte die Bettgestelle nach einer geeigneten scharfen Kante, die im Sitzen zu erreichen war. Dann setzte er sich hin, breitete sein Taschentuch übers Knie und begann die Seife an der Kante abzuraspeln. Als es ihm genug schien, knetete er mit feuchten Fingern eine Kugel von der Größe einer Nuss, die er dann in den Flocken drehte und wälzte, so dass sich Schicht auf Schicht um den feuchten Kern legte wie Schuppen um einen Tannenzapfen, bis er mir schließlich einen handlichen faustgroßen Ball überreichte. Wer dieses Verfahren erfunden hatte, wusste er selbst nicht, er hatte es hier gelernt und sich darüber weiter keine Gedanken gemacht.

Zurück zur Wäsche: War nun ein Stück gewaschen, so gut es ging, und nach Kräften ausgewrungen, fand man keinen Platz, an dem es nicht wieder nass oder dreckig geworden wäre, außer dem Spülbecken im Vorraum. Dort aber musste auch das Handtuch zum Abtrocknen bereitgelegt werden, da der Kleiderhaken von der Duschzelle aus nicht zu erreichen war. Solange man über den Raum verfügen konnte, ging das gut, sobald man aber zu zweit war und auch noch durch einen boshaften Wächter gezwungen wurde, eine einzige Duschzelle zu benutzen, lernte man den Wert der Einsamkeit richtig schätzen. Mehr braucht man darüber eigentlich nicht zu sagen. Dann kam noch das Ankleiden, wobei man keinen trockenen Fleck zum Hintreten fand – ein Balanceakt. Zudem hatte man den Vorraum in tadellos aufgewischtem Zustand zu übergeben, wenn man ihn auch – merkwürdigerweise – kaum jemals so vorfand. War ein Putzhader vorhanden, war's zwar schwierig, aber nicht schlimm, schlimmer wurde es erst, wenn der Wächter keinen zur Verfügung stellte. Dann blieb einem nichts anderes übrig, als das schlechteste Stück der soeben gereinigten Wäsche zu nehmen und es nachher, wenn einem dazu noch Zeit blieb, im Spülbecken irgendwie sauber zu kriegen.

In der Zelle dann wurde „geflaggt". Zum Trocknen konnte die Wäsche nur an den Fuß- und Kopfenden der Betten aufgehängt werden. Da sie nicht gebügelt werden konnte, kann man sich vorstellen, wie sie bereits nach wenigen Wochen aussah, wo doch der Rost an den Gestellen noch das Seine tat. Hatte man seinerzeit als Rekrut mit dem einen oder anderen Wink von den „Frontschweinen" rechnen können, war man hier ganz auf sich gestellt in Situationen, an die man früher nicht einmal in bösen Träumen gedacht hatte. Dazu kam noch die Willkür des Wachpersonals, der besonders viel Spielraum gewährt wurde, so dass die Häftlinge sich manchmal durch Schikane in ihrer Gesundheit gefährdet sahen, wenn etwa mutwillig die Heizung gedrosselt wurde oder das Fenster im Bad auch bei ärgster Kälte nicht geschlossen werden durfte.

17 „Hygienisches"

Unter diesem Stichwort eröffnet sich ein großer Fragenkomplex, der mit dem Rubrum „Waschen" allein nicht abgetan ist, sondern sich in allen Einzelbereichen zur streckenweise unerträglichen Hafterschwernis auswuchs und dem ich deshalb ein eigenes, vorgreifendes Kapitel widmen muss.

Zunächst die Nägel, die mir buchstäblich auf den Nägeln brannten. Auf meine erste Bitte um eine Schere hatte ich eine derart höhnische Abfuhr bekommen, dass ich eine zweite scheute. Ich versuchte es anders. Was sich bei unseren urweltlichen Vorfahren nicht durch Laufen, Klettern oder Wühlen abnutzte, hatten sie vermutlich mit einem scharfen Stein beseitigt. Die rauen Stellen an den gekalkten Wänden der Zelle zu benutzen war mühselig und hinterließ Spuren, die mir womöglich als Beschädigung staatlichen Eigentums ausgelegt worden wären. Den Zehennägeln konnte ich auf diese Art überhaupt nicht beikommen, also musste ich auf etwas anderes sinnen.

Als ich mich zufällig an einer scharfen Stelle des eisernen Bettgestells verletzte, glaubte ich eine bessere Möglichkeit gefunden zu haben. Es funktionierte, was die Finger anging, auch ganz gut, nur die Zehen erwiesen sich als Schmerzenskinder. Meine Bitten und Proteste aber wurden mit Grinsen oder bestenfalls Schulterzucken beschieden.

Als ich nach etlichen Wochen Haft zum ersten Mal in die Freiluftzelle zum Spaziergang geführt wurde, die damals noch kiesig-sandigen Naturboden hatte – später wurde er betoniert –, und dort ein daumennagelgroßes scharfes Steinchen fand, dünkte ich mich etwa so glücklich wie irgendein Neandertaler Urahn, der ein Schabmesser oder einen Faustkeil gefunden hatte. Bei der nächsten Leibesvisitation jedoch wurde es gefunden – und mir beinahe zum Verhängnis, denn nur die Einsicht des diensthabenden Offiziers bewahrte mich vor der Strafe.

Erst Wochen später vereiterte ein Zeh durch ein entzündetes Hühnerauge, was bei dem Schuhwerk und der Feuchtigkeit ja nicht ausbleiben konnte. Alle meine Bitten um medizinische Hilfe oder zumindest ein Desinfektionsmittel verhallten ungehört, so dass ich mir nicht anders zu helfen wusste, als dass ich beim Frührapport, als der diensthabende Offizier hereinschaute, mit der Faust auf die Eiterbeule hieb, dass es spritzte. Das half.
Ein Feldscher reinigte und desinfizierte die Wunde. Er übergab dem Wächter ein Thermometer, das er mir, sobald ich mich fiebrig fühlte, aushändigen sollte. Wenn die Temperatur 37 Grad überstiege, würde er alles Weitere veranlassen. Das war zum Glück nicht nötig. Er kam noch zweimal und versorgte die Wunde, dann war es überstanden. Bei der Behandlung war ihm natürlich der Zustand meiner Zehennägel nicht entgangen, und als ich – das Redeverbot übertretend – darauf hinwies, gab er zwar keine Antwort, aber nach dem nächsten Bad erhielt ich zum ersten Mal eine Schere oder zumindest etwas entfernt Ähnliches. Dass die Spitzen abgesägt waren, mochte noch angehen, dass man aber auch die Schneiden abgestumpft und das Scharnier gelockert hatte, entfremdete sie nun ihrer ursprünglichen Bestimmung ganz und gar. Mit diesem Gerät konnte nicht mehr geschnitten, sondern nur noch gebrochen und gerissen werden. Das machte die Vergünstigung zum Hohn und Ärgernis. Was aber sollte ich tun? Jeder Protest hätte die Lage nur noch verschlimmert, also bedankte ich mich für die Freundlichkeit. Und siehe da, beim nächsten Mal war das Scharnier so weit angezogen, dass man den gut durchweichten Nägeln beikommen konnte.
Das Fehlen von Kamm und Bürste ließ sich ertragen, gab mir aber das ständige Gefühl, ungepflegt auszusehen. Die Frage des Hauptmanns beim Fotografieren, warum man mich nicht wenigstens zum Barbier gebracht hatte, war mir ursprünglich als gespielt erschienen, doch tags darauf wurde ich nach dem Abendessen aus der Zelle geholt und in einen Raum gebracht, wo ein Stuhl und ein Mann in weißem Kittel

stand wie ein Henker, der auf den Delinquenten wartete. In den Händen hielt er jedoch weder Strick noch Schwert, sondern einen kleinen Tiegel mit einem Stückchen Seife drin, die herrlich nach Bittermandeln duftete und aus der er mit einem struppigen Pinsel emsig Schaum schlug, ohne mich eines Blickes zu würdigen. Erst als der Wächter die Tür geschlossen, sich daran gelehnt und mir bedeutet hatte, mich zu setzen, machte der Kittelträger sich über mich her und hüllte mein Gesicht in eine Wolke von Schaum, dass kaum Nasenlöcher, Mund und Augen freiblieben. Doch ich hielt ganz still, denn es war eine Wonne, das weiche Gleiten und dann das hauchleichte Schaben des Messers auf der Haut zu spüren, die Strich um Strich vom Stoppelwerk befreit wurde. Nachwaschen mit Kölnischwasser freilich gab's ebenso wenig wie Pulver oder Creme, so heftig die Haut auch brannte.

Als der Barbier seines Amtes gewaltet hatte, fuhr er mit den Fingern durch meine Frisur, hob mein Nackenhaar an und sah fragend zum Wächter hinüber. Als der gewährend nickte, zückte Figaro eine lange Schere, die vielleicht eher für eine Schafschur gedacht war, und brachte mit Schnipp und Schnapp und Kamm und Bürste etwas Luft und Ordnung in mein verfilztes Haargestrüpp. Wäre ich damals nicht überkommenen Vorstellungen verhaftet gewesen, so hätte ich vernünftigerweise den Wunsch geäußert, kahl oder sehr kurz geschoren zu werden, doch ich scheute davor zurück, mich gleichsam selbst als Sträfling zu kennzeichnen. Dazu sollte es deshalb erst ein Jahr später, nach der Verurteilung kommen.

Als der Wächter während der Schur für kurze Zeit den Raum verließ, war ich drauf und dran, eine Torheit zu begehen. Da der Haarschneider unter dem Kittel Zivil trug, keimte in mir der Gedanke, über ihn Verbindung nach daheim aufzunehmen. Dass der Wächter hinausging, deutete ich geradezu als einen Wink des Schicksals, dieses zu versuchen. Immerhin aber hatten mich die Erfahrungen der letzten Zeit mit so viel Misstrauen aufgeladen, dass mich mein Instinkt noch zur rechten Zeit warnte. Zur dritten oder vierten Rasur – sie erfolgte etwa wöchentlich, der Haarschnitt monatlich – erschien der Friseur denn auch in Uniform. Ob sein Auftritt in Zivil eine Falle oder Zufall war, vermag ich nicht zu sagen, nach den Praktiken aber, die dort geübt wurden, erscheint mir Ersteres wahrscheinlicher.

18 Taktiken, Praktiken

Nichts geschah dort rein zufällig, auch die unscheinbarsten Dinge und Vorgänge waren einem Zweck untergeordnet. Darüber wurde der Häftling natürlich im Unklaren gehalten, und auch bei den alltäglichen Verrichtungen ließ man keine kalkulierbare Regelmäßigkeit aufkommen. Fest an die Uhrzeit gebundene Vorgänge waren eigentlich nur das Wecken um fünf, der Rapport um sieben und die Nachtruhe um 22 Uhr. Alles Übrige, sogar die Mahlzeiten, war hinsichtlich Zeit und Beschaffenheit variabel ausgelegt und konnte von einem Tag zum anderen wechseln. Fragen nach dem Grund etwa der Verkleinerung der Brotration wurden mit einem Schulterzucken beschieden. Zeitweilig gab's zum Frühstück nur noch einen halben Becher Kaffee, dann bekam ich unvermittelt einen Klacks Marmelade – und plötzlich wieder keine mehr.

Unser ganzes Leben hier fand sein Sinnbild in den blinden Brillen: Es war ein Tasten von einem Tag zum anderen, von einer Ungewissheit zur anderen, das einen in steter Spannung hielt. Mit dem Auf und Ab in puncto Nahrung, die jedem Häftling wichtig war, verbanden sich die übrigen Fragen. Nie wusste man, ob man am Samstag wirklich würde baden können, wann man zum Rasieren und Haareschneiden oder zum „Spaziergang" geholt würde, wann man die Zelle aufwaschen oder sich einer Zellen- oder Leibesvisitation stellen musste.

Wie letztere durchgeführt, nein, zelebriert wurde, lässt vermuten, dass sie als Hauptstück der Zermürbungstaktik galt. Zu den ungewöhnlichsten Zeitpunkten, etwa gleich nach dem Aufstehen oder kurz vor dem Schlafengehen, tagsüber oder gar während des Essens ging lautlos die Tür auf und herein traten auf Filzsohlen zwei Wächter, während im Türspalt der Offizier vom Dienst sichtbar wurde. Während der eine sich an die Strohsäcke, das Bettzeug die Wäsche und jeden einzelnen Zellenwinkel machte, musste ich mich vor dem anderen völlig entkleiden und herumdrehen wie eine Karussellfigur, wobei er jede Kleidungsnaht und Falte abtastete – meine Haare übrigens auch.

Als dieses zum ersten Mal geschah, durchfuhr mich ein eisiger Schreck, weil ich noch nicht wusste, dass es zur Routine gehörte, und mir das Hirn zermarterte, welchen Verdacht sie wohl hegen konnten. So weit war ich schon demoralisiert. Als sie dann aber das Steinchen fanden und triumphierend dem Offizier als corpus delicti präsentierten, war ich kuriert, denn ich erkannte, dass der ganze Hokuspokus nur der Einschüchterung diente. Von da an hatte ich eine Denksportaufgabe, nämlich auszuklügeln, wie ich die Herren am besten hinters Licht führen könnte, wenn ich mal wirklich etwas zu verbergen haben sollte. Das Ergebnis war mager, es gab eigentlich nur zwei Möglichkeiten: im Mund oder im Unratkübel. Nur diese beiden Verstecke wurden nie untersucht.

Ja, der Mensch ist erstaunlich erfinderisch, seltsamerweise aber weniger, wenn es das Leben des Anderen zu erleichtern gilt, als wenn es darum geht, es ihm zur Hölle zu machen. Stichwort Zellenwischen. In unregelmäßigen Abständen, etwa einmal im Monat, stand vor der Zellentür ein Blecheimer mit Wasser, in dem ein paar grobe Hadern[7] schwammen. Die Geste des Wächters war unmissverständlich. Hatte man es mit einem anständigen Mann zu tun, war das Wasser sauber und warm und die Hadern ebenfalls frisch gewaschen und mindestens von der Größe eines Taschentuchs. Andernfalls musste man darauf gefasst sein, dass die Sache so unangenehm wie möglich gemacht wurde. Für ihn war es natürlich am bequemsten, das Wasser nicht nach jeder Zelle zu wechseln. Wenn man dann in einer der letzten saß, waren Wasser und Hadern verdreckt und man konnte nichts anderes tun, als darauf zu achten, dass man beim Wischen möglichst wenig von diesem Dreck aus Staub, Häcksel und Stroh in der eigenen Zelle ausbreitete.

---

[7] Putzlappen (Österreichisch).

Gipfel der Bosheit war, dass einem dann nicht einmal gestattet wurde, den Eimer zum Klo zu tragen, zu säubern und neu zu füllen, weil man sich dabei die Hände hätte säubern können. Das Rücken der Betten in dem engen Raum fiel bei all den Unannehmlichkeiten kaum noch ins Gewicht, kostete aber Zeit, was einem wieder Hohn und Schelte eintragen konnte, weil auch diese Prozedur im Hetztempo erledigt werden musste.

In den anderthalb Jahren, die ich dort in Untersuchungshaft zubrachte, wurden die Strohsäcke zweimal frisch gefüllt. Beim ersten Mal hatte ich mir die Hoffnung gemacht, dass ich sauberere Hüllen kriegen könnte. Als sie mir dann als zum Bersten gefüllte Ungetüme in die Zelle geschoben wurden, fasste ich das zuerst als derben Scherz auf, den auch die grinsenden Gesichter dahinter vermuten ließen. Welches Ungemach die prallen Bälge bargen, sollte mir erst später aufgehen.

Den obersten Sack aufs oberste Bett zu wälzen fiel mir trotz seines Gewichts und seiner Unförmigkeit nicht allzu schwer. Mehr Schwierigkeiten gab es schon mit dem nächsten, den ich quer zu den anderen unter dem Fenster unterbringen musste, aber schließlich war es geschafft. Als ich dann auch noch die beiden restlichen auf die Bettgestelle rechts und links gestemmt und gewälzt hatte – die Aktion kam einem Ringkampf mit einem Walfisch gleich, weil die Dinger weder zu greifen noch zu umfassen waren –, wähnte ich das Schlimmste überstanden. Bald jedoch sollte mir aufgehen, warum die Kerle so infam gegrinst hatten.

Natürlich hatte ich für mein Bett den mir am saubersten erscheinenden Strohsack ausersehen, dabei jedoch nicht beachtet, dass seine Hülle nicht aus dem gewöhnlichen großporigen Sackleinen, sondern aus einem ganz dichten, anscheinend auch noch imprägnierten Segeltuchgewebe bestand, das sich glatt, beinahe fettig anfühlte. Auf den alten Strohsack hatte ich mich ohne weiteres setzen können, da er weich war und sich dem Körper anpasste. Dieses Biest aber war höher als mein Gesäß, gab keinem Druck nach und war

obendrein glatt. Sosehr ich mich auch mühte, mich rücklings hinaufzuschieben, ich rutschte ab. Dasselbe widerfuhr mir, als ich es bäuchlings versuchte, da meine Hände nirgends Halt fanden. Erst an der Schmalseite des Bettes gelang es mir, den Strohsack über das Geländer weg zu erklimmen. Da saß ich nun endlich oben auf dem Walroßrücken, doch viel hatte ich damit nicht gewonnen. Sobald ich mich bewegte, geriet ich ins Rutschen. Mit meinem Gewicht einen Eindruck zu hinterlassen gelang mir nicht, und zu rütteln wagte ich nicht, weil das Bettgestell es nicht unbeschadet überstanden hätte. Also runter von der mühsam erklommenen Höhe, runter auch mit dem widerspenstigen Trumm. Ohne nur einen Gedanken an die Wächter zu verschwenden, vollführte ich nun, mich am Bettgestell festhaltend, einen wilden Tanz auf dem tückischen Untier, das allerdings außer einem Knistern keinen Laut von sich gab. So gelang es mir schließlich, es soweit zu bezwingen, dass es mich duldete. Zum Glück hatte ich es schon wieder auf seinen Platz gebannt, als einer der Wächter herein guckte; die respektlose Behandlung staatlichen Eigentums wäre mich sonst teuer zu stehen gekommen. So aber grinste er nur halb verblüfft, halb anerkennend, als er mich mit baumelnden Beinen oben thronen sah und ich auf seine Frage, wie ich – „Alterchen!" – dort hinaufgekommen sei, antwortete, das sei bei dem Kraftfutter ja kein Wunder.
Ungefähr zu derselben Zeit erhielt ich erstmals Bettwäsche: ein Laken und einen Polsterüberzug pro Bett. Wie sie zu verwenden seien, wurde mir freigestellt. Diese Großzügigkeit hatte ich nicht erwartet. Spekulationen schossen ins Kraut, die von anstehender Inspektion bis zum Regimewechsel reichten. Von Tag zu Tag erwartete ich weitere Veränderungen, doch nichts dergleichen geschah. Mit den Bettlaken verfuhr ich je nach Temperatur. So gelang es mir, das halbwegs auszugleichen, was von Seiten der Wachmannschaft versäumt oder absichtlich falsch gemacht wurde. Die Heizung wurde nämlich nach dem Kalender und nicht nach der Außentemperatur eingestellt, im Sommer

wiederum wurde es, nachdem einige von den traurigen Fichten vor der Luke gefällt worden waren, manchmal unerträglich heiß, worauf keineswegs meiner Bitte nach etwas Durchzug stattgegeben, sondern die Schiebetür umso dichter verrammelt und auch die verbliebenen Seitenspalten der Luke mit Sperrholz vernagelt wurden. So war einem auch der schmalste Ausblick auf das Restchen Umwelt verwehrt.

Das „Spazierengehen" habe ich schon erwähnt. Dabei handelte es sich nicht etwa um einen Hofgang mit anderen Häftlingen, sondern um ein Trotten in einer – wie ich sie nannte – „Luftzelle", die nicht überdacht, sondern mit einem Drahtnetz überspannt, auch nicht möbliert war und deshalb etwas größer wirkte. Es gab deren fünf, so dass die Insassen von fünf Zellen gleichzeitig „spazierengehen" konnten, ohne einander auch nur sehen zu können. Von deren Besetzung hing es ab, wie lange man Luft schnappen durfte, selten aber war man länger als eine halbe Stunde „draußen".

Der Bewegungsraum war auch hier gering bemessen, doch wehte frische Luft ohne die Beigabe des Unratkübels, über dem Drahtnetz wölbte sich der freie Himmel, mochte er nun blau oder grau sein, und über die östliche Mauerkante und einige Fichtenwipfel hinweg konnte man, wenn man den Kopf in den Nacken legte, das Felsenhaupt der Zinne erspähen, während über die nördliche und die westliche Mauer die Zweige einiger Obstbäume aus dem Garten der einstigen Villa winkten. Als ich von dort aus zum ersten Mal winzige Gestalten auf dem Zinnengipfel erblickte, wurde mir die Kehle eng und das Auge feucht. Würde ich jemals wieder von dort oben auf die alte liebe Stadt herunterschauen?

Im Übrigen war es mit dem „Spazierengehen" genauso wie mit allem Anderen in diesem Betrieb von Teufels Gnaden: Es gab keine Regeln, nur die der Regellosigkeit. Beim schönsten Wetter ließ man einen in der Zelle hocken, beim schäbigsten Nieselregen trieb man einen hinaus, mal in diese, mal in jene „Luftzelle", ganz selten vormittags, meist nach dem Mittagessen, mal die aus dem Erdgeschoß, mal die aus dem ersten Stock, mal die links, mal die rechts zuerst – es gab so viele Variationsmöglichkeiten, dass es keinen Sinn hatte, auch nur Wahrscheinlichkeitsrechnungen anzustellen. Das Drahtnetz und die scherbengespickten Mauern machten zudem selbst einen „Luftpostverkehr" unmöglich. Nur zweimal geschah es in den anderthalb Jahren, die ich unter diesen Umständen „spazierengehen" musste, dass Steinchen aus einer Nachbarzelle herüberflogen. Als daraufhin der Boden betoniert wurde, war auch damit Schluss.

19 Erkundungsversuche

Das Steinchenwerfen schien mir zunächst eine harmlose Spielerei, bis mich mein Zellenkamerad – ich will ihn Pischta nennen – aufgrund langjähriger Praxis (er saß zum dritten Mal als „Politischer") belehrte: Es sollte eine Verbindung herstellen, eine Verständigung einleiten. Schon an der Zahl der Steinchen und am Rhythmus, in dem sie geworfen wurden, konnte man erkennen, wie viele Schicksalsgenossen sich drüben befanden. Na und? wird der Skeptiker fragen. Freilich ist mit nüchternem Verstand der Situation hier im Gefängnis nicht beizukommen. Wie Materie sich unter Druck verändert, so verändert sich auch das seelische Gefüge des Häftlings. Die Maßstäbe, nach denen etwas als wichtig oder unwichtig eingestuft wird, die Begriffe von Gut und Böse, Zulässig und Verboten usw. verschieben sich, beim einen früher, beim anderen später; jedenfalls bleibt er sich nicht gleich.

Einer, der gesessen hat, wird ohne Weiteres begreifen, welche Genugtuung schon die einfache Tatsache bereitet, dass man dem Wächter und dem „Regulament" ein Schnippchen geschlagen hat, wenn sich auch gar nichts praktisch Nutzbares daraus ergibt. Auch die übrigen Versuche, sich Kenntnisse über Nachbarn und Umgebung zu verschaffen, müssen unter diesem Gesichtspunkt gesehen werden. Praktisch schaute dabei wenig heraus, höchstens dass es einem gelang, sich ein wenig die Zeit zu vertreiben. Weil dabei dem Auge so gut wie jede Möglichkeit genommen war, etwas beizutragen, übernahm das Ohr die Hauptrolle. An die erste Stelle im Zellenleben trat das Lauschen, man war ständig auf Horchposten, um etwas zu erfahren, was draußen vorging, aber auch, um nicht überrascht zu werden. Auch hier war man ja an einer Art Front, wo Aufklärung und stetige Alarmbereitschaft lebenswichtig waren. Die Aufmerksamkeit konzentrierte sich vor allem auf die Geräusche, die vom Gang in die Zelle drangen, schließlich kam alles, was für unser Leben wichtig war, von dort. Das Leben jenseits der Mauern war, sosehr man es ersehnte und davon träumte, ebenso weit weg wie das Einst, das in irgendeiner Form in einem weiterlebte, aber vor dem Jetzt und Hier zurücktreten musste. Der Gang war für uns ebenso geheimnis- und schicksalsumwittert wie im Krieg das Niemandsland. Was dort vorging, war für uns in jedem Fall bedeutungsvoll.

Zunächst horchte man auf den Tagesrhythmus. Pulste der wie gewohnt, so ging auch der eigene Atem ruhiger, doch die geringste Veränderung brachte Atem und Puls durcheinander. Dann war man mit einem Mal „ganz Ohr". Gab es ungewohnt laute Schritte und Stimmen, so wusste man in jeder Zelle: Ein Neuer wird herein bugsiert. Wenn es auch nicht ausdrücklich im „Regulament" stand, wurde einem vom ersten Tag an beigebracht, dass man hier leise treten und nur im Flüsterton sprechen durfte, also konnte es sich nur um jemanden handeln, der damit noch nicht vertraut war. Tappten nach dem Frührapport leise Tritte zur Eisentür hinaus, konnte man wetten, dass jemand zum Verhör geführt wurde – und man atmete auf, dass man es nicht selbst war. Weniger ergiebig war das Lauschen auf das Klopfen gegen die Zellentüren zum Wecken oder zur Nachtruhe, aus dem man nur schließen konnte, welche Zellen besetzt waren – sicher konnte man dabei freilich nicht sein, absichtliche Irreführung war auch hier nicht auszuschließen. Um Fehler möglichst auszuschließen, zählte man auch das Rauschen der Klospülung und wie oft der Wagen mit den Näpfen vor den Zellen hielt. Das wurde dadurch erleichtert, dass die Gummibereifung des einen Rades schadhaft war und man so nach wochenlangem Horchen und Vergleichen die Strecken, die er zurücklegte, anhand der Radumdrehungen messen konnte. Es war immer dasselbe: ein Einfall, wie dies oder jenes festgestellt werden konnte, erste tastende Versuche, Fehlschläge, Verfeinerungen der Methode, bis die Sache einigermaßen klappte. Man machte es wie Robinson auf seiner einsamen Insel. Die verhältnismäßig sichersten Ergebnisse lieferte das

Verteilen des Trinkwassers nach dem Mittagessen. Dabei kam die erstaunliche Akustik des Ganges einem zu Hilfe, die das Glucksen des Wassers selbst von der entferntesten Zelle herantrug – und die Mühe, auch hierbei zu schwindeln, machten sich die Wächter wohl doch nicht.

Einen großen Fortschritt bei der Erkundung der Umgebung bedeutete es, als ich nach Wochen braven blinden Dahintappens wagte, die Brille so aufzusetzen, dass es mir möglich war, nach der dem Führer abgewandten Seite hinauszuschielen. Es war ein Erlebnis, das dieses Wagnis lohnte. So also sah der Gang aus. Ganz anders, als ich ihn mir vorgestellt hatte. Keine Rede von Düsternis. Die Beleuchtung, auch tagsüber eingeschaltet, wurde von den weißen Wänden geradezu blendend reflektiert, dazu ein spiegelblank gebohnerter Terrazzoboden. Das alles erinnerte eher an ein Krankenhaus, doch die dunkelbraunen Rechtecke der Türen mit ihren schweren Riegeln über die ganze Breite störten den Eindruck unschuldiger Hygiene empfindlich. Wie sie diese Barren nur so lautlos hin und her schieben konnten?

Selbstverständlich nahm ich das alles nicht schon beim ersten Schielversuch auf. Es brauchte seine Zeit, denn ich durfte mich nicht umsehen und mir vor allem nichts anmerken lassen, sondern musste den tapsigen Blinden glaubwürdig weiterspielen, was nicht immer einfach war. Auch konnte ich es mir nicht mit jeder Brille und nicht mit jedem Wächter leisten. Eine falsche Bewegung, und alles wäre vertan. Die Finsternis wäre schlimmer gewesen als vorher.

Zwei Feststellungen, deren Schockwirkung ich mir bis heute nicht recht erklären kann, will ich noch erwähnen. Zuerst erschrak ich, als ich von einem Verhör zurückgebracht wurde und an meiner Zellentür die Nummer 3 bemerkte. Es war nicht die Zahl, sondern die Tatsache, dass dort eine Nummer stand; sie traf mich tiefer als der Anblick der ungefügen Riegel, hinter denen wir verwahrt wurden, oder des verhassten Guckloch, das übrigens von außen ganz

anders aussah als von innen. Mit diesem hängt auch der zweite Schock zusammen, der mir beim Blick auf einen Wächter widerfuhr, der soeben durch ein solches lugte. Abscheu und Wut fielen mich dermaßen heftig an, dass ich mich fast verriet. Unser Recht auf Intimsphäre war aufgehoben, wie Tiere konnten wir beäugt werden, Tag und Nacht. Seltsam, dass mir die ganze Gemeinheit dieser Einrichtung erst in jenem Augenblick aufging, wo es sich gar nicht um mich, sondern um einen Unbekannten handelte.
Uns durfte man bis in die Eingeweide ausspionieren, wir aber durften nicht einmal mit flüchtigem Blick einen uns begegnenden Mitmenschen wahrnehmen. Wie streng die Isolation gehandhabt wurde, zeigt sich am besten an dem einzigen „Regiefehler", der ihnen in den anderthalb Jahren meiner Untersuchungshaft unterlief. Als ich wieder einmal zum Verhör die Treppe hinaufgeführt wurde, standen wir plötzlich einem anderen Paar gegenüber, das ebenso lautlos wie wir die Treppe herunterkam. Die Bestürzung der beiden Wächter war grotesk. Ich hatte die Brille auf, durfte also nichts gesehen haben, der Mann aber, der da herabgeführt wurde, hatte merkwürdigerweise keine auf. Als wir auf dem Treppenabsatz so plötzlich voreinander standen, drehte ihn sein Begleiter mit einem Fluch und einem heftigen Ruck zur Wand, während meiner mich mit einem missbilligenden Zischen, das seinem Kollegen galt, an den beiden vorbeibugsierte. Wie dies passieren konnte, hat mich lange beschäftigt. Ich nehme an, dass mein Gegenüber nicht zu uns gehörte, sondern nur als Zeuge vorgeladen worden war.
Wie und in welchen Sinnzusammenhang ich folgende Feststellung einordnen soll, ist mir nach wie vor unklar: Von unseren „Luftzellen" aus konnten wir über die Mauerkante hinweg die Fensterreihe unserer Zellen im hochgelegenen Erdgeschoß und jene im ersten Stock sehen. Sie sahen jedoch von außen ganz anders aus, so dass ich, als ich sie zum ersten Mal zu Gesicht bekam, zweifelte, dass sie es sein könnten. In der Zelle nämlich reichte solides Mauerwerk bis gut über Kopfhöhe hinauf, wo das vergitterte Querrechteck

des Fensters begann, vor dem dann noch die drahtdurchzogene Mattscheibe der Klappe klaffte. Von außen aber war unter jeder Klappe ein normales Glasfenster zu sehen. Wer diese Hausfront sah, kam gar nicht auf den Gedanken, dass das nichts als Blendwerk war. Wozu diese Tarnung? Wer sollte da getäuscht werden? Das ist mir heute noch unverständlich, zumal dieser Teil des Gebäudes von der Straße gar nicht zu sehen ist.

20 Menschen und Unmenschen

Bisher war von den Zwängen des Regelwerks die Rede, unter die man sich zu beugen hatte, von einem unpersönlichen Räderwerk, in das man hineingeraten war und das mehr oder minder mechanisch seine Wirkung tat. Nicht vergessen werden sollen aber die, die es in Gang hielten und steuerten.

Von Unpersönlichem sachlich, *sine ira et studio*, zu sprechen fällt nicht allzu schwer, schwierig wird es, wenn man sich über jene äußern soll, die es je nach Fähigkeit und Neigung auslegen und handhaben. Es ist nämlich erstaunlich, wie viel Spielraum sogar scheinbar eindeutig und genau abgefasste Vorschriften der Willkür begabter Schriftdeuter noch lassen. Sonderbarerweise scheint die Begabung auf diesem Gebiet zuzunehmen, wenn man sich auf der Hierarchieleiter abwärts begibt.

Auf der untersten Rangstufe stehen hier die Unteroffiziere der Wachmannschaft, die der Sondertruppe des Staatssicherheitsdienstes angehören und nach dem Gesichtspunkt absoluter ideologischer Zuverlässigkeit rekrutiert werden. Ihre Hauptaufgabe ist nur scheinbar, den Dienstbetrieb ordentlich in Gang zu halten; in Wahrheit besteht sie darin, den Untersuchungsrichter aufgrund ständiger Beobachtung des Häftlings über dessen Gesamtverhalten, seine Gewohnheiten und Neigungen, kurz, über alles, was sich beobachten lässt, zu informieren. Darüber hinaus scheint es noch zu ihren Obliegenheiten zu gehören, durch Anwendung aller im „Regulament" vorgesehenen Mittel und durch strikte Befolgung besonderer, dem jeweiligen Fall angepasster Weisungen den Untersuchungsgefangenen zu präparieren, also mürbe und gefügig zu machen.

Wer da weiß, dass sich aus sieben Grund- und etlichen Zwischentönen eine Symphonie komponieren lässt, wenn sich ein Meister dranmacht, der kann auch ermessen, was sich aus den etwa zwanzig Punkten des „Regulaments" komponieren lässt. Ein Neuling in dieser Sonderwelt hat viel zu lernen, bis er sich in dieser Teufelspartitur zurechtfindet und sich im richtigen Takt bewegt, ohne Schaden zu nehmen. Einem Raumfahrer mag ähnlich zumute sein, wenn er plötzlich der Schwerelosigkeit ausgeliefert ist, wird doch auch dem Häftling schlagartig alles genommen, was ihm bisher bekannt und selbstverständlich war, was ihm Halt und Sicherheit gab: die gewohnte Umgebung, die Zeiteinteilung, die gewohnte Nahrung, die gesellschaftliche Stellung, begründet in der Achtung und dem Vertrauen seiner Mitbürger. All das ist auf einmal fortgefegt wie nie gewesen, und an seine Stelle treten Misstrauen, Verdächtigung, Missachtung, Erniedrigung. Beizubringen, nachdrücklich beizubringen haben ihm dies die Unteroffiziere des Wachpersonals.

Es dauert seine Zeit, bis einem Menschen, selbst wenn er den Militärdienst gründlich durchgemacht hat, aufgeht, wie vollständig er ihnen ausgeliefert ist und dass eine Beschwerde, die ja theoretisch möglich ist, praktisch mehr schadet als nützt. Es ist geradezu lebenswichtig, dies möglichst bald einzusehen und sich entsprechend zu verhalten. Was immer man auch gewesen ist draußen in der Welt – hier ist man eine Null, die der Eins davor, dem Unteroffizier, Geltung zu verschaffen hat.

Welcher Art diese Eins nun ist, welchen Vorschriften sie zu folgen hat, das herauszubekommen erweist sich als äußerst wichtig, da man sich darauf einstellen muss, um irgendwie durchzukommen und sein Leben erträglich zu gestalten. Sowenig das einem auch liegt, es gilt, sich Huhn und Hase zum Vorbild zu nehmen: Auge und Ohr ständig offenzuhalten, schon den Schatten des lautlos nahenden Feindes wahrzunehmen, seine Schliche zu enträtseln.

Zunächst galt es festzustellen, wer wann mit wem Dienst hatte. Anfangs war es gar nicht leicht, die verschiedenen Paare auseinanderzuhalten, denn so auffällige Gegensätze wie zwischen meinen Anfangsbekanntschaften David und Goliath gab es, mit einer Ausnahme, nicht mehr. Als ich im

Lauf der Zeit die verschiedenen Dienstpaare kennenlernte, ging mir auf, dass ihre Koppelung weder vom Zufall noch von irgendeiner Zuneigung bestimmt war, sondern einem Grundsatz gehorchte: Einem scharfen Wachhund war immer ein verhältnismäßig harmloser Kläffer beigesellt. Doch ehe ich soweit war, auf ihre Eigenschaften schließen zu können, musste ich sie zuerst auseinanderhalten und ihren Ablösungsrhythmus durchschauen. Nicht nur jedes Paar hatte nämlich besondere Gewohnheiten, sondern auch jeder einzelne Wächter, das hatte ich schon am ersten Abend bei David und Goliath zu spüren bekommen.

Der Morgenappell war zugleich Ablösung und Dienstantritt, und jedes Paar hatte 24 Stunden Dienst zu tun und trat normalerweise jeden dritten Tag an. Bei den Offizieren ließ sich kein so regelmäßiger Turnus feststellen. Es gab Verschiebungen, neue Zusammenstellungen, was vermutlich mit Urlauben, Erkrankungen und Verlegungen zusammenhing. Was ich anfangs mehr zum Zeitvertreib praktiziert hatte, erwies sich allmählich als nützlich, denn es war keineswegs belanglos, an welchen dieser Herren man sich mit dem einen oder anderen Anliegen wandte. Was der eine glattweg ablehnte, konnte der andere erwägen oder gar weiterleiten, und was man sich bei diesem leisten konnte, trug einem bei jenem einen Rüffel ein. Das „Klima" war bei jedem Paar ein anderes, und darauf musste man sich einstellen.

Wenn ich etwas Wichtiges auf dem Herzen hatte, wartete ich lieber zwei Tage, bis David und Goliath Dienst hatten, denn bei David konnte ich mit Verständnis und sachlicher Erledigung rechnen. Kam dann aber Goliath ans Fensterchen, schützte ich etwas anderes vor, bis sich die Gelegenheit fand, mit David zu sprechen, denn dieser war nicht nur ein guter Menschenkenner, sondern auch von einer natürlichen Anständigkeit und Hilfsbereitschaft – im Rahmen des dort Möglichen.

Goliath war der geborene „Bulle", durchdrungen von sturem Machtdünkel, geistig auf ein paar ideologische Phrasen beschränkt, grundsätzlich misstrauisch, ohne jede Phantasie oder sonstige menschliche Anwandlung, dazu immer zur Gewalt bereit. Er war wohl der Älteste im Kollektiv, an den Schläfen schon leicht ergraut, hatte es aber nur bis zum Sergeanten gebracht, und nun wachte er mürrisch und eifersüchtig, dass nichts und niemand diese schwer erklommene Stelle gefährdete. Am Guckloch betätigte er sich nur routinemäßig, etwa jede halbe Stunde ging er einmal die Zellenreihe ab.

In dieser Beziehung hatte ich es auch mit einem Pärchen ganz gut, dem ich das Bild von Aal und Kaulquappe zugeordnet hatte: der Aal lang und schlenkrig, wie noch unausgewachsen wirkend, die Kaulquappe stämmig und rundlich mit Glotzäuglein – ich hätte sie auch Pat und Patachon nennen können, doch schienen mir diese albern, geradezu doof, was jene gar nicht waren. Anfangs beschnüffelten sie mich ausgiebig, doch sobald sie festgestellt hatten, dass ich für sie kein schwieriger Fall war, ließen sie mich weitgehend in Ruhe und widmeten sich ihren eigenen Angelegenheiten. Sie lernten, wirklich und wahrhaftig! Sie bereiteten sich anscheinend für irgendeine Prüfung vor und fragten einander ab in Geschichte, Parteigeschichte, Geographie, Verfassungslehre usw. Da sie darüber das Gebot des Leiseseins oft vergaßen, konnte ich ihren Übungen und Diskussionen folgen, was mir nicht nur die Zeit verkürzte, sondern mir überdies Einblick in ihre Gedankenwelt gab – ganz abgesehen vom Reiz des Unbeachtetseins.

Tauchte hingegen beim Frührapport Béla auf und glotzte mit seinen kalten Fischaugen herein, so krampften sich mir die Därme zusammen und ich wusste, dass mir nun 24 Stunden lang keine innere Ruhe vergönnt war. Béla, übrigens der einzige, dessen Vornamen ich irgendwann erhascht hatte, war für mich ein Albdruck, geradezu die Verkörperung dieses teuflischen Systems, dessen ganze Skala der Zermürbung er meisterlich beherrschte. Er begnügte sich nicht damit, einen Blick durch das Guckloch zu werfen, nein, er verweilte. Alles tasteten seine Haifischaugen ab, kalt und gierig zugleich, ob nichts zu entdecken war, wo er zuschnappen könnte, sei es, dass das Bett nicht tadellos glattgestrichen oder dass der Fußboden nicht sauber genug gefegt war.

Dabei war nicht das seine eigentliche Motivation, nein, er wollte, wie er es einmal unmissverständlich ausgedrückt hatte, mir „die Kutteln rausholen". Ich war sein Studienobjekt: Jede Miene, jede Bewegung und Gebärde, alles, was ich tat oder nicht tat, wurde gleichsam zu Protokoll genommen. Ich wurde lebendigen Leibes seziert. Alle meine Willenskraft musste ich aufbieten, um mich zu beherrschen, Gleichmut zu heucheln, nicht zu explodieren. Man stelle sich vor, minutenlang – und mir schienen es Stunden! – angestarrt zu werden wie von einer Schlange, die nur darauf lauert, dass man eine unvorsichtige Bewegung macht. Am Schlimmsten war es, wenn er nachts kam, mich im Schlaf zu beobachten, zu kontrollieren, ob ich die Hände vorschriftsmäßig auf der Decke hielt. Er war der einzige, der hartnäckig darauf bestand und mich beinahe zur Verzweiflung brachte, weil ich so nicht schlafen konnte und meine Arme vor Kälte fast erstarrten. Als ich dem abzuhelfen suchte, indem ich meine Jacke verkehrt anzog, und die Ärmel mit den Fingern von innen zuhielt, bekam er einen Wutanfall und rief seinen Kollegen, um ihm diese Ungeheuerlichkeit zu zeigen und ihn zu irgendeiner Repressalie aufzuputschen. Als ihm das nicht gelang, weil dieser meinte, das sei nicht verboten, rächte er sich dadurch, dass er fortan etwa jede halbe Stunde, also wenn er meinte, ich könnte eingenickt sein, den Schieber so laut aufklickte, dass ich aufschrak.

Er brachte es so weit, dass ich, wenn er Dienst hatte, und das war alle drei Tage, die Nacht nicht mehr durchschlafen konnte, nach etlichen Wochen zusammenklappte und dabei auch noch mit dem Schädel an der Bettkante aufschlug. Zur Schlaflosigkeit hatte sich nämlich noch der Hunger gesellt. Als dieses geschah, war eine andere Gruppe im Dienst, und

ich hatte zum Glück einen Zellengenossen, der Alarm schlug. Im Ärztekabinett kam ich zu mir, wo sich aber nicht der Oberarzt, sondern eine Ärztin zu mir herab neigte. Neben ihr stand der diensthabende Offizier.
Nach gründlicher Untersuchung fragte sie: „Schmerzen?" Ich nickte. „Wo?" Ich führte die Hand an den Hinterkopf. „Schon vor dem Sturz?" „Die haben den Sturz verursacht", sagte ich und hauchte, als sie sich weiter herabbeugte: „Hunger!" Sie blickte mich entsetzt an, richtete sich auf, holte, ohne den Offizier, der Näheres wissen wollte, eines Blickes zu würdigen, eine Ampulle aus ihrer Arzttasche und spritzte sie mir in den Oberarm. Mir wurde ganz heiß und der Mund trocken. Dann nickte sie mir zu und wandte sich an den Offizier: „Heute muss er liegen!" Die Wächter schafften mich im „Katzenstühlchen" hinunter in die Zelle und legten mich aufs Bett. Ich durfte den Tag über tatsächlich liegen. Der Offizier sah noch zweimal herein, und unter seiner Aufsicht gab mir ein Wächter irgendwelche Tabletten und einen Löffel wohlschmeckender Medizin. Das sollte er nach Anweisung des Offiziers dreimal täglich tun.
Diese Medizin war es, die Bélas Töpfchen zum Überlaufen brachte. Und das kam so: Als er an der Reihe war, mir von der Medizin zu geben, hörte ich ihn vor der Tür mit seinem Kollegen tuscheln: „Verdammt gutes Zeug kriegt dieses Faschistenschwein zu schlucken! Sowas wird unsereinem nicht verschrieben." Der andere teilte seine Meinung nicht, so dass Béla nur „Dummkopf!" zischte. Als er mir den Löffel durchs Fensterchen hinhielt, richtete er es so ein, dass die Hälfte davon verschüttet wurde, und herrschte mich an: „Kannst du nicht aufpassen, du Idiot! Das teure Zeug! Hat denn unser Staat Not, seine Feinde zu päppeln?" Dann knallte er das Fensterchen zu. Am Abend hieß es, die Medizin sei alle, dabei war das Fläschchen noch halb voll gewesen. Am nächsten Morgen, als er abgelöst worden war, bat ich, als wäre nichts geschehen, um meine Medizin. Der eine Sergeant suchte, der andere half ihm, die Sache kam vor

den Offizier, der zufällig jener war, der die Weisung gegeben hatte. Und von da an bekam ich Béla nicht mehr zu Gesicht. Die seelische Vivisektion durch das Guckloch war nicht das einzige, wohl aber sein wirkungsvollstes Mittel gewesen, mich kleinzukriegen. Die primitiveren fielen dabei kaum ins Gewicht, obgleich sie zu meinem Zusammenklappen beigetragen hatten, vor allem die Art, wie er mich mit Essen versorgt oder vielmehr nicht versorgt hatte. Er schöpfte für mich immer nur das Dünnste ab, und wenn es Fleisch gab, bekam ich nur ein ungenießbares Stück. Damit konnte und musste man sich abfinden. Anders aber stand es mit seinem Verhalten, wenn meine Därme mich zur Bitte zwangen, extra aufs Klo geführt zu werden. Es gab auch andere, die mir das abschlugen, gewiss aber keinen, der das so konsequent und mit sichtlichem Vergnügen tat. Der Gipfel der Gemeinheit war, dass er, wenn ich dann notgedrungen auf den Kübel musste, das Fensterchen aufklappte und sich an meinem Anblick weidete.

Als letzter Zug im Bild dieses wachsamen Zeitgenossen, der für Humanität und Freiheit durch Vernichtung des Klassenfeindes kämpfte, sei erwähnt, dass er mir unter Androhung des Karzers verbot, die einzige Sitzposition einzunehmen, mit der ich die Wirbelsäule ein wenig entlasten konnte. Auf eine Beschwerde konnte ich es nicht ankommen lassen, wenngleich davon nichts im „Regulament" stand.

Zum Glück war Béla kein typischer Vertreter seiner Nation. Ihn wies nur sein Name als Ungarn aus, im Übrigen sprach er ein völlig akzentfreies Rumänisch, wozu Ungarn gewöhnlich nicht in der Lage sind. Sein Landsmann war dafür der wandelnde Beweis, das Übrige verriet sein Gesicht: ein wie aus Eichenholz geschnitztes grob- und großzügiges Bauerngesicht mit kühner Adlernase, rötlichblondem Schnauzbart bis zu den Mundwinkeln und munterem Fältchenspiel um die schlauen blauen Augen. In dieser Umgebung ein überraschender Anblick, offensichtlich fehl am Platz. Wie war der hergeraten? Der gehörte auf den

Acker, hinter starke Ochsen, unter freien Himmel, nicht in Gefängnisluft vors Guckloch!

Ich habe nicht erfahren, welcher Schicksalswind ihn da hereingeweht hat. Immerhin ist mir in ihm – nach David – der zweite Mensch in dieser Unterwelt begegnet. Er war der einzige, der das ausdrückliche Verbot, sich mit Gefangenen in außerdienstliche Gespräche einzulassen, übertrat. War er mir anfangs nur durch sein Äußeres aufgefallen, merkte ich bald, dass er sich auch in anderer Hinsicht von seinen Genossen unterschied. Er vermied beispielsweise die Heimlichtuerei bei der Beobachtung, öffnete geräuschvoll das Fensterchen, steckte geruhsam sein ganze Nase herein und betrachtete mich, etwas nachdenklich, wie mir schien, etwa wie ein Bauer ein neugeborenes oder gerade gekauftes Kälbchen schätzt. Dann nickte er oder schüttelte den Kopf, schnob, dass sich der Schnurrbart sträubte, oder zwinkerte, zog schließlich die Nase zurück, knallte das Fensterchen zu und verschwand.

Als er mich eines Tages den Gang entlang zum „Spaziergang" führte, wagte ich den Versuch, den ich mir schon lange überlegt hatte: Ich summte ein ungarisches Volkslied, wie ich es seinerzeit von den Soldaten meines Regiments gehört hatte. Und siehe da, er biss an! Ich merkte, wie er mich von der Seite anguckte. Zunächst sagte er nichts. Als er mich jedoch nach einer halben Stunde abholte, zog er mich an sich heran und fragte: „Wo haben Sie Ungarisch gelernt?" „In einem ungarischen Regiment." Von da an kam er öfters, wenn sein Kollege außer Hörweite war, ans Fensterchen, fragte dies und jenes, nach dem Regiment, nach meinem Beruf, nach meiner Anklage. Er hörte sich meine Antworten an, sagte aber kein Wort. Da ich trotz seines biederen Aussehens damit rechnen musste, dass er im Auftrag handelte, fielen meine Antworten vorsichtig aus, was er mit einem Grinsen quittierte.

Allmählich wurde es fast zur Gewohnheit, dass er, wenn er mich irgendwohin zu führen hatte und die Luft rein war, mich mit rumänischem Kommando („Mit Lied vorwärts marsch!") aufforderte, mit halber Stimme ein ungarisches Liedchen zu trällern, das er dann, wenn er es kannte, mitsummte. Als sich herausstellte, dass mein Repertoire größer war als das seine, wurde er nachdenklich, und es kam so weit, dass ich ihm das eine oder andere Soldaten- oder Volkslied am Fensterchen so lange vorsummen musste, bis er es beherrschte. Bis heute wundert mich, wie er es schaffte, dieses Spiel über lange Zeit unbemerkt, zumindest unangefochten zu treiben. Einmal entfuhr ihm so etwas wie eine Erklärung: Wenn sein Vater nicht im Ersten Weltkrieg gestorben wäre, dann hätte er wohl die meisten dieser Lieder von ihm gelernt. Ich nannte ihn jedenfalls nach einigen Monaten – natürlich nur für mich – Bácsi, und das heißt etwa „Onkelchen" und bezeichnet einen guten, vertrauenswürdigen Mann. So lebt er in meiner Erinnerung fort.

Von den Übrigen, die gelegentlich auftauchten und verschwanden, ihren Dienst schlecht und recht versahen und sich weder im Guten noch im Bösen hervortaten, habe ich kaum ein Bild bewahrt, sie blieben unpersönlich wie Maschinen.

21 Zellengenossen

Nach ungefähr drei Monaten Einzelhaft klirrte zu ungewohnter Zeit, kurz nach dem Mittagessen, der Riegel, worauf ich schleunigst und ziemlich bestürzt die vorgeschriebene Stellung mit dem Rücken zur Tür einnahm. Ich hörte, wie sie geöffnet wurde, dass jemand eintrat und sie wieder geschlossen wurde, ohne dass der Befehl „Umdrehen" erfolgt wäre. Als ich darauf verstohlen über die Schulter schielte, stand einer in der Zelle, kahlgeschoren, mit verknittertem Affengesicht, hochgezogenen Schultern und lang herabhängenden Armen, unter dem einen ein Bündel.
Ich drehte mich langsam um, wir musterten uns schweigend von Kopf bis Fuß. Was hatte man mir da beschert? Eine Laus in den Pelz? Einen Spitzel? Sonderbar sah er aus. Mitten im Sommer trug er eine dicke wattierte Winterjoppe und schwere Schnürstiefel. Den mussten sie schon im Winter geholt haben. Er ließ sich ruhig betrachten wie einer, der das gewohnt ist, indes ein sanftes Lächeln seine Züge entspannte, glättete. Dann sah er sich um, bemerkte meine Reservewäsche, Hut und Mantel, die ich auf dem Etagenbett abgelegt hatte. Mit einer Kopfbewegung in die Richtung fragte er bescheiden: „Stört es Sie, mein Herr, wenn ich meine Sachen auch dorthin lege, selbstverständlich ans andere Ende?" „Stören? Sie sind gut! Als hätte ich diese Logis für mich gemietet. Übrigens glaube ich, wir können auch ungarisch miteinander reden." An seiner Aussprache hatte ich sofort den Ungarn erkannt.
Merkwürdig, wie diese paar Worte in der anderen Sprache die Atmosphäre veränderten. Schwer zu begründen, aber so war es. Das gegenseitige Misstrauen war plötzlich dahin – und keiner hatte es zu bereuen.
So begann die Bekanntschaft mit Pischta, dem Müller aus den Siebendörfern, der wegen Missionstätigkeit für seine Glaubensgemeinschaft der Zeugen Jehovas nun schon zum dritten Mal saß. Erst waren es drei Jahre gewesen, dann fünf, davon etliche unter Tage in den Bleibergwerken

Nordsiebenbürgens, und jetzt würden es wohl zwölf bis fünfzehn werden, wie er gleichmütig lächelnd mutmaßte. Dabei war er keineswegs einer der Jüngsten, sondern ging auf die Vierzig, sah aber wie fünfzig aus. Nun ja, die Jahre im Bergwerk, sie hatten ihn auch fast alle Zähne gekostet, nur noch Stummel hatte er – und Schmerzen.

Als er eine Zahnwurzelentzündung bekam und die Schmerzen ihm Essen und Schlafen unmöglich machten, als eine Vorführung beim Arzt ihm verweigert wurde und die Spülungen und Tabletten des Feldschers nichts mehr bewirkten, dieser aber eine Extraktion in diesem Entzündungsstadium als unmöglich ablehnte, kriegte Pischta, der geduldige, demütige Knecht Gottes, eines Abends einen Tobsuchtsanfall. Er brüllte, dass es im ganzen Trakt zu hören war, er halte es nicht mehr aus. Sie sollten ihn doch totschlagen. Da die Drohung mit Karzer unter diesen Umständen sinnlos war und offensichtlich ein Versagen der Verwaltung vorlag, ergriff das Wächterpaar Aal und Kaulquappe die Initiative. Die Quappe kam herein, ließ Pischta den Mund öffnen, sah sich die Sache an und erklärte schließlich, er sei zwar als Sanitäter ausgebildet, könne aber in so einem Fall keine Verantwortung übernehmen, wenngleich er sich das alles aber auch nicht mehr anhören könne. Wenn Pischta es riskieren wolle und ich bereit sei, seine Risikobereitschaft zu bezeugen, so wolle er es versuchen.

Pischta war begreiflicherweise mit allem einverstanden, wurde ins ärztliche Kabinett geführt und halb ohnmächtig zurückgebracht. Mit einer tüchtigen Dosis Schlaftabletten, einer Kanne Kamillentee und einem Eimer neben dem Bett wurden wir über Nacht uns selbst überlassen. Als der Feldscher am Morgen nach dem Zahn sehen wollte, gaben wir an, die Schmerzen hätten sich gelegt, weil wir die Quappe irgendwie decken wollten, worauf der Feldscher die Absicht äußerte, den Zahn zu ziehen. Zu Mittag kreuzte Quappe auf, guckte Pischta in den Mund, winkte, als wir ihm des Feldschers Absicht zuflüstern wollten, großartig ab und

verschwand. Daraufhin nahm der Alltag seinen Lauf, als wäre nichts geschehen, und wir begriffen, dass auch hier die Allerweltsweisheit stimmte: Eine Krähe hackt der anderen kein Auge aus. Überdies mussten wir froh sein, dass wir nicht wegen falscher Angaben belangt wurden.
Dass mich dies alles trotz meiner fast viermonatigen Erfahrung u. a. mit Béla aus dem Gleichgewicht brachte, veranlasste Pischta zu der nachsichtigen Bemerkung, ich würde es noch schwer haben, wenn mich dergleichen aufrege. Ich müsse mir ein für allemal klarmachen, dass hier immer diejenigen Recht behielten, die „den dreckigen Besen am Stiel anfassen dürfen". Außerdem solle ich es machen wie die Eier, die immer härter werden, je länger man sie kocht.
Im Lauf der Zeit brachte er bei der einen oder anderen Gelegenheit noch allerhand Weisheiten an, doch kann ich mich ihrer – leider – nicht erinnern. Meist trafen sie den Nagel auf den Kopf. Er war es übrigens auch, der mir zeigte, wie man aus unhandlichen kleinen Seifenstückchen ein handliches größeres macht, und der mich warnte, zwischen meiner Unterschrift und dem Text des Verhörprotokolls nur ja keinen größeren Zwischenraum zu lassen. Leider kam diese Warnung etwas spät, die meisten Verhörprotokolle hatte ich schon unterschrieben.
Im Übrigen war er von rührender Dankbarkeit, dass ich, ein gut zwanzig Jahre älterer „Herr", ein „Gebildeter" anderer Nationalität und Religion, ihn für voll nahm und als gleichberechtigt gelten ließ. Auf alle erdenkliche Art bemühte er sich, mir das Leben hier, das mir doch sicher schwerer fallen musste als ihm, zu erleichtern. So wollte er beispielsweise nicht zulassen, dass ich den Kübel hinaustrug und säuberte, dass ich die Zelle fegte oder gar aufwischte. Dabei hatte er schon des Öfteren mit „Politischen" aus meiner sozialen Schicht unliebsame Erfahrungen gemacht. Es dauerte eine Weile, bis er damit herausrückte. Seine Befürchtung, dass etwas der Besudelung oder Verspottung preisgegeben würde, konnte ich nur mit Mühe zerstreuen.

Dann aber erklärte er mir in allen Einzelheiten die Gründe, weshalb seinesgleichen unter die Politischen geriet, weshalb seine Glaubensgemeinschaft als staatsgefährdend und regimefeindlich eingestuft wurde. Sie ließen als Richtschnur für ihr Tun und Lassen nichts als die Bibel gelten, verweigerten den Dienst an der Waffe und hatten überdies ihre Zentralen entweder in der Bundesrepublik Deutschland oder in den USA. Er war sich der Gefahr stets bewusst gewesen, doch komme es eben darauf an, sich zu entscheiden, ob man dem Reich Gottes oder dem irdischen Staat dienen wolle.

Als ich darauf immer bedenklicher den Kopf schüttelte, wurde er immer eifriger und verfiel in einen beschwörenden Predigerton, der überhaupt nicht zu seinem Wesen passte, sondern angelernt wirkte. Anhand von Bibelzitaten, die er auswendig zur Hand hatte, versuchte er mir seine Wahrheit nahezubringen: dass wir in der „Endzeit" stünden, die in der Bibel vorhergesagt sei. Ein Zeichen dafür sei eben, dass sie, die „Zeugen", verfolgt würden und sich nun zu bewähren hätten. Darum müsse er seinen Auftrag erfüllen, sofern es in seinen schwachen Kräften stehe, und was immer ihm auch geschehe, könne ihm nichts anhaben, denn jedes Leid hier werde „dort" aufgewogen.

Da ich bald merkte, dass er auf diesem Gebiet vernünftigen Argumenten nicht zugänglich war, und weil ich seine Gradlinigkeit und schlichte Opferwilligkeit zu sehr schätzte, als dass ich sie hätte schwächen wollen, schwieg ich meist geduldig und erfuhr allerlei über diese mir bis dahin völlig unbekannte Lehre und die Sekte, die das Wort Gottes buchstäblich nimmt und ohne Rücksicht auf eigenes irdisches Wohlergehen dafür zeugt in der festen Zuversicht, dafür dereinst zu den Auserwählten zu gehören, die den allgemeinen Untergang irgendwie überstehen würden.

Für das alles stand Pischta mit seiner Biographie ein. Seine Ehe war an seiner Hingabe an die religiöse Gemeinschaft gescheitert, es war nach seiner zweiten Haft soweit gekommen, dass er zur Axt gegriffen hatte und sich nur durch die Gegenwart der Kinder davon hatte abhalten lassen, seine Frau und seinen Bruder, die mittlerweile ein Verhältnis eingegangen waren, dafür zu strafen. Diese dritte Haft nun fasste er seinerseits als Strafe dafür auf, dass er derart ausfällig geworden und erst durch eine Stimme vor dem Schlimmsten bewahrt worden war, die da gesagt hatte: „Geh deines Weges wie bisher! Ein Mörder kann nicht für mich zeugen!" Dass er von seiner Frau schließlich verraten und mit allen Teilnehmern einer geheimen Zusammenkunft verhaftet worden war, wollte er als Sühne hinnehmen für jenen Anschlag, bei dem ihm der Satan den Geist verwirrt haben musste. In der Welt draußen finde er sich nicht mehr zurecht, hier im Elend aber habe er schon manches Ohr und Herz offen gefunden und gewonnen. Offenbar sei dies ihm als Weg bestimmt. So wolle er die Jahre, die ihm auferlegt seien, als Aufgabe und Prüfung auf sich nehmen.

Nein, das sei nicht so schlimm, etwas Anderes fürchte er, weil er seiner nicht sicher sei, ob er das durchhalten könne. Man habe ihm versprochen, seine Strafe auf ein Mindestmaß herabzusetzen und ihm nach der Entlassung eine Stelle zu verschaffen, wenn er die Namen aller ihm bekannten Mitglieder und die Verstecke der Gemeinschaft preisgebe sowie die Mittel und Wege, die sie benutzte, um ihre Drucksachen ins Land zu schmuggeln. Darum habe man die Gerichtsverhandlung gegen ihn schon etliche Male vertagt, weil man immer noch etwas aus ihm herauszupressen versuche. Bisher habe er widerstehen können, doch wisse er nicht, ob seine Kraft reichen werde, wenngleich er geschworen habe, sich eher zu Brei schlagen zu lassen, als etwas zu verraten. – Das alles kam nach und nach, tropfenweise, in den paar Wochen, die er mit mir in der Zelle verbrachte, aus ihm heraus, und das so nüchtern und leidenschaftslos, als spreche er von einem Fremden.

Zwei Tage nachdem er von seiner „Aufgabe" gesprochen hatte, wurde er schon am frühen Morgen zum Verhör geführt. Es dauerte ungewöhnlich lange, weit über das Mittagessen hinaus. Als er zurückgebracht wurde, konnte er sich kaum noch auf den Beinen halten. Ohne ein Wort zu sagen, ließ er sich ächzend auf den Strohsack sinken und begann, seine Hosenbeine hochzukrempeln. Was da zum Vorschein kam, sah noch weit schlimmer aus als sein zerschlagenes Gesicht: Die Schienbeine waren blutig geschlagen.

Ich war empört und wollte von der Wache wenigstens etwas Wasser und Verbandzeug erlangen, er aber winkte ab: „Hat keinen Zweck! Die haben mich irrtümlich hergebracht … werden mich gleich holen … nach solchen Verhören … immer Einzelzelle." „Aber was hat das alles zu bedeuten, Pischta?" fragte ich, während ich verzweifelt versuchte, aus seinem und meinem Taschentuch und dem Rest Trinkwasser einen Verband zu machen. Er flüsterte: „Haben alles versucht … herauszukriegen … vor der Gerichtsverhandlung … musste stehen … immer gegen das Schienbein getreten … der mit den Glotzaugen in der Cordjacke … hüten Sie sich vor dem. Aber rausgekriegt hat er nichts." Dies konnte er mir noch gerade triumphierend zuzischen, da kamen sie auch schon. Er musste seine Sachen in eine Decke zusammenraffen. Bevor er die Brille aufsetzte, warf er mir noch einen Blick zu und keuchte: „Dank für alles!" Es war das Letzte, was ich von ihm gehört habe.

Wohl aus den Augen, doch nicht aus dem Sinn. Ich hatte viel von ihm gelernt, schon durch seine Gegenwart hatte ich viel lernen müssen. Man stelle sich vor: Tag und Nacht mit einem fremden Menschen, in einem Raum von fünf mal drei Schritt zusammen sein, jeden Atemzug, jede Bewegung hören, ja spüren, seine Ausdünstungen, seine Ausscheidungen riechen müssen und viceversa, sich ständig beherrschen müssen, um dem Anderen nicht zur Last zu fallen, etwa ihn durch Schnarchen um seinen kargen Schlaf zu bringen. So sicher ich mir bin, dass es für viele nichts Schlimmeres gibt, als lange mit sich allein zu sein, so sicher bin ich mir, dass viele dies einem ständigen Zusammensein mit einem Anderen vorziehen würden. Die einzige Möglichkeit, diese erzwungene Gemeinschaft einigermaßen erträglich zu machen, sehe ich darin, dass man sich bemüht, alles Trennende wie Alter, Herkunft, Stellung, Nationalität, Religion, Bildung usw. so weit wie möglich wegzuräumen oder zu überwinden, um zum „Menschen an sich" vorzudringen. Unter den dort auf das Primitivste heruntergeschraubten Daseinsbedingungen kommt es ohnehin auf diesen an.

Ich muss es als Glück bezeichnen, dass ich durch einige sich steigernde Proben dieser Art erzwungener Gemeinschaft hatte üben können: als Soldat im Krieg, als Verletzter im Lazarett, als Gefangener im Internierungslager. Das war eine Abhärtung gewesen, die eine Art seelische Hornhaut erzeugt hatte. Sie kam mir jetzt zustatten. Allerdings kam auf dieser letzten Stufe noch zweierlei hinzu: Auch der letzte Rest einer Intimsphäre wurde einem genommen, und man musste ständig befürchten, einem Spitzel gegenüberzustehen. Diese ständige Abwehrhaltung konnte einen um den Schlaf bringen – vor allem wenn man dazu neigte, im Schlaf zu reden. Selbst wenn man nichts zu verheimlichen hatte, konnte dieses Gefühl, dass man ständig belauert wurde, und zwar nicht „offen" durch das Guckloch, einen zermürben. Das Gebot des Misstrauens, das hier zum Überlebensgebot wird, ist ein zehrendes Gift, das an die Seele greift. Dann schon lieber allein im eigenen Saft schmoren. Es dauerte Wochen nach Pischtas Verschwinden, ehe ich mich zu dieser Einsicht durchringen konnte.

Wie sehr ich damit Recht und mit Pischta als Lehrmeister Glück gehabt hatte, zeigte sich, als im Spätherbst unter ähnlichen Begleitumständen der zweite Zellengenosse herein geschoben wurde. Schon die ersten Takte ließen erkennen, dass dieses Duett in ganz anderer Tonart gespielt werden würde. Dieser Ankömmling, stämmig und den Wanst in eine Lederjoppe gezwängt, die listigen Äuglein über bläulich feisten Wangen funkelnd, blieb nicht bescheiden an der Tür stehen, sondern warf achtlos sein Bündel auf ein Bett, auf mein Bett, kam forsch auf mich zu, verbeugte sich knapp und sagte: „Popa, Sandu Popa", wobei er mir seine Hand, eine nicht ganz saubere behaarte Pranke, hinstreckte. Ich nannte meinen Namen. „Hm, ein Sachse. Hab's mir gedacht, sieht man Ihnen auf hundert Meter an. Macht nix. Werden uns schon vertragen. Gegen diese Schweine muss man zusammenhalten, nicht wahr!" So vielversprechend begann meine Bekanntschaft mit Herrn Popa, der je nach den Umständen Taxifahrer oder Lkw-Fahrer einer großen Brauerei war, wie er mich wissen ließ – offenbar, um im Gegenzug etwas über mich zu erfahren.

Nun erlangen ja Taxifahrer wie Kellner und Portiers von Berufs wegen eine gewisse Menschen- oder besser Kundenkenntnis. Wenn ich nach mehr als halbjähriger Haft auch bestimmt etwas mitgenommen aussah und daher nicht leicht einzuordnen sein mochte, so hätte doch der große Altersunterschied in meinen Augen eine etwas andere Begrüßung geboten. Aber nicht der Mangel an Taktgefühl machte mich stutzig und vorsichtig, sondern die Art und Weise, wie er sich bemühte, sich in mein Vertrauen zu drängen. Freilich hätte dies auch an einer gewissen Treuherzigkeit und arglosen Geradlinigkeit liegen können, als jedoch seine Großspurigkeit, sobald er meinen Beruf erfuhr, in hochachtungsvolles Getue umschlug, erschien mir plötzlich alles an ihm gestellt und falsch.

Als Grund seiner Verhaftung hatte er zunächst angegeben, er habe sich in trunkenem Zustand gegen Persönlichkeiten aus Partei und Regierung geäußert. Er selbst wisse nicht mehr genau, was er gesagt habe; alles hänge jetzt von den Zeugenaussagen ab. Als er mir aber noch am selben Abend ohne ersichtlichen Grund und sogar gegen meinen Willen wichtigtuerisch sein „Geheimnis" anvertraute, ging mir ein Licht auf. Seine Verhaftung sei eigentlich eine Inszenierung vor dem Hintergrund, dass man herausbekommen wolle, was es mit seiner Vergangenheit als faschistischer Legionär auf sich habe. Mir als einem Sachsen könne er das anvertrauen. Mit dieser Anspielung auf die vermeintliche Solidarität zwischen einer Terrororganisation und den Deutschen in Siebenbürgen hatte er für mich die Katze aus dem Sack gelassen. Ich wusste Bescheid. Mich wunderte nur, dass man einen solchen Tölpel auf mich ansetzte, der schlecht vorbereitet war und derart mit der Tür ins Haus fiel. Ich tat ihm den Gefallen, den ob seines Vertrauens Gerührten zu mimen, und amüsierte mich insgeheim, denn damit waren unsere Rollen im Katz-und-Maus-Spiel vertauscht, ohne dass er es merkte. Sosehr er sich auch Mühe gab, mich aufs Glatteis zu locken, im Ergebnis war immer er es, der ausrutschte. Mit meinen gezielten Gegenfragen deckte ich entweder Widersprüche auf oder verstrickte ihn, der sehr impulsiv reagierte, dermaßen darin, dass er nicht mehr aus noch ein wusste. Doch hütete ich mich, ihn darauf festzunageln und zu reizen. Wenn ich ihn soweit hatte, ging ich, als hätte ich nichts gemerkt, zu einem andern Thema über, so dass er sich unentdeckt wähnte. Was ich ihn über mich wissen ließ, deckte sich mit meinen Verhörprotokollen. So dauerte es nicht lange, bis seinen Auftraggebern der Geduldsfaden riss und er eines Tages abgeholt und nicht wiedergebracht wurde, worauf ein Wächter seine Sachen abholte.

Ich atmete auf, denn ich war nicht nur eine lästige und gefährliche Zecke losgeworden, sondern auch einen Raucher, der mir als einem leidenschaftlichen Nichtraucher mit den Zigaretten, die er erhielt, auch noch die wenige Luft verpestete. Meine Weigerung, ebenfalls welche anzufordern und sie ihm zu überlassen, störte die Atmosphäre zusätzlich, es häuften sich die gegenseitigen Vorwürfe – auch wegen der Benützung des Kübels, den ich ja häufiger in Anspruch nehmen musste.

Wenn wir aber friedlich waren, dann bildeten wir den „Doppeladler": Wir setzten uns, da wir uns ja sonst nicht anlehnen durften, Rücken an Rücken auf seinen oder auf meinen Strohsack und erzählten uns etwas. Mich pflegte er dann sehr höflich zu bitten, doch in der Kiste meines Wissens zu kramen und ihm etwas daraus zu schenken. Ihn habe nämlich ein widriges Schicksal früh von der Schulbank vertrieben, obgleich er für sein Leben gern in Büchern

schmökere. Vor allem die Geschichte habe es ihm angetan, fremde Zeiten und Völker... Ob ich ihm davon erzählen könne. Eine solche Gelegenheit, sich kostenlos und in einer Zeit, die man sonst vergeuden müsste, zu bilden, dürfe man nicht ungenutzt lassen. Ich hatte nichts dagegen, da ich damit ja auch meine eigene Zeit ausfüllen konnte.
Also erzählte ich, notgedrungen in einfachsten Worten. Ich musste mich ja in einer Sprache ausdrücken, die ich keineswegs gut beherrschte, und was ich sagte, musste in Anlage und Linienführung ebenso einfach sein, da ich bei meinem Hörer weder irgendwelche Kenntnisse noch geschultes Denken voraussetzen konnte. Zunächst erzählte ich ihm von Grabungen in der Umgebung unserer gemeinsamen Heimatstadt und den Dingen aus grauer Vorzeit, die dabei zum Vorschein gekommen waren, was ihn, wie er es emphatisch ausdrückte, sehen lehrte, dann kam ich zu den großen archäologischen Ereignissen von Ur oder Mykene, die ihn so begeisterten, dass der Doppeladler zu Bruch ging, weil es ihn nicht mehr auf der Matratze hielt. Den nachhaltigsten Eindruck machte allerdings mein Bericht über Schliemann und dessen Leistung. Dass ein Mensch aus einfachsten Verhältnissen es fertigbringt, soviel Wissen und zugleich ein Vermögen anzuhäufen, das ihn in den Stand versetzt, mit Regierungen zu verhandeln und Expeditionen auszurüsten, faszinierte ihn und regte ihn zu immer neuen Fragen an. Ich muss gestehen, dass ich in all meinen Jahren als Lehrer kaum einen so eifrigen und lernbegierigen Schüler gehabt habe wie diesen tolpatschigen Spion Sandu.
Er selbst ließ sich nicht lumpen. Er revanchierte sich mit Liebesgeschichten, die an Deftigkeit keinen Vergleich zu scheuen brauchten und von denen er behauptete, sie selbst erlebt zu haben. Tatsächlich gelang es mir nicht, ihn auf diesem Gebiet in Verlegenheit zu bringen oder gar der Flunkerei zu überführen, so meisterhaft verstand er Dichtung und Wahrheit miteinander zu verweben zu einem orientalisch üppigen Teppich der Lüste.

Auf meine Frage, wie er das alles überhaupt habe zeitlich einrichten und körperlich verkraften können, pries er die Umsicht und Schlauheit der Damen, die er bediene und die in solchen Dingen eine besondere Disziplin übten. Ob er denn nie Schwierigkeiten mit Ehegatten oder anderen möglichen Rivalen bekommen habe? Wiederum pries er den organisatorischen Einfallsreichtum der Frauen und nahm außerdem für sich in Anspruch, dass er durch seine Tätigkeit im Dienst zu kurz gekommener Gattinnen schon manche Ehekrise überbrücken geholfen habe und somit gesellschaftlich durchaus sinnvoll agiere.

Ja, auch dies war Sandu. Wer weiß, wie viele Seiten seines schillernden Wesens ich noch hätte entdecken können, wenn sein „Dienst" bei mir nicht ein so jähes Ende gefunden hätte. Offen bleibt für mich die Frage, ob er dieses Ende nicht vielleicht, nachdem wir einander nähergekommen waren, selbst herbeigeführt hat.

22 Das Geheimnis der Eisentür

Ob man sich mit den jeweiligen Zellengenossen verträgt oder nicht, eines ist sicher: es gibt Spannungen und damit Ablenkungen vom eigenen Ich, im Guten wie im Bösen, und die Zeit vergeht schneller, wenn man wenigstens zu zweit ist. Wie aber erwehrt man sich allein der lautlos, zäh und unaufhaltsam über einen hinweg kriechenden Zeit? Es heißt, Zeit heilt. O ja, wenn man darunter das allmähliche Abklingen bohrenden Schmerzes, das Vernarben von Wunden, auch seelischen, versteht. Aufs Geistige bezogen müsste es aber richtiger heißen, Zeit stumpft ab, wie das kaum festzustellende Gleiten des Gletschereises die Felsen abschleift – bis zur Unkenntlichkeit.

Quälender als dies bedrängt zuweilen die Angst vor dem vorzeitigen Altern, vor dem Versiegen der Lebenskraft, während draußen, unerreichbar und unwiederbringlich, alles vorbeirauscht, was das Leben lebenswert macht. Die Tage in der Zelle sind ungelebtes Leben, sind Warten auf das Leben. Sobald der erste Schock durch Verhaftung, durch beklemmende Umgebung sowie durch die als Vivisektion empfundenen ersten Verhöre überwunden ist, beginnen diese Fragen an einem zu zerren wie einst der Adler Jupiters an der Leber des gefesselten Prometheus.

Wie kann man dieser zehrenden Qual entrinnen, wie dem Abstumpfen des Geistes, der Schlaffheit und Trägheit des Körpers entgegenwirken? Ein allgemeingültiges Rezept dafür gibt es nicht. Jeder muss das seinen Anlagen und Fähigkeiten Gemäße selbst auszumachen versuchen. Sofern er die Gefahr der künstlichen Lahmlegung jeder Tätigkeit bemerkt, wird er schon herausfinden, wie er sich – Münchhausen grüßt – am eigenen Schopf aus diesem Sumpf herausziehen kann. Die Phantasiebegabten sind in dieser Hinsicht etwas besser dran als die anderen, aber wirklich nur in dieser. Der gläubige Mensch, der sich auf Gottes Fügung verlässt und das, was ihm widerfährt, als ihm planvoll auferlegte Prüfung oder Bewährungsprobe begreift, nimmt da eine Sonderstellung ein.

Dem körperlichen Verfall zu begegnen, Gelenkigkeit und Leistungsfähigkeit möglichst lange zu erhalten ist verhältnismäßig einfach. Soviel Raum hat jede Zelle, dass man darin, wenn man nur will, einige Freiübungen machen kann. Es muss einem nur einfallen, und man muss es regelmäßig tun. Wer es aber daheim nie gemacht hat, wird sich hier nicht anders verhalten, vor allem wird er gar nicht daran denken. Das war bei Pischta genauso wie bei Sandu.

Ich selbst hatte schon als Schüler immer Früh- und Abendgymnastik betrieben, und ich tat es nun, nachdem der erste Wirbel überstanden war, auch in der Zelle. Im Unterschied zu früher machte ich es jetzt nicht nur aus Gewohnheit und weil ich spürte, dass es mir gut tat, sondern aus bewusstem Widerstand gegen die Zermürbungstaktik des Systems. Früh, mittags und abends, manchmal auch zwischendurch, machte ich meine Atem-, Lockerungs- und Gelenkigkeitsübungen. Die Wächter hatten merkwürdiger-, aber auch glücklicherweise nichts dagegen einzuwenden.

Als Pischta kam, musste ich gewisse Hemmungen überwinden, denn ich spürte, dass dieser einfache Mensch vom Typ eines Schwerarbeiters meine Bewegungen als unnütze Verrenkungen und als meinem Alter unangemessen empfinden würde. Zugleich war er trotz seiner Muskelwülste nicht imstande, eine Rumpf- oder Kniebeuge zu machen, seine Gelenke knirschten geradezu bei dem Versuch. Hier setzte ich an, um ihn zu überzeugen, wie notwendig es gerade für ihn bei seinen trüben Aussichten sei, sich leistungsfähig zu erhalten, nicht frühzeitig zum hilflosen Greis zu versteifen. Und ich hatte die Genugtuung, dass er das nicht nur einsah, sondern nach einigem Zögern die Übungen auch mitzumachen begann. Es kostete zwar viel Geduld, manchen Schweißtropfen und manchmal auch etwas Humor, aber als er nach etwa sechs Wochen abgeholt wurde, war er imstande, den Rumpf bei durchgestreckten Knien soweit zu beugen, dass seine Fingerspitzen den Boden berührten. Sein Dank beim Abschied galt wohl auch dieser Frucht unserer Bekanntschaft.

Bei Sandu, der vom vielen Sitzen im Auto auch schon träge, feist und steif geworden war, war es ähnlich, nur brauchte ich ihm nicht so viel zuzureden, da er als Schüler geturnt und Fußball gespielt hatte und so ein gewisses Grundverständnis für den Sinn der Leibeserziehung mitbrachte.

Erheblich schwieriger schon war es, Geist und Sinne zu „trainieren", die richtige therapeutische Betätigung für sie zu finden. Ein Zufall eröffnete mir für eine geraume Zeit eine Beschäftigungsmöglichkeit, wie ich sie mir in dieser Umgebung nicht hätte träumen lassen und an die ich auch später oft gedacht habe. Und das kam so:

Sich in der Nähe der Tür aufzuhalten war laut „Regulament" streng verboten. Anfangs dachte ich, das sei zum Schutz der herein linsenden Wächter gedacht, bis ich auf zwei wahrscheinlichere Gründe kam: Erstens war jemand in der Nähe der Tür von draußen schwerer zu beobachten, und zweitens hätte er einiges erlauschen können, was dort geschah, und das von meiner Zelle aus ganz besonders, da sie sich, wie schon erwähnt, an einem Knotenpunkt des Unterweltverkehrs befand. Alles Gründe genug, bei der Eintönigkeit der endlosen Tage den Aufenthalt gerade dort besonders reizvoll zu finden. Für mich kam noch etwas Besonderes hinzu. Als ich bei irgendeiner Gelegenheit das Türblatt berührte, hatte ich gemerkt, dass die Innenseite mit einer fettigen Schicht überzogen war, vermutlich als Rostschutz.

Als ich sie mir dann eines Tages von der Seite ansah, gewahrte ich hier und dort Finger- und Handabdrücke, Linien und Streifen. Ähnelte das nicht der hauchdünnen Wachsschicht auf einer Radierplatte? Von diesem Gedanken war es nur noch ein kleiner Schritt zum nächsten, verlockenden: Auf dieser Fläche musste man doch zeichnen können!

Zeichnen! Von Kind auf hatte ich gern gezeichnet. Wenn man vor dem Unruhestifter und Quälgeist mit seiner ewigen Fragerei Ruhe haben wollte, brauchte man mir nur ein Blatt Papier und einen Stift zu geben, und die Umwelt versank für mich, während ich versuchte, einer anderen Welt in mir, von Märchen und Sagen genährt, ans Licht, aufs Papier zu verhelfen. Später in der Schule schoss der Drang, das in Geschichte Gehörte und bei den Klassikern Gelesene bildlich darzustellen, dermaßen ins Kraut, dass ich auch während des Unterrichts Bücher und Hefte mit Marginalien versah oder Zettel – oft mit Karikaturen – kursieren ließ, sehr zum Gaudium der Klasse, weniger der Lehrer. Auch später hatte sich alles, was ich erlebte, von der Front des Ersten Weltkriegs bis zu den Universitätsjahren, in Zeichnungen niedergeschlagen, so dass ich mich zeitweilig allen Ernstes mit dem Gedanken trug, daraus einen Beruf zu machen. Aus meiner Anfangszeit stammte eine Kohlezeichnung, in der ich das Gefühl der Einsamkeit und Verlassenheit zu erfassen versucht hatte: Ein Häftling steht in kahler Zelle unter einer vergitterten Luke und starrt hinauf zu ihr, durch die ein verirrter Sonnenstrahl ins Düster bricht. Sinnbild sollte es damals sein, Ausdruck einer Stimmung, und Wirklichkeit war es geworden.

Ich hockte auf dem Strohsack und starrte auf die matte Fläche der Eisentür, über die es mit Licht und Schatten wie ein fließendes Gewässer geisterhaft dahinzog, Bild um Bild dessen, was ich vor fünfzig Jahren innerlich erlebt hatte, Visionen, die mich bedrängt hatten, die ich hatte loswerden wollen – und deren Wirklichkeit mich jetzt eingeholt hatte.

Unwiderstehlich lockte die leere Fläche und auch die damit verbundene Gefahr. Kannst du noch was? Wagst du es? Es ist verboten, sich auch nur in der Nähe aufzuhalten. Wie, wenn man dich dort ertappt? Und wenn nicht auf frischer Tat, so vielleicht nachher, wenn die Tür geöffnet wird. Dann werden sie dich verraten, deine Zeichnungen!

Offenbar gehörte ich zu denen, bei denen nicht der kühle Kopf, sondern das törichte Herz entscheidet. Das war leider immer so. Jedenfalls maß ich schon die Fläche mit den Augen und teilte sie ein. Zwischen dem oberen und dem mittleren Drittel klaffte die Vertiefung des Fensterchens. Rechts und links davon konnte je eine Gestalt stehen. Was käme darunter? Eine liegende Gestalt vielleicht. Sollten sie in Beziehung zueinander oder jedes Feld für sich stehen? Etwa rechts die Göttin der Freiheit, die über das Fensterchen hin ihre Fackel einer anderen Gestalt reicht. Was für einer Gestalt? Abgehärmt, in Handschellen, von denen zerrissene Ketten hängen? Quatsch, geschmackloser Unsinn! Dies war nicht der Ort für kitschige Allegorie.

Nein, auf die einfachste Form musste das Leben gebracht werden. Alles zwang dazu: das Material, die knappe Zeit, denn bei der Ausführung musste alles ruck zuck gehen, jeder Strich musste vorher genau überlegt werden. Was kam dafür in Frage? In erster Linie die Karikatur! Das war's. Auf jedes Eisenblech-Quadrat eine. An Stoff fehlte es ja nicht, schließlich war ich selbst ein geeignetes Modell, als Stachelschwein hier und dort als „armer Sünder" am Verhörtischchen. Und der Goliath, mich am Henkel führend ... Stoff in Fülle!

Also platzierte ich mich zwei, drei Schritt vor der Tür, riss die Striche vorerst in der Luft an, sprang vor, applizierte sie auf der Tür – und wischte mir den Schweiß von der Stirn. Mit Fingerkuppe oder Nagel, je nachdem, ob ich den Strich dicker oder dünner wollte, zeichnete ich auf der mattschimmernden Fläche. Von vorne aber, wo ich stand, konnte ich die Zeichnung kaum erkennen, erst wenn ich zur Seite trat, hoben sich die Linien deutlich ab. War das nun ein Vorteil? Wohl kaum, denn auch die Wächter standen, wenn sie die Tür öffneten, seitlich und hätten alles sehen können. Also musste es vor dem Öffnen weggewischt werden, wie seinerzeit in der Schule der Schwamm die Tafel unschuldsschwarz hinterließ, ehe der Herr Lehrer die Klasse betrat. Ein leichter Wischer mit dem Handballen, und fort war die ganze Herrlichkeit. Bis dahin aber konnte ich mich meiner Künste freuen und obendrein den Spaß genießen, dass der Zerberus, der durchs Fensterchen guckte, keine Ahnung davon hatte, was die Tür, die uns schied, vor seinen Augen verbarg – manchmal sein eigenes Konterfei.

Was aber, wenn ich zwischendurch geholt wurde oder sonst etwas Unvorgesehenes passierte? Nun, das war das Risiko, der Preis für diesen Zeitvertreib. Überdies musste auch ohne äußeren Zwang eine Zeichnung weichen, sobald ein neuer Einfall sich ankündigte. Der Zweck war, meinen Gedanken und meinem Tatendrang eine Aufgabe zu verschaffen, mir dadurch die Zeit zu verkürzen und dem Zwang zur Untätigkeit ein Schnippchen zu schlagen. Ja, im Schaffen und nicht im Bewahren musste ich meinen Trost, meine Befriedigung finden. Wie sehr ich dieser Einsicht, dieser Bescheidung noch bedürfen sollte, konnte ich damals nicht ahnen.

Wie lange dieses gewagte Spiel vorhielt, vermag ich nicht zu sagen. Es zog sich über einige Wochen hin und wurde wieder aufgenommen, wenn sich Gelegenheit dazu bot. Brenzlig wurde es, als sich die Tür einmal unvermutet und lautlos auftat und gleich zwei Wächter eintraten, was bisher noch nie geschehen war. Ihre Ebenbilder prangten an der Tür, mein Herz aber tat einen Sprung und landete peinlicherweise in der Hose. Dort hätten es die beiden beinahe entdeckt, denn sie nahmen die erste Zellen- und Leibesvisitation vor. Doch davon in anderem Zusammenhang. Die Zeichnung wurde nicht entdeckt, da dies alles sich nach dem Abschalten des Lichtes abspielte und die Tür im Schatten lag.

23 „Wandmalereien"

Mit der Zeit genügten mir diese Abstraktionen allerdings nicht mehr, sie waren technisch zu eng begrenzt. Mich verlangte nach größerer Bewegungsfreiheit, in der Wirklichkeit wie in der Kunst. Umriss und Linie konnten eine Menge ausdrücken. Wie vieles aber verlangte nach Farbe, konnte ohne sie nicht ausgedrückt werden! Zwar war ich mir der Unerfüllbarkeit, mithin der Torheit dieses Wunsches vollkommen bewusst, und doch gab ich mich dem Traum hin.

Wahrscheinlich wirkt es sehr abrupt und unwahrscheinlich, wenn ich in wenigen Zeilen berichte, was sich im Zeitraum von Wochen allmählich entwickelte und sich zu einer anderen Art geistiger Betätigung auswuchs. Vielleicht wäre es richtiger, von „Zeitausfüllen" zu sprechen, denn vertreiben ließ sie sich leider nicht, und eine „Betätigung" hätte sichtbare Ergebnisse erbracht – die dabei allerdings nicht entstanden.

Ich malte nämlich – in Gedanken – meine Zelle aus. Wie vor wenigen Wochen die leere Fläche der Tür mich unwiderstehlich angezogen hatte, so nun die gekalkten Zellenwände. Sie boten meiner Phantasie einen viel größeren Spielraum nicht nur von der Ausdehnung her, sondern auch für die Themenwahl. Bei der dunkelgründigen Tür hatte ich mich auf einfache Umrisse beschränken müssen, Binnenzeichnung und Schattengebung waren nur begrenzt möglich. Auf diesem weißen Kalkgrund aber war auch die zarteste Tönung denkbar, und zwei Wände von je fünf Metern Länge und 2,80 Metern Höhe konnte ich nach Belieben einteilen. Nur die Tür- und die Fensterseite bereiteten mir einiges Kopfzerbrechen, doch auch für diese würden sich Lösungen finden, sobald ich mit den Längsseiten im Reinen war.

Hatte ich es nun eigentlich leichter oder schwerer als irgendein Meister der Freskomalerei? War denn beispielsweise Michelangelo beim Ausmalen der Sixtinischen

Kapelle etwa nicht stoffgebunden? Hatte er nicht einen ungeduldig hetzenden und obendrein geizigen Papst über sich? Musste er sich nicht mit allerlei technischen Problemen herumplagen? Ich hingegen, ich brauchte von alledem nicht einmal etwas zu verstehen! Ich brauchte meine Visionen bloß im Geiste auf die weiße Wand zu projizieren, und für mich waren sie dort! Wenngleich für jeden andern Sterblichen unsichtbar. Als Stoff stand mir die ganze Natur und Geschichte, standen mir alle Mythen und Sagen aller Völker und Zeiten zu Gebote, und es gab niemanden, der mich daran hindern oder dazu zwingen konnte, dies oder jenes zu wählen oder in einer bestimmten Art auszuführen. War ich hier in der Zelle nicht freier, als er es draußen jemals gewesen war? Freilich, er hatte Werke geschaffen, die alle Welt sehen konnte und bewunderte, die ihn überlebt hatten und sie bereicherten. Nichts von alledem traf für die meinen zu. Allerdings wäre es mir auch im Traum nicht eingefallen, mich mit ihm zu messen. Ich wollte ja gar nicht Werke schaffen wie er, Geld und Ruhm durch sie erwerben, mein Ich in ihnen verewigen. Ich wollte einfach nur dieses Ich irgendwie bewahren, es nicht untergehen lassen in der Feindseligkeit, Abschnürung und Erniedrigung, ihm eine Art Schutzhülle schaffen, undurchdringbar für andere. Er hatte zwar nicht in einer Gefängniszelle aus Stein und Eisen gesteckt, war nicht ausgeschlossen gewesen vom Leben, aber Bedrängnis und Anfechtung aller Art hatte schließlich auch er erlebt und sich dagegen behaupten müssen.

So triumphierte ich heimlich, während ich dort auf meinem Strohsack hockte, die Wand anstarrte und sie – in Gedanken – aufteilte in einen Sockel von einem Meter Höhe, eine etwas breitere Mittelzone und eine etwa halb so breite Frieszone. Erst hatte ich erwogen, den Sockel in pompejanischem Rot anzulegen, verwarf diesen Gedanken aber, da die Farbe nicht nur für die Zelle, sondern auch für die Streifen darüber zu dunkel gewesen wäre, einen zu starken Kontrast ihnen gegenüber dargestellt hätte, da ich diesen vorwiegend helle, freundliche Töne zugedacht hatte,

um der kalten Nüchternheit der Zelle etwas wie Sonnenlicht und Wärme zuteilwerden zu lassen. So hätte sich für den Sockel wohl ein rosig durchhauchtes Hellgrau am besten geeignet, über dem dann die Landschaft und die Gestalten in sanft abgestimmten Tönungen von Ocker, Rehbraun, Birkengrün, Orange und so weiter sich hinziehen sollten.
Den Stil dachte ich mir freskomäßig vereinfacht, etwa in der Art – ja, in wessen Art denn? Es gab zu viele Vorbilder, ein „Inbild" aber gab es nicht. Ich war von keinerlei Ehrgeiz oder Drang zur Originalität geplagt, und so konnte ich reinen Herzens die Lust genießen, die lange Reihe unsterblicher Vorbilder von der Antike her an meinem inneren Auge vorbeiziehen zu lassen, eine Lust, genährt durch Dankbarkeit dafür, dass sie – was ich bisher nicht gewusst hatte – so lebendig in meinem Gedächtnis wurzelten, und durch unbändige Freude darüber, dass keines Wächters Auge entdecken und enträtseln konnte, warum dieser verdrehte Häftling stundenlang die leere Wand anstarrte.
Keiner außer mir konnte sie sehen, die leuchtenden Gestalten und Landschaften, die jener leeren Wand dort entwuchsen. Tag für Tag andere, vor mehr als 2000 Jahren wie einst Athene dem Haupt des Zeus, dem Herzen und Geist eines Dichters entsprungen, die seither aus der Geisteswelt des Abendlandes, ja der Menschheit nicht wegzudenken sind: die Gestalten der Ilias und der Odyssee und die – um Jahrhunderte jüngeren – des Nibelungenliedes. Schon den unreifen Pennäler hatten sie gepackt, begeistert und zur bildlichen Vor- und bildnerischen Darstellung angeregt. Damals war es mehr ihr Übermenschliches, Heroisches, Kämpferisches, jetzt stand eher das tief Menschliche im Vordergrund, ihr Ausgeliefertsein, ihre innere Einsamkeit, in der sie sich dem Schicksal stellten, sich bewährten auch im Untergang. Und die Gestalten antiker Tragödien – sämtlich Geschöpfe des menschlichen Geistes, fortwirkend über Jahrtausende, Zeugen seiner Unsterblichkeit.

Monatelang waren sie, ihr Schicksal und die Überlegungen, wie sie zu gestalten wären, meine geistige Nahrung und Hauptbeschäftigung, sofern nicht der Zellenalltag, die Aufregungen der Verhöre oder die Sorgen um die Lieben draußen mich ablenkten. Je länger sich aber die Haft hinzog, während die Tage kürzer wurden, die Dunkelheit überhandnahm und die Hoffnung schwand, in absehbarer Zeit da herauszukommen, je mehr also mein Leben sinnlos und unfruchtbar zu werden drohte wie das eines eingesperrten Tieres, desto weniger genügten mir diese bei allen bildhaften Bezügen doch nur angelesenen Stoffe, und immer stärker drängte eigenes Erleben zum Ausdruck.
Zunächst versuchte ich auch dieses in gewohnter Weise in szenische Bilder umzusetzen, doch musste ich allmählich einsehen, dass dies nur begrenzt möglich und einzig das Wort diesem Erleben gewachsen war. Den Übergang habe ich in folgende Märchenform gefasst:
Mit dem Reisigbesen gerät eine hässliche Raupe in die Zelle. Die erste Regung, sie mit dem Kehricht wieder hinauszubefördern, weicht der Überlegung, sie zu behalten und zu beobachten. Sie kriecht in eine dunkle Ecke und spinnt sich ein, verpuppt sich. Nach etlichen Wochen schlüpft ein Falter, der sprechen kann. Es stellt sich heraus, dass er in seinem früheren Leben auch Gefangener gewesen und in seiner Existenz bedroht worden ist. Obwohl er weiß, dass er nur durch Wandlung weiterleben kann, hat er Angst davor und sträubt sich dagegen, bis ein Hund, der an der Kette leben muss, ihm rät, einem anderen Wesen, das sich nicht befreien könne, den Weg der Befreiung durch Wandlung zu weisen. Diesem Rat folgend, kommt die Raupe in die Zelle und lebt dem Gefangenen das Beispiel vor. Wenn er also hinaus in die Freiheit will, muss er sich in sich selbst zurückziehen, sich durch nichts anfechten lassen und sogar der Nahrung entsagen. Wenn er das tut und allen Drohungen und Bedrängnissen mit Schweigen und Lächeln gegenübertritt, gerät er in den Zustand der Puppe, und eines Tages finden die Wächter, wenn sie die Zelle betreten, nur

die leere Hülle vor. Das Ich aber, das Wesentliche, entschwebt wie ein Falter zwischen den Gitterstäben hindurch in die sonnige Freiheit.
Damit begann für mich die Phase des Wortes, die bis zum Ende der Haft anhielt und mit einer „Zellenelegie" endete. Am Anfang aber stand ein etwas unbeholfener Achtzeiler unter dem Titel „Zellenwandern":

> Von der Eisentür zum Gitterfenster
> sind es fünf der Schritte nur;
> wieviel Meilen bin ich wohl gewandert diese –
> ohne jeglich Ziel noch Sinn noch Spur?
> Nur damit ich etwas mich bewege,
> nur damit ein wenig Zeit vergeht!
> Bitter mir bei jedem Schritte sagend,
> dass mit ihm mein Leben mit verweht…

Nein, Kunstwerke sind sie nicht geworden, die Texte, die da entstanden sind, es war aber auch nicht meine Absicht. Von Absicht kann hier eigentlich auch gar keine Rede sein; sie entstanden und wuchsen, im Gegensatz zu den herbeiphantasierten Wandmalereien. Es waren „Naturprodukte", von innerem Zwang heraus getrieben, um den Überdruck zu mindern. Was Wunder, dass ihre Form Mängel aufweist wie von einer schweren Geburt. Sie war wirklich schwer, und die Form sollte vor allem dem Gedächtnis eine Stütze bieten, einen Leitfaden, an dem ich mich weitertasten konnte von einem Tag zum anderen, von einem Vers zum anderen. Deshalb klammerte ich mich anfangs an den Reim, bis ich mein Textgedächtnis einigermaßen getrimmt hatte.
Dem gleichen Zweck diente, dass ich es in „unfruchtbaren" Tagen, wenn mir nichts einfiel und ich nichts „produzieren" konnte, mit „Re-Produktionen" versuchte und allerlei aus der Erinnerung kramte, was ich einst an Gedichten gelernt hatte, von Kinderversen über Uhland, Chamisso und Rückert, die Volks- und Studentenlieder der Jugend bis zu

den Balladen und Weltanschauungsgedichten der Klassik und Romantik – Eines zog das andere nach sich.

Merkwürdige Erfahrungen machte ich dabei mit diesem seltsamen Etwas, das man Gedächtnis nennt. Die erste versetzte mich in nicht geringe Bestürzung: Ich musste feststellen, dass ich meine eigenen Gedichte bis auf ganz wenige aus der früheren Zeit nicht zusammenbrachte! Das war ein harter Schlag. Wie sollte ich, wenn ich dereinst frei würde, meine in mehr als vierzig Jahren entstandenen Texte, Zeugen eines geistigen Wachstums, wiedergewinnen, wenn nicht aus der Erinnerung? Ich musste damit rechnen, dass ich das beschlagnahmte Material nicht zurückerhielt, war man doch in der gesamten Untersuchung bestrebt, es als staatsgefährdend zu brandmarken. Und ich würde geistig verstümmelt zurückbleiben und wäre ärmer dran als jeder Krüppel. Mir war bei diesem Gedanken wie einem, der zusehen muss, wie seine Kinder erwürgt und in einem dunklen Sumpf versenkt werden, ehe er selbst drankommt. Es waren die trostlosesten Tage meiner Haft, und es war schwer, sich aus diesem Tief wieder herauszuarbeiten, nicht aufzugeben unter dem Eindruck, alles sei umsonst und der Verlust niemals zu verschmerzen. Hätte ich damals geahnt, dass auch meine „eiserne Reserve", meine sämtlichen fünfzig Tagebücher, gewissenhaft geführt seit dem Abitur im Jahre 1915, um die Zeit schon vernichtet waren – vorsichtshalber! –, wer weiß, ob ich dieses noch schreiben könnte.

Nun, ich ahnte es nicht, rappelte mich auf und versuchte, mich am eigenen Schopf aus dem Sumpf zu ziehen, indem ich mein Gedächtnis trainierte, mir Gedichte aufsagte, wie und soweit sie mir eben einfielen. Es war eine anfangs mühselige Arbeit wie das Graben nach Wasser. Hart, ausgedörrt, unergiebig sind die oberen Schichten, doch je tiefer man dringt, desto leichter geht's, feuchter und dunkler wird die Erde, und endlich beginnt es aus dem Grund zu quellen. Je weiter das einst Gelernte zurücklag, desto leichter war es wieder hervorzuholen, und was sich anfänglich nur bruchstückhaft vorfand, ließ sich ergänzen, verbinden, zu neuem Leben erwecken. Dieses war die zweite, allerdings erfreuliche Überraschung, die mir das Gedächtnis bescherte. Die dritte aber, die mich teilweise mit der ersten aussöhnte, war, dass ich mir die Texte, die hier entstanden, so einprägen konnte, dass ich sie über die Haftzeit hinaus behielt und danach zu Papier bringen konnte als Zeugen meiner seelischen Verfassung von damals oder, wenn man so will, Dokumente einer Gegenoffensive meiner Lebenskräfte, meines Geistes gegen Zermürbung und Abtötung.

Eine so verknappte Darstellung des Monate währenden Vorgangs in wenigen Zeilen erweckt den Anschein, als handle es sich um eine geplante und zusammenhängende Entwicklung, um wohlüberlegte und gut funktionierende „Exerzitien". Dies trifft jedoch nur für die Leibesübungen zu. Alles Andere hat sich mehr oder weniger zufällig, vermutlich aus dem Selbsterhaltungstrieb ergeben. Da es völlig unmöglich war, Aufzeichnungen irgendwelcher Art zu machen, bin ich nicht in der Lage, die einzelnen Schritte auseinanderzuhalten und sie mit den jeweiligen Tagesereignissen zu verknüpfen. Mein Gedächtnis vermag sie nur in sich geschlossen, auf das Wesentliche zusammengedrängt, wiederzugeben. Ich muss den verfälschenden Eindruck des „Komponierten" in Kauf nehmen, wenn nicht alles zerfallen soll, darum diese allgemeinen, die gesamte Haftzeit umgreifenden Kapitel.

24 Im Netz der Spinne

Ich bitte den Leser um Verständnis dafür, dass ich im Folgenden in die noch vor der Haft liegende Zeit zurückgehe. Dadurch wird, wie ich meine, manches, was mir im Gefängnis widerfuhr, verständlicher. Außerdem gewährt die Art, wie die Untersuchung geführt und dann der Prozess aufgezogen wurde, über meinen Fall hinaus Einblicke in die damalige Rechtsauffassung und -handhabung in so genannten politischen Prozessen.

Ich habe zwar schon einiges über die Verhörführung berichtet, allerdings weniger unter juristischem Vorzeichen sondern um einen Eindruck von der Atmosphäre zu vermitteln. Da ich mir keiner Schuld bewusst war und auch nach früheren Verhaftungen oder Verhören immer freigelassen worden war, weil es sich um bloße Verdächtigungen gehandelt hatte, war ich anfangs überzeugt, dass es auch diesmal ähnlich verlaufen würde, da nur ein Irrtum vorliegen könne oder man uns lediglich einschüchtern und vom wiederholten Ersuchen um den Pass zur Ausreise in die Bundesrepublik Deutschland zwecks Familienzusammenführung abbringen wollte. Gerade die so raffiniert berechnete Schockwirkung der Verhaftung ausgerechnet vor dem zuständigen Passamt bestärkte mich in dieser Vermutung, ebenso die durch nichts begründete Karzerhaft nach dem ersten Verhör: Man wollte mich so schnell und so gründlich wie möglich kirremachen, damit ich ein für allemal auf den Pass verzichtete.

So legte ich mir die Sache aus – bis zu der Unterredung mit dem Untersuchungsrichter und der Bekanntgabe des Haftbefehls. Da erst begann es mir zu dämmern, dass es diesmal um mehr ging, darum nämlich, dass mir endgültig der Garaus gemacht werden sollte – wie meinen Schriftstellerkollegen einige Jahre zuvor. Ich hatte im staatlich dirigierten Jubelchor nicht mitgesungen, da war wohl mein stummes Abseitsstehen misstönig aufgefallen. War es dem Dirigenten zu dumm geworden? Wollte er

abklopfen oder ein Solo von mir hören? Das Grauen kroch mich an, denn nur zu gut wusste ich, dass in diesem Fall weder gutes Gewissen noch der Sachverhalt, also das schwarz auf weiß geschriebene Wort entschieden, sondern die Deutung, und die geschah nach dem Wahlspruch: Legt man nicht aus, so legt man unter. Die Kunst der Interpretation machte alles möglich, wie die Bibelexegese.
Wie hatte alles angefangen? Sie hatten mich unter dem Vorwand, sie bräuchten einige Erläuterungen, zur Securitate geholt. Nach Feststellung meiner Personalien wurde ich zunächst höflich befragt: Ob es mir denn in der Heimat nicht mehr gefalle? Weshalb ich denn die Rumänische Volksrepublik, die Heimat der Werktätigen, um jeden Preis verlassen und ins kapitalistische Ausland ziehen wolle? Und nach meinem höflich ausweichenden Hinweis auf die staatlich genehmigte Familienzusammenführung hatten sie mir ein Blatt Papier unter die Nase gehalten und zugeschnappt: Ob ich den Inhalt des Schriftstücks und den Verfasser kenne?
Darauf war ich nicht gefasst gewesen. Auf alles Mögliche, aber darauf nicht. Ein Gedicht von mir in ihren Händen! Merkwürdigerweise quälte mich zunächst die Frage, wie es dorthin hatte gelangen können, und nicht die nach den Folgen, die das für mich haben konnte.
Wer hatte da versagt, wer hatte mein Vertrauen getäuscht? Das war im Augenblick meine große Sorge, denn ohne absolutes Vertrauen zwischen Landsleuten und Arbeitskollegen brach jeder Zusammenhalt auseinander, wurde echte Gemeinschaft unmöglich. Das Gedicht war nie veröffentlicht worden. Es gehörte zu den wenigen aus der Zeit der Evakuierung, die nur jene kannten, die neben mir auf den Feldern des Staatsgutes als Tagelöhner gedarbt, geschwitzt und gefroren hatten. „Der Fernzug" war in einer Arbeitspause inmitten der Gruppe entstanden, in der ich tagaus tagein arbeitete. Wenn jenseits des Flusses dreimal in der Woche der Orientexpress vorüberbrauste, reckte jeder von uns evakuierten „Gesellschaftsschädlingen", die sich

dort für das tägliche Brot – im buchstäblichen Sinn – abrackerten, den Kopf und blickten ihm sehnsüchtig nach. Diesem Gefühl versuchten die paar Zeilen Ausdruck zu geben. Deren letzte musste, so durchzuckte mich jetzt die Erkenntnis, alles ausgelöst haben, denn sie lautete: „fort in eine freie Welt!" Ja, dorthin fuhren die dort drüben ohne die geringste Ahnung dessen, was hier geschah. Diese eine Zeile konnte, sollte mir das Genick brechen. Und nur die wenigen Menschen, die damals dabei waren, die dies alles als Schicksalsgenossen miterlebt und mitempfunden hatten, nur die wussten davon. Unter ihnen musste sich der Verräter befinden.

Mit dem „Fernzug" hatten die Spürhunde das Ende – oder auch den Anfang – der Fährte aufgenommen, die zu meinen übrigen Gedichten führte, und in den Mitgliedern der Arbeitsgruppe witterten sie die Keimzelle einer Verschwörung. Erst unter den lauernden Blicken der Häscher war mir aufgegangen, was es mit dem Wort „frei" auf sich hatte. Es war das Wort, das alle gedacht hatten, die zu dem Zug jenseits des Flusses hinübersahen. Hätte ich ein anderes hinsetzen können? Harmloser von einer „weiten" oder „bunten" Welt sprechen sollen? Das konnte ich nicht.

Sieben Jahre war das her. Ich hatte lange nicht mehr daran gedacht. Die Gruppe hatte sich aufgelöst, als wir heimkehren durften, jeder war untergeschlüpft, wo er konnte, Verbindung bestand keine mehr, und jetzt reckte sich mit einem Mal dieses Wort als Bedrohung auf vor mir, der ich gekommen war in der Hoffnung, den Pass für jene „freie Welt" endlich entgegenzunehmen. Teuflisch war das ausgeklügelt. Der Sturz von der Höhe der Hoffnung sollte mich erledigen oder wenigstens gefügig machen für etwas, das ich noch nicht erraten konnte.

Doch der Blitz aus heiterem Himmel schmolz alle Zweifel und Ängste augenblicklich um in einen Block des Widerstandes. So gab ich nicht nur scheinbar gleichmütig zu, dass der „Fernzug" von mir stammte, sondern auf Befragen auch unumwunden an, wo und wie er entstanden war. Dies

zu verschweigen hätte auch keinen Sinn gehabt. Ein Anruf bei der Verwaltung des Staatsgutes hätte die Zusammenstellung der Arbeitsgruppe von damals erbracht, und jeder Versuch, etwas zu verheimlichen, hätte meine Lage, die – in ihren Augen – schon fatal war, nur verschlimmert. Nein, alles, was nicht zu halten war, hieß es freiwillig und rechtzeitig räumen, keine Kräfte vergeuden, sondern das Schussfeld freischlagen und den Kern, die innere Zitadelle mit allem, was einem zu Gebote stand, verteidigen. Nicht so sehr um meiner selbst als um meiner Schicksalsgenossen willen durfte ich den Verdacht der Geheimbündelei gar nicht erst aufkommen lassen.
Vernünftiges Handeln setzt einen oft schlimmeren Belastungen aus als „heroische" Aktionen. Ich musste darauf gefasst sein, dass meine einstigen Kumpel mich missverstanden und beargwöhnten, wenn sie meinetwegen auch nur als Zeugen in einen Prozess verwickelt wurden. Mit jedem Namen, den ich nannte, beschwor ich wenn schon nicht Unheil, so zumindest Unannehmlichkeiten herauf für einen Menschen. Es war, als trüge ich den Erreger einer Seuche, und wer Umgang mit mir gehabt hatte, geriet nicht nur in Quarantäne, sondern gar leicht auch in den unberechenbaren Sog eines politischen Prozesses, der, wie ich mit Bestürzung merkte, auf die Erfindung einer verschworenen „Widerstandsgruppe" hinauslief.
Und den Strick für die Schlinge, die sie mir mit abgefeimter Fertigkeit um den Hals zu werfen trachteten, hatte ich ihnen selbst geliefert! Immer deutlicher zeigte sich, was sie anstrebten: Möglichst viele meiner Gedichte sollten als staats- und gesellschaftsgefährdend, wenn nicht gar aufrührerisch enttarnt und die Diagnose von mir ausdrücklich durch meine Unterschrift unter die jeweilige Auslegung bestätigt werden. Ich sollte also besagte Schlinge auch noch selber zuziehen – eine pikante Steigerung des Wirkungsgrades der Prozedur, die sie, die Spürhunde, obendrein des etwas anrüchigen Geschäftes enthob.

Wie das im Einzelnen angestellt wurde, will ich mit ein paar Beispielen illustrieren, und zwar nicht mit den krassesten, aber den typischsten.

Als ich zu Beginn dem Untersuchungsrichter vorgeführt wurde, saß neben ihm ein junger Mann, der wie ein Student aussah. Der Hauptmann studierte stirnrunzelnd ein Blatt Papier, zu dem der junge Mann anscheinend Erläuterungen gab. Auf meinem Tischchen vor dem festgeschraubten Armesünderstühlchen lagen die beschlagnahmten Gedichtbändchen. Und dann ging's los: Warum ich das Gedicht auf Seite soundso viel („Aufschlagen!") nicht genannt und warum ich das Wort X im Gedicht Y mit dem Wort Z übersetzt habe und nicht mit dem Wort A? Dieses sei doch gemeint, das andere sei bloß Tarnung, also Heuchelei! Oder?! Gefragt wurde rumänisch, und antworten, erklären, deuten musste ich selbstverständlich ebenfalls in dieser Sprache, deren Feinheiten ich keineswegs so beherrschte, wie es hier vonnöten gewesen wäre. Der junge Mann sollte offenbar dolmetschen, wenn ich mich mit dem Hauptmann nicht verständigen konnte, doch gingen seine Deutschkenntnisse über die aus einem mangelhaften Fremdsprachenunterricht nicht hinaus. Mit Worten wie „wähnen", „dünken", „entsagen" und ähnlichen, die nicht der Alltagssprache angehören, wusste er nichts anzufangen, „Grimm" fälschte er in „Hass" um, „fronen" deutete er als „Verächtlichmachung der Arbeit" usw. Schlimmer noch als einzelne Wörter wurden Formulierungen, Sätze, Strophen verfälscht, indem sie zum Teil aus dem Zusammenhang gerissen wurden. Das geschah beispielsweise mit „Sterne über dem Stacheldraht":

> Sie haben uns in die Baracken gepfercht
> enger und dumpfer als Vieh!
> Und sehnend Lunge und Seele schrie
> nach Luft und Weite ...

Diese Zeilen genügten, um das Gedicht, ohne dass sein Gesamtzusammenhang in Betracht gezogen wurde, als

Aufhetzung gegen das Regime auszulegen. Am großzügigsten verfuhren sie mit „Freiheit hinter Stacheldraht". Die drei Zeilen

> Freiheit finden wir nimmer
> draußen in jener Welt,
> so nicht wir sie uns schaffen

wurden kurzerhand als Aufruf zum Umsturz gewertet. Welches aber ist der Zusammenhang?

> Wenn auch die Tore sich öffnen,
> wenn die Fesseln auch fallen –
> Freiheit finden wir nimmer
> draußen in jener Welt,
> so nicht wir sie uns schaffen
> tief im innersten Ich!
> Freiheit von allem Gewohnten,
> von Heim und Begier und Besitz!
> Freiheit von Hass und von Ichsucht,
> Freiheit von jeglicher Furcht!
> Dienstbar nurmehr der Wahrheit,
> dienstbar der Liebe nur,
> die uns mit Glanz betaut,
> wenn wir allem entsagt.

Da diese Gedichte in einem Konzentrationslager für politisch Internierte entstanden waren, ließ sich die Empfindlichkeit der dafür Verantwortlichen einigermaßen nachvollziehen. Wie aber war es zu verstehen, dass sie auch Gedichte umzufälschen versuchten, die das Kriegserlebnis zum Thema hatten, und just dort die Verherrlichung des Militarismus entdecken wollten, wo man nur das Gegenteil herauslesen kann?
Wochenlang, Tag für Tag wurden nun meine Gedichte derart „analysiert", ohne dass meiner wiederholten dringenden Bitte, einen wirklich sprachkundigen

Dolmetscher hinzuzuziehen oder wenigstens bei besonders krassen Fällen ein Wörterbuch herbeizuschaffen, stattgegeben wurde. Da auf diese Art der wahre Sachverhalt nicht festgestellt werden konnte, schlug ich vor, die Entscheidung einer Kommission von Sachverständigen zu übertragen, was höhnisch abgelehnt wurde mit der Begründung, das, worauf es ankomme, werde sehr gut verstanden. Immer deutlicher stellte sich heraus, dass die Interpretationstaktik aus dem Hintergrund gesteuert wurde. Täglich studierte der Untersuchungsrichter ein offenbar immer neues Schriftstück, entnahm ihm neue Spitzfindigkeiten und Formulierungen gegen von mir am Vortag vorgebrachte Argumente, hakte diesen oder jenen Punkt ab, machte Fragezeichen, hörte sich die vom „Beisitzer", der übrigens nicht immer anwesend war, geflüsterten Erläuterungen an und verschwand auch des Öfteren mit dem Blatt aus dem Raum, um nach seiner Rückkehr mit einem neuen Dreh aufzuwarten.

Er war Jurist, erfahren in allen Praktiken seines Berufs, beherrschte die Verhandlungssprache, seine Muttersprache, bis in alle Feinheiten, stand unter keinem Druck, war immer gut ausgeschlafen, gesund, genährt und gepflegt – in allem das Gegenteil meiner selbst. Es war ein ganz und gar ungleicher Kampf. Oft war mir zumute wie einer Fliege, die, in ein Spinnennetz geraten, sich verzweifelt wehrt und von den klebrig-zähen Fäden nur umso erbarmungsloser eingeschnürt wird.

Trotzdem erreichte er in wochenlangem erbittertem Ringen mit allen Finten und Drohungen nicht mehr als ein halbes Dutzend Unterschriften, jede mit meinem Zusatz, dass oben genanntes Gedicht nur bei Unkenntnis der Sprache und daher falscher Auslegung als politisch und staatsfeindlich missverstanden werden könne. Doch auch ich war nervlich am Ende und froh, dass eine Pause eintrat. Sie diente wohl der Vorbereitung einer neuen Phase, denn anscheinend wurde das bisher gesicherte Belastungsmaterial nicht als ausreichend erachtet, eine Anklage zu stützen. Wie sich bald herausstellte, wollte man herauskriegen, was ich mit diesem „geistigen Sprengstoff" schon angestellt hatte oder anstellen wollte. Zu diesem Zweck wurde, wie schon berichtet, recherchiert, wie viele Exemplare der Gedichte es gab, wo sie sich befanden, wer sie getippt und gebunden hatte usw. Andere Erhebungen spürten den Verbreitungsmöglichkeiten und den in Frage kommenden Vermittlern nach.

Dass die Texte nicht verbreitet worden waren, glaubte man mir nicht, so dass ich nichts anderes tun konnte als das, was ich eigentlich hatte vermeiden wollen, nämlich Zeugen anzugeben. Dies war der einzige Punkt, in dem der Untersuchungsrichter mit mir übereinstimmte, freilich in entgegengesetzter Absicht: Er dachte sie zu meiner Belastung einzusetzen, während ich mir Entlastung erhoffte. Auch in dieser Hinsicht war er mir gegenüber im Vorteil, da er mit ihnen sprechen konnte und dabei sowohl das Gewicht der Überraschung als auch das der behördlichen Autorität einsetzen konnte. Wenigstens wusste ich diesmal, was gespielt wurde, und konnte nicht aus dem Hinterhalt mit Fragen oder Beschuldigungen überfallen werden.

Ich habe lange überlegt, was es sein mag, das uns so abstößt am Jagdverfahren der Spinne, mit dem sie ihren Lebensunterhalt bestreitet. Sie tut im Grunde nichts anderes, als was jedes Raubtier tut: Sie fängt und tötet ihre Beute mit den Mitteln, die sie von Natur aus hat. Sie ist aufs Erbeuten und Töten angewiesen, denn sie steht unter dem Gesetz allen Lebens: Fressen und/oder gefressen werden. Um diesem zu entrinnen und jenes zu erreichen, setzt sie wie alle anderen ein, was ihr zu Gebote steht: List, Tarnung, Geschicklichkeit und Kraft. Weshalb empfinden wir das rasche, brutale Zuschlagen mit Pranke, Schnabel, Zahn und Giftstachel als weniger abstoßend denn das lautlose, planmäßige Umgarnen vor dem Aussaugen, wobei sie sich im Hintergrund hält und bloß hier und dort die Fäden verstärkt, wo das verzweifelt sich windende Opfer sie zu zerreißen droht. Erst wenn es hoffnungslos verstrickt und wehrlos ist, naht sie, beißt zu und saugt es aus.

Vergleichbarer Netze bedient sich auch die Staatsmacht. Da ist zunächst das Netz der Spitzel – sehr fein gesponnen, ja gänzlich unsichtbar zieht es sich über das ganze Land, beinahe bis in jedes Haus. Dabei ist der „Hausverantwortliche" oder – im Falle von Betrieben oder öffentlichen Einrichtungen – der „Kaderverantwortliche" noch harmlos, weil bekannt. Hat eines der Fädchen sich gespannt, zieht sich das Netz zusammen. Das Opfer merkt es mit lähmendem Entsetzen – aber da kann es schon nicht mehr reagieren, denn überall wachsen Augen und Ohren und Saugnäpfe, die es halten. Und dann zappelt es eines Tages im Netz.

In den meisten Fällen weiß es anfangs noch gar nicht, worum es geht, was es verbrochen haben soll. Herausgerissen aus allem Gewohnten, in einer Umwelt, die ihm völlig fremd und feindlich ist, sagt und tut es in seiner Verwirrung, Angst oder Empörung Dinge, die nicht wiedergutzumachen sind. Die Abkapselung von der gewohnten Umgebung kann bis zu einer Art Mumifizierung führen. Nicht einmal ein Rechtsberater, ein Verteidiger oder auch nur irgendeine gedruckte Rechtsauskunft wird ihm zugestanden, ebenso wenig Bleistift und Papier als Gedächtnisstütze. In diesem Netz hängt man außerhalb von Zeit und Raum, in einer Sonderwelt mit eigenen Gesetzen.

Dazu gehört auch ein Faden, der bei jeder Verweigerung einer Aussage oder einer Unterschrift würgend angezogen wird, und ein anderer, der bei Selbstbezichtigungen gelockert wird. Drohungen verschiedenster Art sowie körperliche und seelische Schäden und Bedrängnisse liefern ebenfalls recht gute Fäden.

So wird man eingewickelt und zugleich eingeschnürt, und dass der Untersuchungsrichter nach jedem Verhör das Protokoll nach eigenem Gutdünken verfasst und man es abzeichnen muss, ohne es überhaupt richtig gelesen zu haben, das wird für die meisten zu dem Faden, der dann die Schlinge am Hals zuzieht.

25 Nichts wird so fein gesponnen...

Auch mit diesen Fäden war es aber noch nicht genug. Man war sich offenbar nicht sicher, ob sie allein mich zu halten vermöchten. Wozu in aller Welt hätte man sonst, als die Schürf- und Wühlarbeit nach staatsgefährdenden Gedichten und nach Mitgliedern, Zielen und Statuten des Geheimbundes nichts Brisantes mehr zutage förderte, so krampfhaft nach immer neuen Beweisen für irgendwelche Verbrechen gegen Staat und Gesellschaft gesucht?
In welcher Reihenfolge man die verschiedenen Schlingen auswarf, weiß ich heute nicht mehr mit Bestimmtheit zu sagen, es ist aber im Grunde auch belanglos, da kein Zusammenhang zwischen ihnen bestand. Es waren bloß Versuche, mich nach verschiedenen Seiten zu verunsichern zum Beweis, welch gefährliches Subjekt ich von jeher gewesen war – vor allem da ich mich „so lange und geschickt zu tarnen" gewusst hatte.
Hätte mein Ehrgeiz darin gelegen, so hätte allmählich Größenwahn bei mir aufkommen müssen ob all der Fähig- und Findigkeiten, die man mir andichtete. Gewirkt hatte ich als Erzieher und als Lehrer in und außerhalb der Schule durch Beeinflussung der Schüler und der Teilnehmer an meinen literarischen Veranstaltungen in nationalistisch-klassenfeindlichem Sinn, desgleichen als Schriftsteller und Mitarbeiter an der literarischen Beilage einer Zeitung und schließlich als politischer Agent, der unstatthafte Beziehungen zum Ausland zu knüpfen oder zu unterhalten suchte. Ach, mein Sündenregister war lang!
Zunächst griff man zu dem bei Deutschen nach 1945 bewährten Mittel der Einschüchterung: Man hielt mir vor, was ich „damals" gewesen war und getrieben hatte. In meinem Fall hatten sie es damit leicht und gerade dadurch zugleich schwer. Die Akten der Schrifttumskammer der nationalsozialistischen Volksgruppe, die ich geleitet hatte, befanden sich zwar vollständig – ich hatte nichts davon vernichtet – in ihren Händen, aber was sie bewiesen, war

nicht in ihrem Sinne. Ja sie widerlegten sogar ihre Anschuldigung, ich hätte das Nazischrifttum mit allen Mittel zu fördern, anderes aber zu unterdrücken versucht. Es ist hier nicht der Ort, auf Einzelheiten einzugehen, ich will nur die größten Böcke nennen, die sie dabei schossen.

Da lag also beispielsweise auch die Liste der Schriftsteller vor, die ich für Lesungen in Rumänien vorgeschlagen hatte, ebenso wie die Listen derer, die – nach dem Willen der NSDAP – lesen durften bzw. es nicht durften, und Berichte über die Lesungen in den verschiedenen Städten. Darunter war kein einziger Name einer damals propagierten Zeitgröße zu finden, wohl aber Eugen Roth, Johannes Linke, Ottfried Graf Finkenstein, Bruno Brehm, Will Vesper. An die Besuche dieser Herren erinnere ich mich. Es ist durchaus möglich, dass ich etliche vergessen habe, aber eine Parteigröße war bestimmt keine darunter. Warum Carossa, Kolbenheyer, Münchhausen, Wiechert, Claudius und andere nicht zugelassen worden waren, entzog sich damals meiner Kenntnis. Mittlerweile weiß ich Bescheid und begreife auch, warum meine Vorschläge höheren Orts so viel Missfallen erregt hatten. Jedenfalls führte das Durchstöbern dieser Akten ebenso wenig zum Ziel wie das Schnüffeln in meinen Vorträgen, Kursen, Lesungen und Zeitungsbeiträgen.

Da mir auf diesem Weg nicht beizukommen war, versuchte man es anders. Die bloße Tatsache, dass ich in der Volksgruppe ein höheres Amt bekleidet hatte, wurde mit einer andern Tatsache, nämlich dass ich nicht wie die anderen ehemaligen Amtswalter das Weite gesucht hatte, sondern daheim geblieben war, scharfsinnig verknüpft zu der Schlussfolgerung, ich sei als kaum belastet und deshalb weniger verdächtig mit dem Auftrag zurückgelassen worden, die Flüchtigen mit Nachrichten zu versehen und in ihrem Auftrag „hinter der Front" zu operieren. Wie sollte ein Angeklagter, völlig abgeschnitten von der Außenwelt und bar aller Rechtsmittel, solche Behauptungen widerlegen? Da ich nun den Nachweis meiner Unschuld ebenso wenig erbringen konnte wie sie den meiner Schuld, blieben diese Fragen als Damoklesschwert über meinem Haupte hängen. Das Verfahren kam einer psychischen Behandlung gleich, bei der meine geistig-seelische Widerstandskraft auf die Probe gestellt wurde, damit sich die Schwachpunkte zeigten. Da wurden etwa angebliche Aussagen ehemaliger Schüler von mir angeführt: Ich hätte im Unterricht den „Drang nach Osten" propagiert und Heinrich Heine „heruntergemacht". Nur diese beiden Anwürfe sind mir im Gedächtnis hängengeblieben, die zu entkräften es stundenlanger Auseinandersetzungen bedurfte, bis schließlich mein Nachweis durchdrang, dass in meinem Unterricht von diesen Dingen gar nicht die Rede gewesen sein konnte, da ersteres zum Fach Geschichte gehörte und Heine im damaligen Lehrplan gar nicht vorkam. An diesem Punkt des Verhörs erschien der Oberst der Securitate höchstselbst, etwas ganz und gar Ungewöhnliches, und fragte, wieso denn Heine, einer der größten deutschen Dichter, von der Behandlung in der Schule ausgeschlossen gewesen sein sollte. Als ich auf die Judengesetze der Nazis verwies, brauste er auf: Was ich denn damit sagen wolle, doch nicht etwa, dass Heine Jude gewesen sei? Als ich entgegnete, das sei weltbekannt, entbrannte eine heftige Debatte, bei der zum ersten und einzigen Mal mein Vorschlag, Fachliteratur hinzuzuziehen, angenommen wurde. Ich hatte darauf hingewiesen, dass eine nicht nationalsozialistische Geschichte der deutschen Literatur oder ein Lexikon im nahegelegenen Gymnasium bestimmt aufzutreiben sei. Was nach langem Hin und Her endlich gebracht wurde, war der entsprechende Band aus der Enzyklopädie der sowjetischen Akademie der Wissenschaften, einem fürwahr über jeden Zweifel des Obersten erhabenen Werk. Als der Artikel über Heine gefunden und vom Oberst und dem Hauptmann gelesen worden war, erhob sich jener mit hochrotem Kopf und verließ den Raum, während dieser noch ein wenig in dem Buch herumblätterte und es schließlich unwirsch der Ordonnanz zurückgab. Mir wurde kein Einblick gewährt.

Während der ganzen Szene wurde kein Wort gesprochen und nachher über den Fall auch nicht mehr.
Peinlicher war die Suche nach staatsfeindlichen Akten in meinen Literaturkursen. Hier ging es nicht um den Inhalt, sondern um die Tatsache, dass ich sie ohne behördliche Genehmigung gehalten hatte, da ich ja von irgendetwas leben musste und als „Politischer", der im Lager gewesen war und auf der schwarzen Liste stand, keine andere Möglichkeit gefunden hatte, als es mit Privatkursen und Stunden in Deutsch und Englisch zu versuchen. Darin waren nun naturgemäß auch noch andere Personen als Hörer und Helfer verwickelt, die ich heraushalten wollte, wobei mir mein schlechtes Namensgedächtnis gute Dienste leistete.
Am hartnäckigsten und raffiniertesten aber gingen sie vor, wo sich so genannte „Beziehungen zum Ausland" auftaten. Ich will auch aus diesem Bündel von Verdächtigungen nur die beiden gefährlichsten herausgreifen.
Der erste Fall hatte eine sechs Jahre alte Vorgeschichte. Ich hatte eines Tages von einem Unbekannten aus dem „Altreich" jenseits der Karpaten eine Karte mit der seltsamen Frage erhalten, ob ich an meinen Gedichten, die ich ihm übergeben hätte, noch interessiert sei, da er sie an die von mir angegebene Adresse nicht hätte weiterleiten können. Ich kannte niemanden, der als Absender in Frage kam, konnte mich an nichts dergleichen erinnern, zudem waren Stil und sogar Handschrift recht fragwürdig. Sosehr mir das eine Warnung hätte sein müssen, folgte ich doch dem Drang, der Sache auf den Grund zu gehen, und antwortete mit Gegenfragen. Prompt kam die Antwort, ich hätte ihn, den Vertreter einer deutschen Firma, nach meiner Entlassung aus dem Lager 1946 in meiner damaligen Wohnung empfangen und ihm sechs Gedichte zur Weiterbeförderung an einen Verlag anvertraut. Die Anschrift meiner damaligen Wohnung und die Titel stimmten, so hießen sechs meiner Texte!

Ich argwöhnte, man wolle mich erpressen, obwohl nichts gefordert worden war und mein Verlag auch diese sechs Gedichte längst hatte. Schließlich kam ich auf die Möglichkeit, dass die Titel aus diversen Publikationen, wo der eine oder andere Text erschienen war, zusammengelesen sein konnten. Ich bat also um Zusendung der Gedichte und um Nennung des Verlags, da ich mich der Sache überhaupt nicht entsinnen könne.

Erstaunlicherweise trafen die Gedichte ein, jedes auf einem Einzelblatt, zwei davon handsigniert – von mir! Aber just diese Trümpfe verrieten meine Widersacher, denn jedes Gedicht war auf anderes Papier und mit einer anderen Maschine getippt, und meine Signaturen mit verschiedener Tinte und Feder geschrieben. Diese Blätter waren aus verschiedenen Redaktionen gesammelt oder beschlagnahmt worden. Zudem wurde als Adressat der Herder-Verlag in Freiburg angegeben – vermutlich, weil ich dort promoviert hatte, wie aus meiner Akte hervorging. Zu grob gesponnen, meine Herren. Ihnen war entgangen, dass dieser Verlag nur katholisches Schrifttum veröffentlichte und dass meine Bücher im Hohenstaufen Verlag Stuttgart erschienen waren. In meiner Antwort meldete ich meinen Rechtsanspruch auf die Gedichte an und bezeichnete die Sache, da ich mich keines Auftrags entsinnen könne, als erledigt und die Korrespondenz als beendet. Vorerst regte sich auch nichts mehr.

Ungefähr anderthalb Jahre später, ich war gerade eine Woche zuvor von der staatlichen Lumpen- und Alteisensammelstelle zur Obst- und Gemüseverwertung versetzt und vom unqualifizierten Arbeiter zum Hilfsbuchhalter befördert worden, erhielt ich vom Direktor persönlich den Auftrag, bei einer auswärtigen Filiale eine Kontrollrevision durchzuführen. Mein Hinweis, dass mir die Erfahrung fehle, und die Bedenken des Prokuristen wurden in den Wind geschlagen und mir geraten, den Auftrag als Vertrauensbeweis aufzufassen. Ich sollte noch am gleichen Abend losfahren, damit ich morgens gleich zur ersten

Stunde dort war und nicht gemauschelt werden konnte. Das Hotelzimmer sei bereits bestellt, ein Wagen würde mich vom Bahnhof abholen. Bedingungen, wie sie nicht einmal einem höheren Beamten zustanden, staunte auch der Prokurist.

Es war Anfang Dezember, scheußlicher Schneeregen empfing mich am Provinzbahnhof, aber kein Wagen weit und breit. Gut zwei Kilometer waren es bis zu dem Städtchen, und der Weg war eine einzige Pfütze. Nicht nur innerlich fluchend watete ich los. Nach einer Weile kam mir ein Auto entgegen, ich wurde auf Rumänisch angerufen, und als sich herausstellte, dass es wirklich für mich bestimmt war und sich nur verspätet hatte, war ich so gut wie versöhnt. Der Jeep wendete, ich stieg ein und war überrascht, dass ich auf dem Rücksitz gegen jemanden stieß. „Pardon!" „Tut nichts!" Und los ging's durch Schlaglöcher und gischtende Pfützen, dass ich mit dem Kopf gegen das Verdeck knallte und mir Hören und Sehen verging. Als wir dann über den leeren Marktplatz zuckelten und ich dem Fahrer bedeutete, er solle mich vor dem Hotel absetzen, schüttelte er nur den Kopf, und mein Mitfahrer brummte, für mich sei ein anderes Zimmer bestimmt. Was das für eines war, ging mir auf, als der Jeep in einer dunklen Seitenstraße vor einem Eisentor rhythmisch hupte und ein Uniformierter mit Maschinenpistole öffnete.

Was dann von sieben Uhr abends bis sieben Uhr früh folgte, kann man in gewissem Sinn auch als Bestandsaufnahme bezeichnen, aber Gegenstand war ich und mein Leben – von Geburt an.

Zuerst wollten die Herren von mir wissen, was ich überhaupt in diesem Städtchen zu suchen hätte. Als ich ihnen Auftrag und Ausweis der Firma vorlegte, grinsten sie bloß. Ich solle ihnen kein Theater vorspielen, sondern mit den Materialien für den Kontaktmann sowie Ort und Zeit unserer Verabredung herausrücken. Als ich die Schultern zuckte und meinte, sie seien an den Falschen geraten, schritten sie zur Leibesvisitation. Als weder diese noch mein Köfferchen etwas hergab, verfielen sie darauf, mich meinen

Lebenslauf schreiben zu lassen, natürlich in rumänischer Sprache. Ich schwitzte wie seinerzeit bei einer Klassenarbeit, obwohl es in dem Raum ziemlich kühl war. Gegen Mitternacht, als ich fertig war, gestatteten sie mir, meine belegten Brote zu essen, und dann fing es erst richtig an. Nie hätte ich gedacht, dass es in meinem bescheidenen Leben so viel Wissenswertes und – in ihren Augen – Fragwürdiges geben könnte. Am meisten erstaunte mich aber ihr Bohren nach Anschriften meiner Quartiergeber in der Studentenzeit in Freiburg, München und Marburg, die schon dreißig Jahre zurücklag. Sie ließen nicht gelten, dass die meisten meiner damals schon bejahrten Vermieterinnen nicht mehr leben und wohl auch einige der Häuser nicht mehr stehen dürften, und taten so, als hielten sie mein Unvermögen, mich zu entsinnen, für bösen Willen.

Ganz schlimm wurde es, als wir uns der Gegenwart näherten und ich angeben musste, mit wem im Ausland ich in den letzten Jahren korrespondiert hatte. Natürlich wussten sie ohnehin Bescheid, Leugnen hatte keinen Sinn, also packte ich aus. Jeden Namen, den ich nannte, hakten sie auf einer Liste ab, viel hatte ich allerdings nicht anzugeben, da die Korrespondenz mit dem Ausland durch die Nachkriegsverhältnisse nicht nur schwierig, sondern auch gefährlich geworden war. Als ich mein Gedächtnis ausgequetscht hatte wie eine der rar gewordenen Zitronen und mir nichts mehr einfiel, waren sie immer noch nicht zufrieden, doch ich musste trotz aller Beschimpfungen und Drohungen passen.

Wie lange diese Quälerei sich hinzog, vermag ich nicht zu sagen, ich hatte mein Zeitgefühl verloren. Ich war so erschöpft, dass ich schließlich herausplatzte, wenn sie es besser wüssten, so sollten sie es mir sagen. Diese Explosion schien sie endlich zu überzeugen. Sie tuschelten, und dann fragte der eine, ob ich nicht mit jemandem in Ploiesti korrespondiert hätte. Von dort waren damals jene seltsamen Briefe gekommen! Da ging mir ein Licht auf. Bereitwillig erzählte ich die ganze Geschichte und spielte dabei nicht ohne eine gewisse Schadenfreude den jetzt noch Ahnungslosen. Sie ihrerseits spielten die Ungläubigen und ließen mich die Geschichte auch noch niederschreiben! Mein heimliches Lächeln verging mir allerdings, als sie nun auch noch den Namen des ominösen Briefeschreibers wissen wollten, der mir partout nicht einfiel.

Um meiner Frau den Schock einer Hausdurchsuchung zu ersparen, die sie mir androhten, machte ich einen Kompromissvorschlag. Ich wollte nach meiner Heimkehr alles durchsuchen und sie von dem Ergebnis unterrichten. Ob sie es mir nun abnahmen oder allmählich selbst genug hatten, sie gingen darauf ein, nannten mir Ort und Zeit einer weiteren Begegnung, schärften mir ein, dass ich von dieser ganzen Sache niemandem ein Wort sagen dürfe, und dann konnte ich gehen.

Es war sieben Uhr früh, als das schwere Eisentor hinter mir zukrachte. Dezembermorgen, dunkel, die Straßen überfroren, die Leute tippelten und glitten fröstelnd zur Arbeit. Mir blieb gerade noch Zeit, in einem Kaffeehaus einen heißen Tee zu schlürfen, bevor ich meine dienstlichen Obliegenheiten aufnahm. Speiübel war mir, körperlich wie seelisch, grün musste ich sein im Gesicht, und so war ich der Düsternis dankbar, die sich darüber breitete. Im Hotel meinte ich noch die Rechnung für das vorbestellte Zimmer begleichen zu müssen, um festzustellen, dass gar keins bestellt war. Also ein nach Strich und Faden abgekartetes Spiel, das der Direktor und die Ermittlungsbehörde mit mir getrieben hatten. Dabei musste ich weiter den Ahnungslosen spielen, der nicht wusste, was ihm widerfahren war, durfte mir nichts anmerken lassen, weder hier, noch im Büro, noch daheim.

Dort allerdings konnte ich mein Schweigen nicht durchhalten, denn es fiel auf, dass ich gleich zu kramen begann, wobei sich meine Ordnungsliebe bezahlt machte, weil ich den gesuchten Namen und die Gedichte alsbald fand und der verabredeten Begegnung in Ruhe entgegensehen konnte.

Hier saß ich einem neuen Mann gegenüber, der die Namensnennung mit einem „Stimmt!" quittierte, die Gedichte an sich nahm und zu etwas ganz anderem überging. Was er nun vorbrachte, ließ meinen Verdacht zur Gewissheit werden: Dies alles war ein von langer Hand vorbereitetes, wohldurchdachtes Spiel, mit dem man mich, der unbequem kritisch beiseite stand, gefügig machen wollte. Als sei nun alles geklärt und bestes Einverständnis hergestellt, begann mein „Gesprächspartner" geradezu freundschaftlich gönnerhaft auf mich einzureden. Sie hätten festgestellt, in welch kümmerlichen Verhältnissen ich lebte, mit diesem Gehalt bei der Obst- und Gemüseverwertung, und das bei meinen Fähigkeiten! Und dann sei diese Bretterbude, in der ich mit meiner Frau hauste, doch auf die Dauer niemandem zuzumuten. Ob ich mich nicht verbessern wolle? Es liege nur an mir. Eine meinen Fähigkeiten entsprechende, gut bezahlte Stelle, eine anständige Wohnung, alles könnte ich haben, wenn ... Wenn? Ja, wenn ich klug sei und zum Beweis, dass ich meine Fehler der Vergangenheit wiedergutmachen wolle, meinen patriotischen Pflichten Genüge tun und dem Staat einen kleinen Dienst erweisen würde. Ich solle bloß mit einigen Leuten, Volksgenossen von mir aus den besten Kreisen, die sie mir nennen würden, Kontakt aufnehmen und pflegen, Einladungen wahrnehmen und aussprechen, Ausflüge mitmachen – und dann kurz berichten, welche Ansichten der oder jener geäußert habe, mehr nicht. Wegen der Kosten brauche ich mir keine Sorgen zu machen, das werde alles bestens geregelt.

Mir brach der Schweiß aus. Es war nicht leicht, mit leidlich ruhiger Stimme zu bedenken zu geben, wie wohl die Leute ob dieser plötzlichen Veränderungen all unserer Lebensumstände, ja meines Charakters, der ja in unseren Kreisen bekannt sei, reagieren würden. Aus äußerster Zurückgezogenheit mit Schwung in die Geselligkeit, aus der Bretterbude in eine requirierte Wohnung umziehen – da

müsse doch auch der Dümmste merken, dass etwas nicht stimmt.
Er grinste spöttisch und meinte, es sei wohl eher so, dass ich sie für dumm hielte. Zuerst werde natürlich für eine Anstellung gesorgt, und wenn es die Stelle nicht gebe, müsse sie geschaffen werden, schließlich müsse sich auch eine Unternehmensdirektion den Staatsinteressen beugen. Ich aber spielte weiter den Dummen, Ängstlichen und musste froh sein, dass er mir schließlich missmutig Bedenkzeit einräumte.
Die benötigte ich nun allerdings nicht, um mich zu entscheiden, sondern um zu überlegen, wie ich die Ablehnung des Angebotes möglichst stichhaltig und unverfänglich begründen könnte und worauf ich mich in der Folge gefasst machen musste. Es wurden aufreibende Tage und Nächte für mich und für meine Frau bis zum Ablauf der Frist und danach, da ich mich nicht gemeldet hatte. Merkwürdigerweise geschah nichts, so dass die Sache allmählich in Vergessenheit geriet. Bei mir, jedoch nicht bei ihnen.
Jetzt, fünf Jahre später, wurde sie hervorgeholt. Doch nun war ich gewitzter, und als das Bohren nach Auslandsbeziehungen kein Ende nehmen wollte, servierte ich dem Untersuchungsrichter von mir aus den Fall von A bis Z. Unbewegten Gesichts und kaum eine Zwischenfrage stellend, ließ er mich zu Ende erzählen und sagte schließlich, ich solle alles schriftlich niederlegen. Ich tat es, obgleich der Sinn der Komödie mir verschlossen blieb.
Als er beim nächsten Verhör, offenbar mit Instruktionen versehen, von selbst darauf zu sprechen kam und behauptete, der Briefeschreiber aus Ploiesti sei auf meine Angaben hin verhaftet worden und habe gestanden, ich sei in konspirativer Absicht mit ihm in Verbindung getreten, wurde es mir doch zu bunt und ich verlangte energisch, ihm gegenübergestellt zu werden. Und siehe da, mit hintergründigem Lächeln wurde es mir zugesagt. Monate später aber, kurz vor Beginn des Prozesses, als mir die

verbliebenen Anklagepunkte mitgeteilt wurden, schob mir der Untersuchungsrichter bei diesem Punkt wortlos einen Zettel zu. Es war eine dienstliche Mitteilung der Gefängnisdirektion aus Ploiesti, dass der Häftling Sowieso, der als Zeuge geladen sei, vor x Jahren in der Haft verstorben sei. Auf die mokante Bemerkung des Hauptmanns, da habe ich aber Glück gehabt, konnte ich mich nicht enthalten zu antworten, mir scheine eher, die Anklage habe Glück gehabt. Obwohl solche Kommentare hier nicht üblich waren, wurde ich nicht gerügt, und der Anklagepunkt kam in der Hauptverhandlung nicht mehr vor. Probatum est! So bequem konnte man Zeugen heran- und wieder abschaffen.

Die gleiche Praxis wurde auch in anderen, freilich weniger wichtigen Fällen angewendet, wenn die Anklage befürchten musste, dass eine von mir geforderte Gegenüberstellung mit Zeugen, die angeblich gegen mich ausgesagt hatten, nicht das von ihnen gewünschte Ergebnis zeitigen würde. Einer meiner einstigen Schüler sollte, so wurde mir vorgelesen, ausgesagt haben, dass ich mich ihm gegenüber abfällig über die sowjetische Literatur geäußert hätte, und einem meiner Schriftstellerkollegen gegenüber sollte ich laut dessen Aussage, die ich ebenfalls nur zu Gehör und nicht zu Gesicht bekam, meine Distanz zur Vereinigung der Schriftsteller mit meiner grundsätzlichen Ablehnung des dort geforderten Kurses („Linientreue" im Sinne des „sozialistischen Realismus") begründet haben. Die Gegenüberstellungen kamen nicht zustande, und zur Begründung hieß es, die jeweiligen Gefängnisverwaltungen hätten die Zeugen nicht dafür freigegeben. So blieben auch diese Anschuldigungen in der Schwebe – allemal jedoch über meinem Kopf.

26 „Letzte Zuflucht"

Weitaus bedrohlicheres Gewölk begann sich von ganz anderer Seite zusammenzubrauen, und wieder war es eines meiner „Geisteskinder", das mich in Gefahr brachte. Dass es überhaupt zu einem Anklagepunkt gemacht werden konnte, der schließlich als einziger übrigblieb und mir drei Jahre Gefängnis eintrug, kann nur aus den Verhältnissen zum Zeitpunkt seiner Entstehung einigermaßen begreiflich gemacht werden.

Als ich im März 1946 aus dem Lager für Politische entlassen wurde, konnte ich nicht in mein Gartenhaus zurückkehren, da sowjetische Militärpolizei sich dort einquartiert und alles beschlagnahmt hatte. Ich musste zu meiner Stiefmutter in das letzte ihr verbliebene Zimmer ziehen; die beiden anderen waren von einem rumänischen Polizeioffizier und dessen „Sekretärin" belegt und wir mussten dort immer durchgehen, was zu den peinlichsten Situationen führte. Getrennt waren wir von den beiden bloß durch eine Glastür, durch die man jedes Wort und jeden Laut vernahm. Meine Tochter, damals 16 Jahre alt, konnte aus verschiedenen Gründen nicht hier, sondern musste bei meinen Schwiegereltern wohnen.

Eine Heimkehr also ohne Heim, ohne Familie, ohne Besitz noch Beruf. Ein Dahinvegetieren, wobei man sich auch seiner Muttersprache kaum noch bedienen durfte, jedes unbedachte Wort vermeiden und als Angehöriger eines Volkes, das Schuld auf sich geladen hatte, Hass und Rache ertragen musste. In dieser Stimmung entstand das Gedicht „Letzte Zuflucht":

> Wenn in der Vaterstadt du
> unter deinesgleichen willst sein;
> wenn in der Mutter Laut
> Zwiesprach zu halten dich's drängt;
> wenn dem verstörten Gemüt
> Frieden und Heim du ersehnst:

> Eine Stätte allein
> weiß ich zur Zeit dir gewiss,
> wo dich noch niemand vertreibt,
> wo noch das Fremde nicht herrscht,
> wo die Namen noch stehn,
> welche die Stadt einst gebaut:
> Dort, wo die Lieben dir ruhn,
> wo du dein Hoffen begrubst,
> wo ihr liebendes Herz
> Gras und Blume und Baum
> still in das Licht entsandt –
> Botschaft aus dunklem Bereich,
> die dich mit Trost durchtränkt:
> Dass nicht im Dunkel verbleibt,
> was aus dem Licht entschwand.

Bald nach dessen Entstehung muss es gewesen sein, als mich der Brief eines Kameraden aus Schul- und Kriegszeit erreichte, der schon seit etlichen Jahren in Deutschland lebte und jetzt die Herausgabe einer Sammlung unter dem Titel „Wir Siebenbürger" plante. Sie sollte den heimatfernen Landsleuten und auch jenen, bei denen sie Aufnahme gefunden hatten, zu einer Art Wesensschau in Tatsachenberichten und dichterischen Texten verhelfen. Er bat mich, ihm eigene Arbeiten, möglichst aus letzter Zeit, zu schicken. Sosehr ich sein Beginnen auch begrüßte, sah ich mich doch aus inneren wie äußeren Gründen außerstande, etwas Neues beizusteuern, da außer obigem Gedicht und einigen aus dem Lager einfach nichts vorhanden war und diese mir als zu persönlich und zu pessimistisch für eine Veröffentlichung der geplanten Art erschienen. So verwies ich denn auf einige ältere Sachen, die sich für den Zweck eignen mochten und in Deutschland veröffentlicht vorlagen. In den Bedrängnissen des Alltags verlor ich die Sache bald völlig aus den Augen.

Etliche Jahre später, als ich meinen Schriftstellerkollegen Erwin Wittstock einmal besuchte, kam die Rede auf die

Sammlung, zu der auch er einiges beigetragen hatte. Es stellte sich heraus, dass das Buch tatsächlich erschienen war und er ein Belegexemplar erhalten hatte, ich aber nicht, was uns beide einigermaßen wunderte. Da es mich natürlich interessierte, wie es geraten und wer da noch zu Wort gekommen war, holte er es hervor und fragte beiläufig, ob ich je von einem Egon Rosenauer gehört habe, der da mit einem Gedicht vertreten sei, das offenbar aus der Zeit kurz nach dem Zusammenbruch stamme. Ich verneinte wahrheitsgemäß. Wie erstaunt, ja bestürzt war ich aber, als ich unter diesem Namen meine „Letzte Zuflucht" erblickte! Vergebens zerbrach ich mir den Kopf, wie das Gedicht in die Hände des Herausgebers gelangt sein konnte, nur eines stand fest: durch mich nicht. Vermutlich deshalb und um mir nicht zu schaden, hatte er es unter falschem Namen veröffentlicht. War das vielleicht der Grund, weshalb ich kein Belegexemplar erhalten hatte? Weder ich noch Wittstock wussten eine Antwort darauf, und auch dieser Vorfall geriet in Vergessenheit. Doch „nicht im Dunkel verbleibt, was aus dem Licht entschwand". (Nicht immer erfüllt es einen mit Genugtuung, wenn eigene Erkenntnisse sich an einem selbst bewahrheiten.) Soweit die Vorgeschichte.

Als ich nun zu meinen Auslandsbeziehungen verhört wurde, kam die Rede auch auf jenen Schul- und Kriegskameraden und auf meine Beziehungen zu ihm. Da mir bekannt war, dass er verschiedener Veröffentlichungen wegen für einen der schlimmsten Gegner des hiesigen Regimes gehalten wurde und jeder Verkehr mit ihm, auch gänzlich unpolitischer Art, größte Unannehmlichkeiten nach sich ziehen konnte, hatten wir längst jede Korrespondenz eingestellt, so dass ich ruhig sagen konnte, solche bestünden seit Jahren nicht mehr. Es folgte das sattsam bekannte höhnische Anzweifeln meiner Aussage, das mich früher maßlos aufgebracht hatte, bis ich erkannte, dass es zu den „Spielregeln" gehörte. Diesen frönte der Oberleutnant, der den korrekten Hauptmann bald nach der „Heine-Affäre"

abgelöst hatte, im Übrigen ein übler, gehässiger Patron, mit Hingabe, und diesmal schienen mir seine Glotzaugen besonders hinterhältig boshaft zu funkeln. Meine geschärften Sinne warnten mich, der hielt sicher irgendeine üble Überraschung bereit. Er kreiste wie die Katze um den heißen Brei dauernd um die Frage, ob ich wirklich nur kameradschaftliche Beziehungen zu dem Mann gepflegt, nicht etwa auch mit seinen politischen Ansichten und Arbeiten sympathisiert hatte. Ich konnte nicht wissen, worauf er hinauswollte, doch wurde es mir langsam ungemütlich. Gleichwohl konnte ich nur wiederholen, dass wir seit Jahren nicht mehr korrespondierten und ich weder von seinen Ansichten noch von seinen Arbeiten der letzten Zeit Kenntnis hatte. Bei der Zeitbestimmung hakte er ein. Ich solle nicht so scheinheilig tun und mich in vage Relativierungen flüchten, sondern endlich gestehen. Diesmal könne ich mich nicht herauswinden, denn sie hätten unwiderlegbare Beweise für meine Zusammenarbeit mit dem Landesverräter. Unter einem Stoß von Papieren holte er ein Buch hervor und knallte es vor mich hin: „Wir Siebenbürger"! Verdammt, das saß! Wie hatte ich das nur vergessen können?
Er triumphierte: „Darauf warst du nicht gefasst, was?" „Allerdings nicht, das ist doch schon vor zwölf Jahren erschienen", parierte ich. Im selben Augenblick tauchte vor mir die Szene vor fünf Jahren auf, als der Kollege mich nach dem Verfasser des Gedichtes „Letzte Zuflucht" gefragt hatte. Die beiden anderen Beiträge, die unter meinem Namen in dem Buch standen, waren in der 30-er Jahren entstanden, schon mehrere Male veröffentlicht und politisch völlig harmlos. Dieses Gedicht aber, unter falschem Namen im feindlichen Ausland und nach 1945 gedruckt, konnte mir fatal werden. Unter seinen lauernden Blicken blieb mir keine Zeit zum Überlegen, und so gab ich unumwunden zu, dem Herausgeber damals die beiden schon früher veröffentlichten Sachen zur Verfügung gestellt zu haben. Darüber hinaus sei jedoch noch etwas passiert, was ich mir

nicht erklären könne. Und dann berichtete ich wahrheitsgetreu, was sich bei Wittstock zugetragen hatte.
Wenn ich auch nicht geglaubt hatte, dass er mir diese mir selbst merkwürdig erscheinende Geschichte ohne Weiteres abnehmen würde, hatte ich doch eine derart heftige Reaktion nicht erwartet. Da es bisher weder seinem Vorgänger noch ihm gelungen war, mir eine wirklich schwerwiegende strafbare Handlung nachzuweisen oder mich bei einer Lüge zu ertappen, stürzte er sich nun um so gieriger auf diesen vermeintlich eindeutigen Fall, der meine Verlogenheit, Feigheit und dergleichen enthülle. Am meisten aber empöre ihn, dass ich meine Schuld trotz des schwarz auf weiß gedruckten Beweises auch jetzt noch nicht eingestehen wolle. So etwas an Verstocktheit sei ihm noch nicht vorgekommen, und die Quittung dafür werde ich mit dem Urteil erhalten.
Da keine Möglichkeit bestand, den Sachverhalt durch den Herausgeber klären zu lassen, blieb mir nichts anderes übrig, als die Vorladung meines Kollegen Wittstock als Zeugen für die Wahrheit meiner Aussage zu verlangen, worauf der Oberleutnant schnaubte, ich könne ja auch dem Theater vorgespielt haben wie ihnen hier schon die ganze Zeit, außerdem sei bekannt, dass wir Sachsen allesamt unter einer Decke steckten, denn eine Krähe hacke ja der anderen kein Auge aus. Ich ließ ihn schimpfen, war ich doch nach allem, was ich hier schon an Infamien mitgemacht hatte, mittlerweile recht hartgesotten. Als er seine Munition verschossen hatte und glaubte, ich sei „sturmreif", setzte er zum Protokoll an, das mich vernichten sollte. Hier aber bemerkte ich ganz ruhig, wenn er darin festhalten wolle, dass besagtes Gedicht mit meinem Wissen in jener Anthologie erschienen sei, so werde ich es nicht unterschreiben, sondern bestehe auf der Vorladung des Herrn Wittstock als Zeuge. Im Übrigen wies ich darauf hin, dass jener nicht irgendjemand, sondern im Vorstand der vom Ministerium anerkannten Schriftstellervereinigung sei und beste Beziehungen zu maßgebenden Stellen habe.

Anscheinend hatte ich mit meinem Nachsatz so etwas wie ein Zauberwort ausgesprochen, denn sein bedrohliches Kollern ging nach einem Augenblick verdutzten Glotzens in ein Rückzugsgebrabbel über: Das müsse überprüft werden, und die Entscheidung liege nicht bei ihm.

Die Tage vergingen, es kam weder zu einer Gegenüberstellung noch zu einer schriftlichen Erklärung Erwin Wittstocks. Doch eines Tages wurde mir ein Briefumschlag gezeigt und gefragt, ob ich die Handschrift darauf und den Absender kenne. Es war meine Schwägerin, die seit 1949 in Deutschland lebte und die ich unter den Briefpartnern im Ausland genannt hatte. Man habe sich über eine Vertrauensperson an sie gewandt mit der Bitte um Auskunft in meiner Sache. Sie habe dieser Bitte entsprochen und zugegeben, das fragliche Gedicht in meinem Auftrag dem Herausgeber zugeschickt zu haben. Hier sei ihre Antwort.

Zunächst war ich so verblüfft, dass ich keinen Ton herausbrachte, dann aber hatte ich Mühe, nicht in Gelächter auszubrechen. Das war nun doch ein starkes Stück! Meine Schwägerin sollte in der Bundesrepublik Deutschland vor einer „Vertrauensperson" der rumänischen Geheimpolizei ausgesagt haben! Schon dies allein war absurd genug, ganz zu schweigen davon, dass sie den Mann ihrer Schwester nie so leichtfertig belastet hätte, selbst wenn an der Sache etwas gewesen wäre. Warum weigerte man sich, mir die Vorderseite des Briefumschlags mit der Anschrift zu zeigen? Vermutlich weil er an mich gerichtet und abgefangen worden war. Sie aber behaupteten, das Schreiben sei an eine hiesige Kontaktperson gegangen, deren Namen ich nicht zu erfahren brauche. Die entscheidende Textstelle hätten sie mir ja vorgelesen; sie mir zu zeigen habe keinen Sinn, da sie chiffriert sei, ich sie also ohnehin nicht lesen könne. Nun musste ich aber doch lachen. Mir sei nicht bekannt, dass meine Schwägerin das Chiffrieren gelernt habe, um mit der rumänischen Geheimpolizei zu korrespondieren. Nein, nicht sie habe das chiffriert, sondern jene Vertrauensperson. Und ich tue nicht gut daran, mich über die Sache lustig zu machen, ich werde schon noch sehen.

Nun, mit letzterem sollten sie Recht behalten. Obgleich laut Gutachten von Sachverständigen der Inhalt des Gedichts weder staats- noch regimefeindlich eingestuft wurde, verurteilte mich das Gericht dafür, dass es ohne Genehmigung im Ausland veröffentlicht worden war, zu drei Jahren Gefängnis sowie Beschlagnahme meines ganzen materiellen Besitzes sowie des schriftstellerischen Werkes. Dies war der einzige Gaul, den sie schließlich ins Ziel brachten, und auch das nur mit allerlei Roßtäuscherkünsten. Und diese nahmen noch einige Zeit in Anspruch.

27 Überraschungen

Wenn sie ein Eisen im Feuer hatten, also einen Anklagepunkt gefunden zu haben glaubten, gab es Tag für Tag Verhöre, es musste halt geschmiedet werden, bevor es erkaltete und ich mich zur Besinnung und Abwehr sammeln konnte. Eine große Rolle spielte das Überraschungsmoment, und es wurde weidlich ausgenutzt. War nichts mehr herauszuschlagen, so folgten immer längere Pausen, ab Herbst 1961 sogar ganze Wochen, so dass ich hätte denken können, man habe mich vergessen. Hätte ich die Dauer dieser Pausen auch nur annähernd erahnt, dann hätte ich sie nutzen können, um Kräfte zu sammeln, so aber lebte ich auch in der „stillen" Zeit in ständiger Anspannung mit der Frage, woher und in welcher Art der nächste Schlag kommen werde. Ich musste mich ja auf die unmöglichsten Anschuldigungen gefasst machen.
Die Zeit verging – und mit ihr mein Leben. Die Tage waren wieder so kurz und düster geworden, dass in der Zelle klammer Dauerdämmer herrschte, was mich an Polarnacht und dergleichen denken ließ. Längst musste ich auch das Reservehemd über das andere ziehen, und aus dem Trenchcoat schälte ich mich eigentlich nur noch zum Waschen, obwohl er kaum Wärme spendete. Kleidung und Wäsche, tagsüber und meist auch nachts getragen, verschmutzten und verschlissen zusehends und damit auch der Rest meiner Gesundheit, die sich bisher aufgrund des kurzen, aber tiefen Nachtschlafs einigermaßen gehalten hatte. Auch mit dem Schlaf begann es seltsamerweise jetzt zu hapern, wo die großen Aufregungen eigentlich überstanden waren. Als dann auch das Futter wieder einmal knapper und elender wurde, klappte ich, wie schon einmal erwähnt, eines düsteren Tages zusammen. Da ich nach der ersten Hilfe durch die Ärztin Medikamente erhielt und obendrein nach gründlicher Untersuchung durch einen grauhaarigen Stabsarzt auch noch die Erlaubnis, mich nach dem Mittagessen für eine Stunde aufs Bett zu legen –

schlafen durfte ich allerdings nicht –, begann ich mich allmählich zu erholen. Leider war die Vergünstigung auf zwei Wochen befristet.

Und da, kurz vor Weihnachten, musste ich eines Vormittags den Unratkübel wegbringen und zudem gründlich säubern, musste meine Habseligkeit in eine Decke zusammenraffen und mit Blechbrille, vom Wächter gesteuert, ins obere Stockwerk steigen. Hundskalt war es in der neuen Zelle, fingerdick lag der Staub auf allem, so dass ich mir zunächst nicht anders zu helfen wusste, als die Decke zu einem Bündel zu verknoten und ans Bettgestell zu hängen. Zum Glück hatte ein verständnisvoller Wächter Dienst, der mir auf meine Bitte Besen, Kehrichtschaufel, Hadern und Eimer gab, so dass ich einigermaßen putzen konnte. Diese Zelle war schon lange nicht mehr belegt gewesen. Sie befand sich genau über meiner bisherigen, also gegenüber der Eingangstür, hatte allerdings auch einige Vorzüge, die ich bald entdeckte. Das Klappfenster war seitlich nicht verschalt, so dass ich einen kleinen Ausblick ins Freie hatte, auch war hier das Geäst der Fichten nicht so dicht, so dass es heller war. In der Ecke stand – das Wichtigste – ein richtiger Unratkübel mit großer Öffnung und gut schließendem Deckel.

Was diese Verlegung bezweckte, habe ich nicht zu ergründen vermocht, keinesfalls aber war es die Absicht, mir ein Weihnachtsgeschenk zu machen. Ich jedoch entschloss mich, den neuen Kübel als solches aufzufassen. Unfreiwillig gemachte und unverhofft erhaltene Geschenke gehören doch zu den erfreulichsten Überraschungen.

Im Übrigen gab es in jenen Tagen nicht den geringsten Grund, heiter gestimmt zu sein, eher trieb eine Art Galgenhumor seine Stachelblüten, um den Trübsinn nicht überhandnehmen zu lassen. Um dieser Gefahr und vor allem den sentimentalen Sehnsüchten und Vorstellungen zu entgehen, die um die Weihnachtszeit aus dem Grund der Kindheitserinnerungen nur zu sehr ins Kraut schießen und den Blick für die Wirklichkeit vernebeln, versuchte ich mich in eine andere Welt zu versetzen, eine dem äußeren Geschehen nach ganz real scheinende, doch hintergründige, die in einer winterlichen Erzählung Gestalt gewinnen sollte. Auch wenn damals nichts daraus wurde, da sie keinem inneren Zwang entwuchs, erfüllte sie doch insofern ihren Zweck, als mir das Spintisieren half, die Rührseligkeit jener Tage und Nächte zu überspielen. Die Gefängnisverwaltung trug das Ihre bei, indem sie weder durch bessere Kost oder Heizung noch irgendeine sonstige Vergünstigung einen feiertäglichen Gedanken aufkommen ließ.

Nur vor und in der Silvesternacht war bei der Wachmannschaft ungewöhnliche Bewegung wahrzunehmen. Türenschlagen, Getrappel, Tuscheln, Rascheln und Knistern von Papier, Klirren von Gläsern oder Flaschen, und als mir bei der Annahme des Abendbrots ein Blick durch das Fensterchen gelang, konnte ich auf einem Tischchen neben dem Eingang ein Durcheinander von bunten Päckchen, Tüten und Tannenzweigen bemerken, das vermuten ließ, die bereiteten uns eine Bescherung vor. Vorbereitet wurde schon, aber nicht für uns. Um Mitternacht klangen draußen die Gläser, wir blieben drinnen. Und doch hatte diese Nacht auch für mich ihr Gutes: Das Guckloch blieb geschlossen, und so konnte ich ungestört den Flocken zusehen, die im Licht des Zellenlämpchens aufschimmerten und vor dem Nachthimmel lautlos vorüberglitten, aus dem Dunkel ins Dunkel.

Wenn ich zunächst auch keinen praktischen Zweck dieses Umzugs entdecken konnte, so schien ihm doch eine gewisse symbolische Bedeutung zuzukommen: Er leitete eine neue Phase meiner Sache ein. Statt sich weiter wie bisher mahlend im Kreis zu drehen, geriet sie nun in einer bestimmten Richtung in Fluss – auf den Prozess und die Verhandlung vor dem Militärgericht zu.

Im noch jungen neuen Jahr wurde ich nach langer Windstille eines Morgens plötzlich zum Verhör geführt. Der Oberleutnant, diesmal in Uniform statt in der saloppen Cordjacke, empfing mich höflich wie noch nie und wies einladend auf mein Armesünderstühlchen: „Nehmen Sie Platz!" Das waren ja ganz neue Töne – er siezte mich! Wichtigtuerisch blätterte er in einem Stapel gehefteter Papiere, begutachtete einzelne Blätter bald mit Wohlgefallen, bald zweiflerisch, war also offenbar bemüht, die Akte, in mehr als einem Sinne sein Werk, mit dem Geschick eines Laienschauspielers als bedeutungsvolles Meisterstück und zugleich als Sorgenkind hinzustellen. Ich meinte in seinem seltsam veränderten Gebaren etwas wie schlechtes Gewissen und die Unsicherheit eines Prüflings zu spüren, was mich, da ich es mir nicht erklären konnte, zu gespannter Neugier und Wachsamkeit zwang.

Endlich schien er zu einem Entschluss gekommen zu sein. Er winkte mich heran, schob mir den Aktenstoß zu, legte ein Blatt Papier und einen Bleistift darauf und stieß heiser vor Erregung hervor: „Die Voruntersuchung ist beendet. Dies sind die Protokolle der Verhöre. Zur Vorbereitung der Hauptverhandlung haben Sie diese" – er räusperte sich und fuhr sich mit dem Finger hinter den Uniformkragen – „auf Anordnung des Herrn Staatsanwalts durchzulesen und dort, wo Sie glauben, dass etwas unrichtig abgefasst ist, also nicht mit Ihrer seinerzeitigen Aussage übereinstimmt, an den Rand ein kleines Zeichen zu machen und das Datum des Verhörs nebst Seitenzahl des Protokolls auf diesem Blatt zu vermerken. Wenn der Herr Staatsanwalt kommt, er wird gleich da sein, haben Sie sich zu erheben." Als er das hinter sich gebracht hatte, straffte er sich, konzentrierte seinen bisher unstet umherirrenden Blick mit dem üblichen Glotzen auf mich und brachte in gewohnt drohendem Ton hervor, er hoffe, ich werde „vernünftig sein" und ihm „keine Schwierigkeiten machen". Ich wisse ja, wie schwierig es gewesen sei, diese Protokolle zusammenzukriegen. Wenn jetzt dies oder das wiederaufgerollt würde, bedeute das neue Verhöre und weitere Wochen ... Und mir liege doch wohl auch daran, dass die Sache nicht unnütz in die Länge gezogen werde, oder?

Ich kam nicht mehr dazu, den tieferen Sinn dieser Ankündigung auszuloten, geschweige denn sie zu beantworten, denn die Tür hinter mir tat sich auf und ein Mann trat ein, vor dem der Oberleutnant zusammenschnurrte wie ein angestochener Luftballon. Der Haltung und der Meldung des Oberleutnants konnte ich entnehmen, dass es der Staatsanwalt war. Deshalb stand ich auf und war sehr überrascht, kein furchteinflößendes, sondern ein ernstes, kluges Gesicht schwer zu bestimmenden Alters vor mir zu sehen. Während die Augen darin kühl forschend in die meinen zu dringen suchten, begrüßte er den Oberleutnant mit einer lässigen Handbewegung, die fast an das Abwehren eines lästigen Insekts erinnerte.

Ein merkwürdiges Fluidum ging von diesem Menschen aus. Obgleich ich wusste, dass er Staatsanwalt, also Ankläger und mithin mein Gegner war, dass ich also vor ihm auf der Hut sein musste, regte sich kein Misstrauen, kein feindliches Gefühl in mir, sondern seltsamerweise das Gegenteil davon. Als habe sich die Atmosphäre im Raum verändert, konnte ich auf einmal frei atmen, fühlte mich wieder belebt und in mir selbst bestärkt, weil ich seinem Blick standhalten, ihn sogar ruhig und offen erwidern konnte.

Er schien für einen Augenblick zu stutzen, dann glitt ein leichtes Lächeln über seine Züge, er wandte sich ab, gab dem Oberleutnant eine Weisung, die ich nicht verstehen konnte, auf die der aber mit einer etwas verblüfft unschlüssigen Verneigung aus dem Zimmer verschwand.

Mit einem schwer zu deutenden Blick sah ihm der Staatsanwalt nach, dann lehnte er sich an den Schreibtisch, zog eine Packung Zigaretten aus der Tasche, neigte sich vor und bot sie mir an. Ich dankte, erfreut ob dieser Geste, nahm aber nicht an, sondern fügte erklärend hinzu: „Nichtraucher." Indem er leicht die Brauen hob und das Feuerzeug anschnippte, kam es aus dem einen Mundwinkel: „Ist das der wahre Grund? Es fragt jetzt nicht der Staatsanwalt." „Es hat auch nicht der Häftling geantwortet ..."

Zwischen den ersten Zügen: „Gesundheitliche Gründe?" „Nein, nur um nicht abhängig zu werden." „Hm. Sehr vernünftig! Besonders in Ihrer Lage. Schade, dass Sie in anderer Beziehung nicht so zurückhaltend waren." Er wies mit dem Kinn auf den Aktenstoß. Ich hob bedauernd die Schultern, doch bevor ich etwas sagen konnte, winkte er ab: „Ja, ja, ich weiß, Sie konnten nicht anders. Gewissen, Wahrheit, Ehrlichkeit ... hat nicht einer von euch Deutschen da mal so etwas gesagt, in ähnlicher Lage? Was dann die Welt in Brand gesetzt hat?" Und dann, mein Nicken mit einer Handbewegung fortwischend: „Hat nicht ein anderer Deutscher von Gedankenfreiheit geträumt, mit dem gleichen Ergebnis? Diese Marquis-Posa-Naturen – sehr gefährlich, geradezu Dynamit! Und dann schreibt einer – jetzt hier – von ‚Freiheit hinterm Stacheldraht'!" Er funkelte mich an, und mir stockte der Atem. Sollte ich mich so in ihm geirrt haben?

„Schon der Titel könnte, falsch verstanden, eine Losung sein! Brisanter und hinterhältiger als eine Tretmine. Wenn nicht der Inhalt den Titel widerlegte", fügte er genießerisch langsam und leicht ironisch hinzu. Es war wie das Aufblitzen eines Degens, den einer warnend halb aus der Scheide zieht, dann aber wieder zurückstößt. Ich glaube, einem Kletterer in der Wand ist ähnlich zumute wie mir damals, wenn er spürt, dass der Haken, an dem er mit seinem Seil hängt, sich zu lockern beginnt.

Der Staatsanwalt aber maß mich nur kurz von der Seite und schritt dann langsam zum Fenster. Dort sprach er leise vor sich hin: „Ich muss mir den Menschen doch anschauen, bevor ich ihn ..." Dann, nach kurzer Pause, fuhr er, immer noch zum Fenster hinausschauend, in ganz anderem, versonnenem Ton fort: „Als Jungen haben wir oft Maikäfer gefangen, einen Zwirnfaden an eines der Beine gebunden und sie dann auffliegen lassen. Der Käfer flog, soweit der Faden reichte, und konnte dann nur noch immerfort im Kreis schwirren, fortstrebend, doch zurückgehalten. So musste er seine Kräfte nutzlos verbrauchen, bis er schließlich aufgespießt oder zertreten wurde." Plötzlich wandte er sich mir zu: „Haben Sie das Spiel auch gespielt?" Ich schüttelte stumm und verwirrt den Kopf, fast bestürzt von dem verstörten Ausdruck dieses noch jungen, doch schon tief zerfurchten, geistvollen Gesichts, umrahmt von den frühzeitig ergrauten Schläfen.

Er sah mich einen Augenblick starr an, dann nickte er: „Wohl Ihnen!" Mit zwei, drei raschen Schritten war er an der Tür, riss sie auf, sah hinaus, schloss sie aufatmend wieder, setzte sich an den Schreibtisch und zog einen Notizblock heran: „Und nun zur Sache!"

Mit wenigen gezielten Fragen holte er genau das aus mir heraus, was ich hatte beanstanden wollen. Er habe den Eindruck gewonnen, dass der lange Umweg durchs Gestrüpp der Protokolle da – er wies geringschätzig auf den Stoß – sich erübrige, wenn ich meine wesentlichen Einwände jetzt auf den Punkt brächte. Ich solle ganz offen sprechen, so wie er, was er wolle, sei nichts anderes, als sich gewisse Bedenken, die ihm bei der Durchsicht der Akten aufgestiegen seien, gleichsam von mir bestätigen zu lassen.

Ich stand vor einer heiklen Entscheidung. Durfte, konnte ich ihm sagen, dass sein so fair scheinendes Angebot gegenseitiger Offenheit keineswegs auf Gegenseitigkeit beruhte, von den versteckten Drohungen eines Dritten, des Oberleutnants, ganz abgesehen? Diesmal war ich es, der in seinen Zügen zu lesen versuchte. War es eine Falle? Ich beschloss, es zu riskieren. Nach kurzem Besinnen nannte ich als größte Beeinträchtigung einer sachlichen Untersuchung und wirklichen Wahrheitsfindung, dass man mir sowohl einen wirklich sprachkundigen Dolmetscher als auch ein Wörterbuch vorenthalten und dass man mir die Prüfung der angeblich staatsfeindlichen Gedichte durch eine Sachverständigenkommission sowie die Gegenüberstellung mit vorgeblich verleumderischen Zeugen verweigert hatte.

Mein Gegenüber hörte aufmerksam zu, machte sich Notizen und nickte des Öfteren, als bestätigten sich seine Vermutungen. Abschließend sagte er, Zeugenaussagen fänden meist erst vor Gericht statt und würden in diesem Fall die Verhandlungsdauer sehr verlängern, was aber das Gutachten betreffe, so koste es Zeit und – viel Geld. Wie es denn da bei mir bestellt sei? Geld? Du lieber Himmel, daran hatte ich in diesem Zusammenhang nun wahrlich noch nicht gedacht. Er maß mich mitleidig-ironisch von oben bis unten: Ob ich denn nicht wisse, dass Experten in aller Welt, auch in der kommunistischen, sich ihr Wissen teuer bezahlen lassen? Und dann in diesem Fall, wo jeder wisse, dass er sich leicht die Zunge verbrennen könne! Um meiner schönen Augen oder meiner Unschuld willen tue das niemand. Wie es also stehe? Schlecht natürlich, ich habe mit meinen Privatstunden so gut wie nichts verdient, und meine Frau sei Lehrerin – wenn sie's noch sei. Er wiegte den Kopf, sah zum Fenster hinaus, dann lächelte er: „Da bringt mich unser Simplizius – auch so einer von euch Deutschen – aber in eine sonderbare Lage. Mich, den Ankläger, bringt er dazu, Ratschläge zu geben, die eigentlich Sache des Verteidigers sind ... Apropos Verteidiger? Wie steht es damit?" Ich hatte ja gerade erst erfahren, dass die Untersuchung abgeschlossen sei, außerdem sei ja auch dafür Geld vonnöten, und so müsse es ohne gehen, außerdem habe ich mich ja auch bisher selbst verteidigt. Ich zeigte auf die Protokolle. Er nickte nur und sagte lakonisch: „Man sieht's."

Dann drückte er auf einen Knopf unter der Tischplatte, und schon stand, wie der Krampus aus der Schachtel, der Oberleutnant in der Tür. Hatte er gelauscht? Doch ohne Befremden oder Staunen fragte der Anwalt ihn, wie es mit meiner Verteidigung stehe? Der Angeklagte habe offensichtlich keinerlei Rechtsbelehrung erhalten, weder über das mögliche Strafmaß noch über die Rechtsmittel, die ihm zur Verfügung stünden. Darauf lächelte der Oberleutnant schief und meinte, man hätte das nicht für nötig erachtet. Da die Verteidigung erst kurz vor der Hauptverhandlung Einsicht in die Akten erhalte, sei doch noch genügend Zeit. Und in diesem Fall erscheine es überhaupt nicht dringend, da seines Wissens die

Verteidigung des Angeklagten nicht bloß einem Pflichtverteidiger, sondern einem von der Gattin des Angeklagten berufenen Anwalt anvertraut worden sei. Auf diese Art erfuhr ich nach neun Monaten Ungewissheit endlich wieder etwas über meine Frau. Nicht nur, dass sie noch lebte, sondern auch, dass sie noch in der Lage war, etwas für mich zu tun. Dies war mir im Augenblick wichtiger als die Überraschung, dass mir vor Gericht ein von ihr gewählter Anwalt beistehen sollte. Das bedeutete, dass sie ihre Stelle behalten hatte, sonst hätte sie das Geld nicht aufbringen können.

Es dauerte wohl eine Weile, bis mir bewusst wurde, dass die Blicke der beiden in Erwartung einer Reaktion auf mir ruhten. Was aber sollte ich ihnen sagen? Dass mich die Fürsorge meiner Frau freute, doch zugleich bedrückte, weil ich nicht wusste, wie sie die Mittel würde beschaffen können? Was ging das sie überhaupt an? Und so fragte ich bloß nach dem Namen des Anwalts. Den kenne er nicht, sagte der Oberleutnant. Wann ich ihn sprechen könne? Da lachte er höhnisch: „Sehen und hören werden Sie ihn in der Hauptverhandlung, aber sprechen? Vielleicht, wenn der Vorsitzende das gestattet." Ich sah den Staatsanwalt an, aber der nickte bloß und bequemte sich schließlich doch, zu sagen: „Das ist hier halt so." Dann wandte er sich an den Oberleutnant, wies auf die Protokolle und sagte: „Was die betrifft, weiß ich nun Bescheid. Sie kommen unverändert zum Gericht. Der Angeklagte braucht sich nicht weiter mit ihnen zu befassen. Lassen Sie ihn abführen."

Mit zwiespältigen Gefühlen tappte ich – wörtlich wie bildlich im Dunkeln – zurück in meine Zelle. War ich in dem Staatsanwalt wirklich einem Menschen begegnet, dem ich vertrauen konnte? Wollte, konnte er vor Gericht das alles zurechtbiegen, was in den Protokollen in verschiedener Hinsicht verbogen worden war? Was hatte das sonderbare Verhältnis zwischen ihm und dem Oberleutnant zu bedeuten? Gegensätze in der Sache? Nur in meiner oder grundsätzlich? Oder ganz einfach persönliche Antipathie?

Ich vermochte das Gewirr von Möglichkeiten nicht zu durchschauen, am allerwenigsten aber zu einem Schluss zu kommen, was davon mir zum Guten oder Bösen gereichen konnte.
Wenige Tage später geschah etwas, was die Angelegenheit noch rätselhafter machte. Ich wurde nämlich nicht in den gewohnten Verhörraum geführt, sondern in das vornehme Büro des Obersten. Dieser wies mit lässiger Handbewegung auf einen anderen Oberst, der in einem Klubsessel Platz genommen hatte: Der Herr Oberstaatsanwalt habe mir einiges zu sagen und ein paar Fragen zu stellen. Darauf verließ er den Raum.
Oberstaatsanwalt! Donnerwetter! Nun, dies war ein anderer Typ als der von neulich. Ein Bulle, vor dem man sich fürchten konnte. Er teilte mir in barschem Ton mit, aufgrund der Artikel sowieso des Strafgesetzbuchs werde mir der Prozess gemacht, die erste Verhandlung finde dann und dann statt. Wenn ich selbst Einblick ins Strafgesetzbuch nehmen wolle, könne mir ein Exemplar zur Verfügung gestellt werden, doch glaube er, dass sich das erübrige, da meine Frau einen tüchtigen Anwalt bestellt habe.
Ich war durch diese mehrfache Überraschung etwas durcheinander. War dies nun mein Ankläger? Das war eine schlimme Enttäuschung. Um mir dies mitzuteilen, hätten sie aber nicht den Oberstaatsanwalt selbst zu bemühen brauchen. Die Art, wie er mich die ganze Zeit beäugte, ließ vermuten, dass er mich „taxieren" wollte. Sollte er doch! Hier war es mollig warm und duftete angenehm, ganz im Gegensatz zu meiner Zelle. Außerdem wollte ich doch die angeführten Artikel im Wortlaut kennenlernen, also bat ich, seinen Unwillen übersehend, um Einblick.
Wenn ich nun auch den Band, den er murrend dem Bücherschrank entnahm, nebst einem Zettel mit der Angabe der Artikel erhielt, so sah ich mich doch in der Hoffnung getäuscht, sie an Ort und Stelle studieren zu dürfen, denn er klingelte den Wächter herbei, der mich in den kalten Verhörraum bringen musste. Kurz bevor ich die Brille

aufsetzte, räusperte sich der Gewaltige und tat den Mund auf zu einer Ankündigung, die mir für den Augenblick dermaßen den Atem verschlug, dass ich nur mit Mühe eine Antwort stammeln konnte. Er sagte nämlich, laut neueren Verfügungen dürften die nächsten Angehörigen des Angeklagten an der Hauptverhandlung und der Urteilsverkündung teilnehmen. Ob ich Wert darauf legte, dass meine Frau und eventuell auch meine Tochter dabei waren? Jede Verständigung mit ihnen sei natürlich strengstens verboten. Ob ich Wert darauf legte?! Nun, wenn ich auch nicht mehr genau weiß, mit welchen Worten ich das bejahte, so weiß ich doch, dass meine Antwort unmissverständlich war und dass mir nachher weder die Kälte des Verhörraums noch die durch das Strafgesetzbuch in Aussicht gestellten zehn bis fünfzehn Jahre Gefängnisstrafe allzuviel anhaben konnten.

28 Hangen und Bangen

Unten in der Zelle freilich begannen diese 10 bis 15 Jahre wie Sumpfblasen aus der Tiefe der Verdrängung in mein Bewusstsein zu steigen und die freundliche Vorstellung von einem Wiedersehen und einem guten Ausgang der ganzen Sache zu verdrängen. 10 bis 15 Jahre! Das würde bedeuten, dass ich bei meiner Entlassung – wenn ich sie überhaupt erlebe – 75 bis 80 Jahre alt bin. Was hätte ich noch vom Leben, was meine Frau von mir – wenn sie dann noch lebte? Und meine Tochter mit ihrer Familie? Nichts als Sorgen und Plage. Eine Last wäre ich ihnen und völlig entfremdet. Die Enkel wären durch einen solchen Großvater schwer benachteiligt. Ich selbst wäre zum Schreiben, zum Schaffen nicht mehr in der Lage, wäre völlig verdorrt und könnte nur noch, mir und andern eine Last, dahinvegetieren, ein lebender Leichnam. Nein, dann lieber gleich Schluss machen! Wenn einer es damit ernst meint, findet er auch im Gefängnis die Gelegenheit dazu.
Ich versuchte mit allen Mitteln, die düsteren Gedanken abzuwehren, die sich mir aufdrängten. Diesem dunklen Grund entwuchsen damals die beiden Versuche, ihrer Herr zu werden, die beiden Gedichte „Warten" und „Zuversicht". Im Hin- und Herpendeln zwischen Eisentür und Gitterfenster entstanden sie und prägten sich durch ständiges Wiederholen dem Gedächtnis ein wie durch die Tritte schwerer Füße ein Trampelpfad auf einer müden Wiese.
Es ist bestimmt kein Zufall, dass just in dreckigster Kriegs- und Elendszeit der Schlager „Es geht alles vorüber, es geht alles vorbei" aufkam und seine Runde durch die deutschsprachige Welt machte. Es ist eine brutale Wahrheit, und dennoch wirkt sie tröstlich, obgleich im Gedanken des Vergehens, des unaufhaltsamen Dahinfließens schwerlich Trost auszumachen ist. Was ist es also, das diese Wirkung auslöst? Der Wahrheitsgehalt? Kaum, denn nicht minder wahr ist doch die Umkehrung, dass ebenso unaufhaltsam

etwas auf einen zukommt. Warum wirkt dieser Gedanke eher beklemmend, ja bedrohlich, selbst wenn das Kommende an sich erfreulich ist? Ist es das Element des Ungewissen, das sich in allem Künftigen verbirgt? „Du sollst den Tag nicht vor dem Abend loben." Vor dem Kommenden hält man gewissermaßen den Atem an, dem Abziehenden sieht man aufatmend nach.

Über diesen merkwürdigen Widerspruch zu grübeln hatte ich nun Gelegenheit, und er bereitete mir nicht geringes Kopfzerbrechen. Wie hatte ich dem Tag der Entscheidung entgegengefiebert! Seitdem die Verhöre so gut wie abgeschlossen waren, seitdem die ständige Anspannung einem Hindämmern gewichen war, wo Tage und Nächte meines Lebens ungenutzt dahin rannen, hatte alles in mir nach diesem Tag X verlangt, der mir, wenn alles mit rechten Dingen zuging, den Freispruch bringen musste! Es war doch unmöglich, dass die Zeugen – selbst wenn sie eingeschüchtert worden waren – vor meinen Augen und vor Gericht unter Eid falsch aussagten. Ebenso unmöglich war es, dass mehrere Richter dort vor Zeugen und Auge in Auge mit mir die Haltlosigkeit der Anschuldigungen nicht erkannten. So hatte ich es bisher gesehen.

Nun aber, seitdem der Tag mir genannt worden war und immer näher rückte, vor allem seitdem ich den bulligen Oberstaatsanwalt erlebt hatte, wuchsen meine Zweifel. Konnten die es auf einen Prozess aufgrund des Artikels sowieso ankommen lassen, wenn sie sich ihrer Sache nicht sicher waren? Konnten sie sich die Blamage eines Freispruchs leisten? Was mochten sie im Schilde führen, womit mich überführen wollen? Und was vermochte mir ein Anwalt zu helfen, mit dem ich mich nicht ins Einvernehmen setzen, dem ich meine Beobachtungen während der Untersuchung nicht mitteilen, keine Hinweise auf die mutmaßlichen Schwerpunkte der Anklage geben konnte? Vermutlich wurde einem die Aussprache mit dem Verteidiger gerade aus diesem Grunde verwehrt. Diesen dunkel und stumm wie eine tückische Flut herandrängenden

Bedenken gegenüber war es schwer, Zuversicht und Hoffnung auf den Ausgang sowie Freude auf das Wiedersehen aufrechtzuerhalten. Immerhin blieb sie übrig wie die Fahne auf einer rings eingeschlossenen, von trüben Wassern umspülten Feste.

Ob die zermürbende Wirkung der Wartezeit von den Drahtziehern dieser Tragikomödie einkalkuliert war, weiß ich zwar nicht, nehme es aber an, da hier ja nichts von ungefähr geschah. Bestärkt wurde ich in dieser Annahme, als ohne Angabe von Gründen der Termin des Prozessbeginns verschoben wurde, natürlich ohne mich vorher davon zu unterrichten.

Allerdings hatte ich schon Verdacht geschöpft, da jede der üblichen Vorbereitungen auf den großen Tag ausgeblieben war. Bei beiden einstigen Zellengenossen hatte ich es erlebt, wie sie vorher nicht nur zum Friseur geführt, rasiert und zurechtgestutzt worden waren, sondern sogar Nadel und Zwirn erhalten hatten, um ihre zerschlissene Kluft einigermaßen instandzusetzen. Da meinem Anzug mit Nadel und Zwirn nicht beizukommen war – gegen Dreck und Knitter kommt man damit nicht an –, hatte ich zunächst abwartend geschwiegen. Als sich aber nun auch am vorletzten Tag gar nichts rührte, beschloss ich, ein wenig auf den Busch zu klopfen, und bat unter Hinweis auf den Termin um Nähzeug. Ich hatte das Glück, an den ruhigen und sachlichen „Aal" geraten zu sein, der mich etwas erstaunt ansah und dann gedehnt fragte: „Prozess? Übermorgen?" Als ich nickte, wiegte er bedenklich den Kopf, sagte aber nichts und verschwand. Nach einer Weile erschien sein pfiffiges junges Gesicht wieder im Fensterchen. Er betrachtete mich nachdenklich und sagte schließlich: „Prozess verschoben, aber das Zeug kannst du haben." Damit hielt er mir eine Nähnadel mit eingefädeltem schwarzem Zwirn, wohl einen Meter lang, unter die Nase. Auf meine bestürzte Frage, warum der Prozess verschoben worden sei und auf wann, schüttelte er nur den Kopf, knurrte: „Weiß nicht", und klappte das Fensterchen zu.

Dies war nun zwar keine offizielle Verständigung, doch sie entsprach den Tatsachen, und da ich die Gründe nur bei mir zu suchen vermochte, kann man sich vorstellen, was ich für Gefühle und Grübeleien in das zerfaserte Futter meines Rockes hinein stichelte, während ich allmählich soweit kam, mir ein Ende mit Schrecken statt dieses schrecklichen Hangens und Bangens zu wünschen.

Aber es kommt alles heran. Als mir eines Abends kurz vor dem Schlafengehen noch einmal die Brille hereingeworfen und ich in den Vorraum der Badezelle geführt wurde, wo im weißen Kittel der Friseur meiner harrte, da wusste ich, was es geschlagen hatte. Als er mir mit der Maschine den Nacken schor, war mir zumute wie dem Delinquenten, der für den Henker hergerichtet wird. Da war es nun, was ich herbeigewünscht hatte. Warum fuhr mir solcher Schrecken ins Gekröse? So ist er, der „Mensch in seinem Widerspruch".

Es wurde eine schlimme Nacht. Nicht nur wegen des Hoffens und Bangens, des Für und Wider, sondern vor allem, weil mir dieses auf die Därme geschlagen hatte, die mich immer wieder auf den Kübel zwangen, so dass schließlich einer der Wächter hereinsah und naserümpfend knurrte: „Nun mach mal einen Punkt! Um dein Gewissen scheint es ja verdammt schlecht bestellt zu sein, wenn du solchen Schiss hast." Da mir nicht nach Protest zumute war, begnügte ich mich zu fragen, ob mir nicht vielleicht der Feldscher am Morgen ein Mittel gegen Durchfall geben könne, worauf der Wächter grinste. Die meisten bettelten um Schnaps oder Zigaretten oder ein Beruhigungsmittel, wenn ich aber Antischiss bevorzugte, so wolle er es auch damit einmal versuchen.

Tatsächlich erschien am Morgen nach dem Frühstück der Feldscher und gab mir ein paar Tabletten gegen den Durchfall, wie er behauptete. Allerdings taugten sie nichts, denn was ich befürchtet hatte, trat ein: Mitten in der Verhandlung musste ich das Gericht ersuchen, mich austreten zu lassen. Das war mit erheblichen und peinlichen

Schwierigkeiten verbunden, denn in dem Trakt gab es wohl ein Klo für Richter und Beamte, aber keines für Verbrecher. Deshalb waren lange Verhandlungen und die Suche nach einem Schlüssel vonnöten, was mich in arge Bedrängnis brachte.

Beruhigungstabletten hatte ich abgelehnt, da ich befürchtete, sie könnten meine Reaktionsfähigkeit beeinträchtigen, vielleicht auch meinen Willen lähmen. Was die mir verabreichten Tabletten betrifft, kann ich mir nicht denken, was es für welche waren, da ich keinerlei Wirkung verspürte, weder im Guten noch im Bösen.

Meiner Bitte, mir Gürtel, Selbstbinder sowie Schnürsenkel für den Auftritt auszufolgen, wurde nur mit den Schnürsenkeln entsprochen, so dass ich gezwungen war, wo ich ging und stand, meine Hosen, die mir viel zu weit geworden waren, mit der Hand zu halten. Alles in allem muss ich grotesk wie eine Vogelscheuche ausgesehen haben in dem verbeulten und verdreckten Anzug, umschlottert von dem arg mitgenommenen, bei dem klirrenden Frost zudem lächerlichen Regenmäntelchen. Von dem Hut, der mir als Brotkorb gedient hatte, gar nicht zu reden! Als Spiegel mussten mir die Blicke des Wachpersonals und meiner Begleitung dienen. Nicht Eitelkeit war's, was mich diesen Aufzug bedauern ließ. Wäre es auf mich allein angekommen, ich hätte mich vielleicht sogar amüsieren können darüber, weil er so gut zu der mir zugeschriebenen Rolle als Galgenvogel passte. Nein, es war die Befürchtung, dass ich meiner Frau durch diesen Anblick einen großen Schrecken einjagen würde.

Dass übrigens die Verweigerung auch der geringsten Mittel, mein Aussehen irgendwie zu verbessern, nicht nur aus Sicherheitsgründen erfolgt war, ging mir auf, als ich meine Begleiter zu Gesicht bekam: Noch nie hatte ich sie dermaßen auf Hochglanz poliert gesehen. Auf diese Art sollten wohl auch Sauberkeit und Ordnung des Staates und die Minderwertigkeit seines Feindes demonstriert werden. Da standen sie in der Kanzlei des diensthabenden Offiziers in funkelnagelneuer Montur, die Maschinenpistole vor der Brust, und nahmen irgendwelche Papiere und dann mich in Empfang. Der Offizier genügte offenbar einer Vorschrift, als er vor meinen Begleitern und mir in drohendem Ton verkündete, dass erstens bei einem Fluchtversuch ohne Vorwarnung geschossen würde und dass zweitens jeder Versuch seitens des Angeklagten, mit einer Person Kontakt aufzunehmen, die schwersten Folgen für ihn und für diese Person nach sich ziehe.

Mit diesem Segen ging es hinaus in den düsteren, frostigen Morgen. Im Hof vor der Kanzleitür stand ein Geländewagen, in den ich kriechen musste. Der eine Begleiter setzte sich neben mich, der andere neben den Fahrer, der mich verächtlich mit einem Seitenblick musterte. Die Wache öffnete das Eisentor, und nach zehn Monaten sah ich die bekannten Straßen wieder und bemühte mich, durch die Windschutzscheibe oder durch die Schlitze in der Plane etwas zu erspähen, es ging aber alles viel zu schnell. Im Nu waren wir beim Gerichtsgebäude, fuhren aber nicht durch den Haupteingang, sondern nach hinten zum Gefängnistrakt, wo der Wagen vor einem Seitenpförtchen hielt. Dann musste ich, gesteuert durch die richtungweisenden Maschinenpistolen meiner Begleiter, durch verschiedene menschenleere Gänge huschen, immer krampfhaft die Hose haltend.

29 Der Januskopf des Tages X

Plötzlich ein Grüppchen Menschen. Fahl im fahlgrauen Morgen, auf einer Bank im Korridor. Sie waren es, Frau, Tochter und Schwiegersohn! Sie riss es empor, als sie meiner ansichtig wurden, mir stockten Herz und Schritt. Aber ein Stoß in den Rücken jagte mich weiter, versehen mit der Warnung: „Keine Dummheiten!"

Und schon wurde ich durch eine hohe Tür bugsiert in einen menschenleeren, kahlen Raum, der an ein Klassenzimmer von früher erinnerte. Dort wurde ich in einen kleinen, durch ein Holzgitter vom übrigen Raum getrennten Verschlag geschoben. Zwischen ihm und etlichen Bankreihen zog sich ein schmaler Gang, der auf ein Podium zuführte, das sich wie ein Katheder über die ganze Breite erstreckte. In der Mitte die Sitze für die Richter, an den beiden Flügeln im rechten Winkel je ein kleiner Tisch, vermutlich für Ankläger und Verteidiger.

Obgleich ich dies alles mit einem raschen Blick erfasste, hatte ich für keinen anderen Gedanken Raum, als wie ich die Meinen noch sehen, mich – allen Warnungen zum Trotz – mit ihnen in Verbindung setzen konnte. Jetzt war mir gewährt, was ich lange Zeit nicht zu hoffen gewagt hatte, und schon verlangte ich nach mehr!

Ein ältlicher, verhutzelter Gerichtsdiener machte sich im Saal zu schaffen, ging hin und her, staubte die Tische ab, legte Schreibzeug zurecht und schien mich gar nicht zu beachten. Nur mit meinem einen Wächter wechselte er ein paar halblaute Worte. Der andere war mit den Akten irgendwohin verschwunden. Als er in der Tür auftauchte und seinen Kameraden auf den Gang hinauswinkte, zwinkerte der Diener mir zu und legte den Finger auf die Lippen. Dann ging er zur Tür, öffnete sie, lugte hinaus und – ließ sie so weit offen, dass ich ein Stück des Ganges überblicken konnte. Und in diesem Ausschnitt erschienen sie, alle drei!

Heiß stieg es mir in die Augen und würgend in die Kehle. Wie ich selbst aussah, konnte ich mir ja denken, dass es aber auch sie so mitgenommen hatte, brachte mich fast um den Verstand. Sie standen so, dass das Licht eines Fensters sie von der Seite traf. Beim raschen Vorüberhasten hatte ich ihre Züge nicht erkennen können, jetzt aber kerbte das Licht die Kummerfalten unbarmherzig tief ein. Und ihr Versuch, tröstend zu lächeln, machte alles nur noch schlimmer. Ich nickte ermutigend, und mir flossen die Tränen. Eine Bewegung durchzuckt die Gruppe: Der Wächter kommt! Doch der tritt mit dem Diener zusammen ein und tut, als habe er nichts gemerkt. Er stellt sich mit dem Rücken zu mir ans Holzgitter und plaudert weiter mit dem Alten. Ein erstes Lächeln blüht auf, hüben wie drüben: Es gibt also doch noch Menschen!
Was alles hätte man zu fragen! Einander zu sagen! Und ist auf Blicke beschränkt, ferne Blicke, und meint sich dennoch beschenkt. Wie relativ doch alles ist. Wie reich man werden kann, wenn man erst einmal bescheiden geworden ist!
Da tritt ein Herr rasch, drahtig, sicher auf die Meinen zu, ich erschrecke aber nicht, sie lächeln ihm und mir zu, er blickt zu mir herüber, nickt, deutet auf seine Aktenmappe, auf sich selbst und dann auf mich: mein Verteidiger. Der Mann, von dem viel abhängt, den meine Frau gewählt und ins Vertrauen gezogen hat. Ich kenne ihn nicht, habe ihn nie gesehen, und der erste Eindruck verrät nicht viel mehr als Gewandtheit im Umgang, sicheres Auftreten, auch als er sich von den Meinen verabschiedet, hereinkommt, zwischen Wächter und Diener hindurch zur ersten Bank geht, dort Aktenmappe, Hut und Mantel ablegt und sich kurz und bestimmt an den Wächter wendet: „Ich bin der Verteidiger und möchte mich meinem Mandanten vorstellen." Der zuckt mit den Schultern: „Tut mir leid, der Angeklagte darf niemanden sprechen." „Soll er auch nicht, das tue ich. Sie können mich verhaften oder anzeigen, wenn Sie das für richtig halten." „Hab' meine Vorschriften." „So wie ich meine habe – und sie befolge. Der Angeklagte hat das Recht zu wissen, wer ihn

verteidigt." Ohne abzuwarten, nennt er, halb mir, halb dem Wächter zugewandt, seinen Namen und fügt auf Deutsch hinzu: „Sie sprechen nur, wenn Sie direkt gefragt werden. Wenn Sie etwas einwenden oder richtigstellen wollen, erbitten Sie vom Vorsitzenden die Erlaubnis, es durch mich tun zu lassen. Es ist noch mancher Punkt zu klären, aber es wird schon gehen." Und zum Posten, der nervös zu werden beginnt, auf Rumänisch: „Ich muss ihm doch sagen, wie er sich zu verhalten hat, und damit er es richtig versteht, in seiner Sprache." Damit nickt er dem Verblüfften und mir rasch zu und geht.

In diesem Augenblick tritt wie zur Bestätigung der abschließenden Bemerkung ein schmaler junger Mann herein und versucht, sich an ihm vorbeizuschlängeln. Auf die barsche Frage, was er hier zu suchen habe, antwortet er, er sei der Dolmetscher und Schreiber. Ich bin froh erstaunt: Mein Verteidiger kann Deutsch, und ein richtiger Dolmetscher ist auch zugelassen – das wird manche Missverständnisse aus der Voruntersuchung ausräumen helfen. Wie sehr ich mich in diesem Punkt täuschte, konnte ich damals nicht ahnen: Der Dolmetscher, ein Ungar, erwies sich als glatter Versager, dem ich selbst aus Mitleid manchmal weiterhalf, weil er sichtlich guten Willens, aber überfordert war.

Inzwischen sah ich auf den letzten Bänken junge Leute in Zivil Platz nehmen, darunter zu meiner nicht eben angenehmen Überraschung mein Oberleutnant Untersuchungsrichter. Dann kam der Verteidiger, der die Meinen hereinführte und in die Bank hinter der seinen wies, auf gleicher Höhe mit meinem Platz. So brauchte ich kaum den Kopf zu bewegen, um mit ihnen Blicke zu tauschen – wenn sich nicht der Wächter dazwischen stellte, was er leider oft tat.

Dann öffnete sich plötzlich eine Türe, die ich bis dahin noch gar nicht beachtet hatte, hinter dem Podium, unter dem Landeswappen, und herein trat das Hohe Gericht: fünf Offiziere, alle in Uniform, ein Oberst, zwei Majore, zwei

Hauptleute und dann noch ein Major, der sich hinter den rechten kleinen Seitentisch stellte: der Ankläger oder Staatsanwalt. Es war allerdings keiner von denen, die mit mir gesprochen hatten. Zu diesem Auftritt hatte sich der ganze Saal erhoben, und man setzte sich erst wieder, als die Herrschaften Platz genommen hatten. Die feierliche Umständlichkeit und Stille, in der alles geschah, wirkten beklemmend und aufreizend zugleich, weil dadurch, noch bevor etwas bewiesen oder gar ein Urteil gefällt war, der himmelweite Abstand zwischen Menschen, die zu richten befugt sind, und solchen, die ihren Spruch hinzunehmen haben, herausgestellt wurde. Von diesen Menschen, von denen keiner aussah, als hätte er sich jemals mit Gedichten und deren Interpretation in der eigenen oder gar in einer fremden Sprache beschäftigt, hing nun also mein Schicksal ab. Harte, verschlossene Gesichter, kalt musternde Augen, alle wohl eher gehorsame Diener des Staates, den sie zu schützen meinten, als unparteiisch bemühte Finder und Wahrer des Rechtes. Dies war mein Eindruck, noch ehe das erste Wort gesprochen war.

Weder ist es Anliegen dieses Buches, den Prozessablauf im Einzelnen wiederzugeben, noch wäre ich dazu imstande, da er sich mit all den Verhandlungen und Vertagungen über insgesamt acht Monate hinzog. Ich kann in der Rückschau bloß zusammenfassend auf einiges hinweisen, was sich mir teils als charakteristisch für das Verfahren, teils als bedeutsam für mich einprägte.

Als Erstes muss ich erwähnen, dass sich der Verhandlungston, die Atmosphäre im Allgemeinen, von wenigen Misstönen abgesehen, von dem der Voruntersuchungen wohltuend unterschied. Es ging zivilisiert und sachlich zu. Ich finde dies umso bemerkenswerter, als es auf sämtliche Zusammensetzungen des Gerichtes zutrifft. Die Zusammensetzung wechselte nämlich aus mir unbekannten Gründen mehrere Male.

Und nun der Ablauf in großen Zügen.

Nach Feststellung der Personalien musste ich einen Überblick über meinen Lebenslauf geben, wobei der Vorsitzende meine Aussagen mit denen im Untersuchungsprotokoll verglich. Dass er dabei immer wieder durch geschickte Fragen versuchte, mich in möglichst ungünstigem Licht erscheinen zu lassen, sei es als verwöhntes Kapitalistensöhnchen oder überheblichen Intellektuellen, als engstirnigen Chauvinisten oder Kommunistenfeind, wunderte mich nicht, da ich das aus der Voruntersuchung bestens kannte. So versuchte ich durch betont sachliche, ruhige Widerlegung solcher Unterstellungen und Verzerrungen die Beeinflussung der Beisitzer abzuschwächen, was besonders hinsichtlich zweier Momente in meinem Leben besonders wichtig war, die beide zu Missverständnissen Anlass geben konnten: Ich war 1919 am Theißfeldzug gegen das kommunistische Ungarn nicht nur beteiligt gewesen, sondern auch verwundet und dekoriert worden, und im August 1944, als die Führung der deutschen Volksgruppe in Rumänien mit den deutschen Truppen das Weite suchte, war ich im Land geblieben. Ich stellte klar, dass meine Teilnahme am Theißfeldzug nur in meiner Altersklasse begründet war und ich damit nur Staatstreue Großrumänien gegenüber bewiesen hatte, und dass die Unterstellung, ich sei im Auftrag der Nazis als Kontaktmann in Kronstadt geblieben, nicht nur nicht zu beweisen, sondern im Gegenteil durch mein ganzes Verhalten widerlegt worden sei. Überdies habe sich dies alles doch vor der Machtergreifung des Regimes und vor Inkrafttreten der nun gültigen Gesetze abgespielt und könne mir schwerlich als Punkt der Anklage zur Last gelegt werden. Diese Bemerkung wurde mir als Unverschämtheit ausgelegt und mit einer Rüge bestraft.
Dies alles aber war noch ein harmloses Vorpostengeplänkel. Brenzlig wurde es, als nach Beendigung meiner Ausführungen der Vorsitzende zur Vollendung meines Charakterbildes und zur Kennzeichnung meiner Einstellung gegenüber dem Regime auf zwei andere biographische

Tatsachen zurückgriff und sie juristisch zu instrumentalisieren suchte: ich war im Gegensatz zu den meisten meiner schriftstellernden Landsleute dem Schriftstellerverband nicht beigetreten, und ich hatte mich um einen Pass ins Ausland bemüht, und zwar ins kapitalistische, der „Heimat der Werktätigen" feindlich gesinnte.

Dazu konnte ich nicht schweigen und erhielt zu einigen „Ergänzungen oder Richtigstellungen" auch wirklich das Wort.

Zu Punkt eins: Ich war dem „wohlmeinenden Rat" und der Einladung des Vorsitzenden der Schriftstellervereinigung sehr wohl gefolgt und hatte sogar zwei Lesungen in ihrem Rahmen gehalten. Ein Leitartikel in der Zeitung „Neuer Weg" hatte darauf nicht nur mich persönlich, sondern die Leitung der Schriftstellervereinigung angegriffen, da sie solch einem „Reaktionär und Unbelehrbaren" die Möglichkeit gegeben hatte, öffentlich zu sprechen. Zum Zeichen meines guten Willens hatte ich mich ferner bereit erklärt, für den Staatsverlag Übersetzungen aus der rumänischen Sprache auf ihre Qualität hin zu überprüfen, hatte daraufhin den ersten Band eines neu übersetzten Romans zugeschickt bekommen, durchgearbeitet, mit Korrekturen und Vorschlägen versehen zurückgeleitet, Anerkennung gefunden, Honorar und die Zusicherung erhalten, dass der zweite Band folgen werde. Statt seiner waren nur noch ausweichende Antworten gekommen.

Zu Punkt zwei konnte ich nur anmerken, dass meine Absicht, in die Bundesrepublik Deutschland zu übersiedeln, sich im gesetzlichen Rahmen der Familienzusammenführung hielt. Außer den familiären Gründen, die mich zu diesem schwerwiegenden Entschluss veranlasst hatten, könne ich aber noch einige andere zu bedenken geben, nämlich eine Zusammenstellung all dessen, was mir unter diesem Regime widerfahren war: 19 Monate Freiheitsentzug in Lagern für politische Häftlinge, eine Woche in Polizeigewahrsam ohne Verpflegung wegen angeblicher Waldbrandstiftung, zehn

Tage Dunkelhaft wegen nicht angemeldeter Literaturkurse, zwei Jahre Zwangsaufenthalt in einem Städtchen, wo ich als Tagelöhner in der Landwirtschaft mein Brot verdienen musste. Materielle Verluste: Zerstörung meiner Lebensstellung und aller Berufsaussichten durch Entlassung aus dem Schuldienst ohne Begründung oder gar Entschädigung. Im Gegenteil, immer neue Schwierigkeiten waren mir bereitet worden bei meinen Versuchen, eine Arbeit zu finden. Dazu Enteignung von Haus und Garten, Verlust der Möbel und Bücher und sämtlichen sonstigen Vermögens durch Beschlagnahme. Sei es nicht verständlich, dass ich nach der Zerstörung meiner Existenzgrundlage keinen anderen Ausweg mehr sehe?

Wohl spürte ich die ratlose Beklommenheit der Meinen, die bestürzte Unruhe des Verteidigers, die Bedrohlichkeit des Schweigens am Richtertisch mit jeder Faser, war des Schlimmsten gewärtig, doch ich konnte mich nicht mehr bremsen. Zuviel hatte sich angestaut und brach nun heraus. Es war ein ungutes Schweigen, das diesem Ausbruch folgte, und ich war auf das Schlimmste gefasst, aber nichts geschah, außer dass ich die Stimme des Vorsitzenden merkwürdig leise, aber nachdrücklich und hinterhältig vernahm. „Wir haben den Angeklagten nicht unterbrochen, damit er sich selber als unverbesserlicher und uneinsichtiger Feind des Staates der Werktätigen offenbart. In völliger Verkennung der Sachlage wagt er es, sich zum Ankläger aufzuwerfen. Unsere Justiz hat keine Binde vor den Augen; sie sieht sich an, mit wem sie es zu tun hat. Darum wird das Gericht die Einstellung und Bildung des Angeklagten als erschwerende Momente zu berücksichtigen haben. Es hat aber nicht darüber zu befinden, ob und inwieweit das, was da vorgebracht wurde, wahr und stichhaltig ist, sondern nur darüber, ob und inwieweit die in der Beweisaufnahme aufgedeckten Tatbestände zutreffen, inwieweit gegen die Gesetze verstoßen worden ist. In diesem Sinne schreitet das Gericht zur Überprüfung des vorgelegten Materials."

Nun, das war deutlich und ließ nichts Gutes erwarten. Trotzdem fühlte ich mich nun bedeutend besser, seelisch, nicht körperlich, denn Blase und Därme brachten mich in höllische Bedrängnis, so dass ich heute noch meine, Dante hätte gut daran getan, diese unter die Höllenstrafen aufzunehmen. Was mir außerdem schwer zu schaffen machte, war der Gedanke an die Meinen und an den Verteidiger, zu denen ich während meines Ausbruchs wohlweislich nicht hinübergesehen hatte. Als ich es nun tat, begegnete ich nur bestürzten, besorgten Mienen, denen ich nichts als ein entschuldigendes Schulterzucken entgegenbringen konnte. Die Weisheit, nicht überall und jederzeit die Wahrheit zu sagen, hatte ich leider noch immer nicht gelernt – und werde sie wohl auch nicht mehr lernen.

30 Bewährung

Nach diesen bedeutungsschweren Präliminarien begann der eigentliche Prozess. Anhand der Protokolle der Voruntersuchung wurde nun Punkt für Punkt jeder der dort angeführten angeblichen Verstöße gegen das Gesetz durchgeackert oder wiedergekäut, allerdings mit dem wesentlichen Unterschied, dass ich jetzt Einwände vorbringen, Berichtigungen beantragen durfte. Da es sich dabei meist um Dinge oder Vorgänge handelte, von denen die Verteidigung wenig oder gar nichts wusste, da sie in den Protokollen unzulänglich behandelt waren, musste sie sich vorläufig darauf beschränken, mir bei den Formulierungen zu helfen, da der Dolmetscher, der zugleich Schriftführer war, in dieser Hinsicht kläglich versagte. Dabei wurde nie bekanntgegeben, ob meine Einwände oder Anträge anerkannt wurden oder nicht. Mit unbewegter Miene hörte man sie an, ab und zu wurde eine Erläuterung oder Begründung verlangt, alles im Protokoll vermerkt, und das war alles. Ein Ergebnis erfuhr man vorerst nicht, das kam erst im Urteil zum Vorschein.

Die erste Verhandlung zog sich bis in den späten Nachmittag. Zum Glück hatte ich – für alle Fälle – meine Maiskuchen-Ration in die Tasche gesteckt. Als ich sie in der Mittagspause hervorkramte, vorsichtig das stark bröselnde Zeug aus dem Taschentuch wickelte (ich hatte ja nichts anderes zum Einpacken, außerdem war es noch ziemlich sauber!) und heißhungrig zu verzehren begann, merkte ich an den entsetzten und mitleidigen Gesichtern meiner Frau und meiner Tochter, wie sehr sich unsere Vorstellungen von dem, was möglich, anständig, genießbar usw. war, voneinander entfernt hatten. Wenn die wüssten... Ich musste lächeln über ihre Ahnungslosigkeit – etwas wehmütig, ohne jede Freude. Es schloss vieles ein, dieses Lächeln. Es war auch die Bitte, sie möchten sich nicht zu Herzen nehmen, was sie sahen, es war ja zum Glück nur das Äußere. Dass ich so aussehe, dass ich die Hose mit den Händen halten muss, wenn ich, vorn und hinten bewacht, über den Gang gejagt werde – das rührt ja nicht ans Wesentliche. Seht doch durch alles hindurch, seht, dass sie mich nicht haben kleinkriegen können!

Sosehr ich mich auch mühte, ihnen dies durch Blick und Haltung klarzumachen, ich war mir nicht sicher, ob es auch gelang. Dies setzte mir mehr zu als die Ungewissheit über die Entwicklung des Prozesses und die Erschöpfung, die sich mit Sandsackschwere auf mich senkte, als mich die Einsamkeit der Zelle und ihre Trostlosigkeit in der Form des kaltgewordenen Mittagsfraßes wiederhatte. Als sei mein ganzes Ich ein Sendegerät und mein Wille die Energiequelle, schaltete ich alle seine sonstigen Funktionen ab und mich auf dieses Eine um: eine Art telepathische Verbindung zu ihnen, die daheim sitzen und herdenken mochten. Ich dachte immer das Gleiche und raunte es sogar in die Stille der Zelle. Dadurch, dass es allmählich Form gewann, konnte es sich meinem Gedächtnis einprägen und blieb unter dem Titel „Im Gerichtssaal"[8] erhalten.

Da mir nie mitgeteilt wurde, was in der nächsten Verhandlung zur Sprache kommen werde, war es mir unmöglich, mich auf das jeweilige Thema einzustellen. Und da ich ebenso wenig wusste, was dem Verteidiger zu Gebote stand und was er vorhatte, war mir vor jeder Verhandlung zumute, als sollte ich mit verbundenen Augen über ein vermintes Feld tappen. Das einzige, was ich wusste, war die ungefähre Marschrichtung, die in den Protokollen der Voruntersuchung vorgegeben war, und als Orientierungspflöcke die verschiedenen Punkte der Anklage. Was konnte mir da hinüberhelfen? Ein gläubiger Christ würde da wohl antworten: Gott. Wohl dem, der daran glauben kann. Ich kann es leider nicht! Die ungeheure Macht, die in der Unbegrenztheit des Raumes und der Zeit waltet, Welten entstehen und vergehen lässt nach unabänderlichen Gesetzen, die sollte sich bewegen lassen um

---

[8] Siehe Anhang, S. 263.

eines Lebewesens willen, wo sie selbst oft genug eine Unzahl von ihnen auf einen Schlag vernichtet? Dergleichen zu erwarten oder gar zu erflehen empfinde ich nicht nur als eine Torheit, sondern mehr noch als eine Anmaßung, erwachsen aus Gedankenlosigkeit oder maßloser Überschätzung der eigenen Art und Bedeutung. Nein, da muss sich wohl jeder selbst helfen mit den Gaben, die er von Geburt an hat. Für mich bedeutete dies, dass ich alle meine Kräfte zusammenraffen musste, um der Wahrheit zum Sieg zu verhelfen, geleitet und gestützt allein vom Gewissen, selbst wenn dies sich zunächst ungünstig auswirken sollte.

Ein wenig galt es auch der Einsicht und dem Anstand der Menschen zu vertrauen, von denen die Entscheidung abhing. Wenn auch sie sich vom Wunsch nach Wahrheit und vom Gewissen leiten ließen, konnte es am Ende nicht schiefgehen. Das waren zunächst die Zeugen, die – ein eher seltener Fall – sowohl von mir als auch von der Anklage vorgeschlagen worden waren, freilich in entgegengesetzter Absicht: Ich erwartete Entlastung, die Staatsanwaltschaft wollte mich belasten. Worauf sie dabei ihre Zuversicht stützte, war mir nicht klar. Auf die Angst? War es bei der Voruntersuchung gelungen, die Zeugen so einzuschüchtern oder durch geschickte Fragen in die Enge zu treiben, dass sie bereit waren, gegen mich auszusagen?

Allesamt waren wir „Evakuierte", die wegen ihrer Zugehörigkeit zur einst besitzenden Klasse nicht nur aus ihren Wohnungen, sondern auch aus den Ortschaften, wo sie gewohnt hatten, Knall auf Fall vertrieben worden waren und damit auch Beruf, Stellung, Freundeskreis und den noch verbliebenen Besitz verloren hatten, also noch schlechter dran waren als von Feuer oder Hochwasser Geschädigte – denen darf man, uns durfte man nicht helfen. Ja wir bekamen in unsere Ausweise einen Stempel gedrückt, der uns als „Staatsfeinde" kennzeichnete und uns jede Bewegung außerhalb der Bannmeile des uns zugewiesenen Wohnortes verbot. Gleiches Schicksal fegt viel Trennendes fort und schmiedet sogar Verschiedenartiges zusammen. Sieben Jahre war es nun her, dass unsere von der Not zusammengeschweißte Arbeitsgruppe sich aufgelöst hatte, weil die Verbannung aufgehoben und uns gestattet worden war, zurückzukehren – sofern wir das Glück hatten, irgendwo in unserem Heimatort unterzukommen und irgendeine Arbeit zu finden. Mancher hatte ein Pöstchen ergattert und war auf der sozialen Leiter ein Sprösslein hinaufgeklommen, aber es brauchte nur jemandem einzufallen, ihm „an der Wurzel zu graben", und schon fing das alte Elend wieder an. War es so einem zu verargen, dass er leisetrat und sich möglichst aus allem heraushielt, was ihn gefährden konnte? Und es gab nichts Gefährlicheres, als in eine Sache verwickelt zu werden, mit der die Geheimpolizei sich befasste, sei es auch nur als Zeuge.

Dies mochte der Aktivposten in der Rechnung der Anklage sein. Lag da aber nicht ein Rechenfehler vor? Auge in Auge einem mit allen Tricks vertrauten Untersuchungsrichter gegenüberzusitzen oder, einigermaßen vorbereitet und gefasst, vor Richter und Beisitzer zu treten, den Augen des Angeklagten und seiner Nächsten zu begegnen und unter Eid auszusagen, war das nicht zweierlei? Dies war das Eine, worauf ich baute. Aber da war auch noch etwas anderes. Was hatte uns, die wir damals vom Schicksal zusammengetrieben worden waren, zusammengeschlossen, ja verschmolzen? War es nicht der gleiche Druck und Zwang? Vom Acker wie vom Schreib- oder Ladentisch, aus der Werkstatt, Ordination oder Fabrik heraus hatte man uns gerissen und in das öde Nest geworfen als „Schädlinge der Gesellschaft". Verrecken sollten wir, je eher, desto besser! Und da geschah das Wunder: Was uns bisher vielleicht getrennt hatte, Stand, Alter und Geschlecht, wurde unwesentlich. Die einstigen Schranken waren hinweggefegt wie Gartenzäune vom Hochwasser, und zu neuem Leben erwachte, was vielleicht schon halb vergessen oder verkümmert war: das Gefühl, Reiser vom selben Stamm zu sein. Dies und die gemeinsame Arbeit und Not waren ein ebenso starkes wie elastisches Band. Was den Einzelnen

zerbrochen hätte, konnte unserem Verbund nichts anhaben: Alle für einen wie dieser für alle. Man wusste nicht nur um Wohl und Weh des andern, sondern auch, dass man ihm vertrauen konnte. Nicht umsonst hatte man oft und oft aus demselben Kessel gegessen, aus derselben Kanne getrunken, unter demselben Scheunendach Schutz gesucht vor Hagelkörnern und Sonnenbrand. Jeder konnte von jedem lernen, Handgriffe dieser, Wissen und Denken jener, und machte jemand schlapp, so grub oder hackte der Nachbar sein Stück mit. Ja, so war das gewesen. Konnte das vergessen, unwirksam geworden sein?
Andererseits: Sieben Jahre waren vergangen seither, und was für Jahre! Sich beugen, schweigen, schlucken hatte es geheißen. Wenn man jahrelang eine Maske tragen muss, wächst sie dann nicht nach innen, formt einen um, dass man sich vor der Demaskierung zu fürchten beginnt? Ich versuchte, mir keine Illusionen zu machen. Was würde die Oberhand behalten, Angst, Selbsterhaltungstrieb – oder das andere, schwer zu Benennende? Je mehr ich grübelte und das Für und Wider abwog, den Hintergrund ermaß, vor dem sich dies alles abspielte, desto besser konnte ich mich in die andern versetzen, mit ihnen fühlen, wie die Vorladung und die Einvernahme auf jeden von ihnen gewirkt hatte, ihre Frage nachempfinden: War das nötig, dass er mich da hineinzieht? Mit welchen Gefühlen mussten sie ihrem Auftritt entgegensehen, welches Lampenfieber musste sie schütteln! Und dessen, der ihnen dies eingebrockt hatte, konnten sie wohl kaum freundlich gedenken.
Und dann kam auch der Tag. Ovationen hatte ich ja wahrhaftig keine erwartet, doch als ich nun an den Grüppchen der Zeugen vorbeigeführt wurde und in den Gesichtern nur Erschrecken, Befremden, ja Ablehnung zu erkennen glaubte, gab es mir doch einen tiefen Stich, und Bitterkeit wollte hochkommen. Nur an meinem Aussehen konnte es nicht liegen, zudem hatte ich keinen der dazugehörigen Männer entdecken könne, was aber für mich am schwersten wog, war die Tatsache, dass meine Frau ganz

allein stand, obgleich sie doch jede einzelne Frau aus den drei Grüppchen kannte. Ich konnte nicht ahnen, dass alles verabredete Tarnung war, da man sie gewarnt hatte, nur ja keinerlei Teilnahme für mich oder Einverständnis untereinander erkennen zu lassen.

Es herrschte diesmal eine ganz andere Atmosphäre in Gang und Saal. War sie bei der ersten Verhandlung von einer gewissen Nachsicht gekennzeichnet gewesen, knisterten diesmal Nervosität und Misstrauen. Meine Nerven, durch die Einzelhaft überempfindlich, nahmen wie Antennen jede Schwingung auf und gerieten ins Vibrieren, dass mir fast der Atem wegblieb. Vielleicht kann man ermessen, mit welchen Gefühlen ich dort saß, wenn man bedenkt, dass es von den Aussagen dieser Menschen abhing, wie viele Jahre meines Lebens ich hinter Gittern verbringen würde. Angst oder Wahrhaftigkeit, in jeder Seele traten sie gegeneinander an. Und ich musste wortlos zusehen, ich, um den es ging!

Wie anders sahen heute die Gesichter aus als damals auf dem Feld. Und anders, fremd klangen auch die Stimmen, wenn sie die Eidesformel nachsprachen, spröde, rau, gepresst. Was aber ging dann mit ihnen vor, als sie einzeln in den Zeugenstand traten? Zuerst waren einige dran, die nicht zur Gruppe gehört hatten: die Frau, die die Gedichtsammlung getippt, und jene, die sie gebunden hatte. Und mit ihr begannen die Überraschungen. Die Buchbinderin war die einzige Zeugin, die mir schon in der Voruntersuchung gegenübergestellt worden war, vermutlich, weil sie als Einzige umgekippt war und sich aus Angst bereitgefunden hatte, gegen mich falsch auszusagen, nämlich dass sie nicht, wie ich angegeben, bloß drei Exemplare in meinem Auftrag gebunden habe, sondern mindestens ein halbes Dutzend. Vor mir hatte sie dies damals auf suggestiv drohende Fragen, wenn auch stockend und ohne mich anzusehen, hervorgebracht. Nun aber, als sie die Eidesformel hatte sprechen müssen, würgte sie zitternd und mit tränenerstickter Stimme hervor, sie habe damals nur aus Angst vor Strafe und Erwerbsverlust – sie hatte schwarz gearbeitet – falsch ausgesagt. Ihr Gewissen habe ihr seither keine ruhige Minute gelassen, und jetzt müsse sie, komme was wolle, die Wahrheit sagen: Drei Hefte habe sie gebunden, keines weniger und keines mehr. Amen!

Das war ein Auftakt! Ich traute meinen Augen und Ohren nicht. Protokollführer und Staatsanwalt, sie sahen ratlos zum Präsidenten hin, der betreten bald aufs Blatt in seiner Hand, bald auf die Zeugin blickte, bis er sich endlich räusperte und sich an die Runde der Beisitzer und den Staatsanwalt wandte: „Noch Fragen?" Auf das verneinende Kopfschütteln hin knurrte er etwas, was ich nicht verstand, was der Schreiber aber mit eifrigem Nicken und Kritzeln quittierte. Der Zeugin gab er einen Wink, sich in eine der letzten Bänke zu setzen.

Obgleich die Zeugen nach der allgemeinen Belehrung draußen warten mussten, bis sie aufgerufen wurden, also keiner wusste, was man vor ihm im Saal gesprochen hatte, war es, als sei ein Funke geheimen Einverständnisses vom einen zum anderen übergesprungen, ein Funke, der sie zur früheren Einheit und zum gleichen Willen zusammenschweißte, sich nicht einschüchtern zu lassen und, koste es, was es wolle, bei der Wahrheit zu bleiben. Die Masken, die sie noch vorhin getragen hatten, fielen ab. Keine Einzige, kein Einziger sagte gegen mich aus!

Noch eine zweite Überraschung brachte diese Demaskierung in der Art, wie die Aussagen vorgebracht wurden. Manche, die ich früher als forsch, draufgängerisch, unbekümmert erlebt hatte, entpuppten sich nun als schüchtern, unsicher, ja ängstlich, wenngleich sie im Wesentlichen fest bei der Wahrheit blieben, während andere, die ich als gehemmt und scheu kannte, nun erstaunlich ruhig, sachlich und scheinbar furchtlos ihre Aussagen machten.

Der Kern, um den sich die Fragen drehten, war, ob ich in irgendeiner Form versucht hatte, unsere Arbeits- und Widerstandsgruppe umzubilden und durch meine Lesungen in aufwieglerischem Sinne zu beeinflussen. Es war der gefährlichste Anklagepunkt, aber auch der, bei dem unsere

Interessen gleichliefen, denn wenn sie derlei bestätigt hätten, wären sie selbst auf die Anklagebank geraten, weil sie keine Anzeige erstattet hatten. Aber auch die anderen Fragen, etwa nach Art und Wirkung meiner Gedichte, ob sie als politisch aufrührerisch, regimefeindlich empfunden wurden, führten zu keinem Ergebnis im Sinne der Anklage, da die Antworten weitgehend mit meinen Angaben in der Voruntersuchung übereinstimmten, so dass, wie ich meinte, nichts Belastendes übrigblieb und ich aufatmete.

Und das nicht nur deshalb! Auf dem Weg zum Zeugenstand waren sie wie Fremde an mir vorbeigegangen, mit erstarrten Zügen und gesenktem Blick. Auf dem Weg zurück jedoch, wo ihr Gesicht vom Richter abgekehrt war, versäumte es kaum einer, mir wenigstens zuzublinzeln, und die Gesichter schienen mir verwandelt: nicht Masken, sondern wieder Menschen, wie ich sie von früher kannte.

Soviel ich den Mienen meiner Frau und des Verteidigers entnehmen konnte, schienen auch sie erleichtert, und damit mussten wir uns vorerst zufriedengeben. Eine der gefährlichsten Klippen war damit wohl überwunden, aber es drohten noch genügend andere, weniger auffällige, unter harmlos erscheinender Oberfläche tückisch verborgen wie Sandbänke, manchmal schon hinter einem falsch gebrauchten Ausdruck in der fremden Sprache lauernd, aber dank dem geschickten Eingreifen und Auslegen des Verteidigers meist glücklich umschifft.

Der Prozess wurde, wie schon erwähnt, nicht in einem Zug durchgeführt. Zwischen den einzelnen Verhandlungen lagen immer etliche Tage, manchmal sogar Wochen, so dass ich auf den Gedanken kam, man wolle mich die Untersuchungshaft möglichst lange „genießen" lassen – für den Fall, dass es zu einem Freispruch kam.

Aufregend wurde die Sache wieder, als man mit der Auslegung der Gedichte begann und ich die protokollierten Übersetzungen an mehreren Stellen als falsch bezeichnete. Wie ich dazu käme, das zu behaupten, wo ich die Protokolle doch unterzeichnet, also anerkannt hätte, fuhr der

Vorsitzende auf. Unterschrieben hatte ich wohl, aber unter Protest, da ich nicht in den Karzer wollte. Ob ich damit sagen wolle, dass ich zur Unterschrift gezwungen worden sei? Mehr oder weniger. Mir sei es ähnlich ergangen wie der Buchbinderin. Dass diese Bemerkung mir nur einen – wenngleich scharfen – Verweis eintrug, war weniger verwunderlich als das, was sich aus der nun folgenden Auseinandersetzung ergab. Da weder der Vorsitzende noch die Beisitzer genügend Deutsch verstanden, um über die Richtigkeit der Übersetzung befinden zu können, gaben sie endlich meiner vom Verteidiger nachdrücklich unterstützten Forderung nach, eine Sachverständigenkommission mit einem Gutachten zu beauftragen, das die Grundlage der Urteilsfindung zu diesem Anklagepunkt bilden sollte.

Erst in der Zelle, als die Freude über diesen Erfolg sich etwas gelegt hatte, ging mir auf, dass auch dies eine Art Pyrrhussieg war, da er die Haft um Wochen, wenn nicht gar Monate verlängern musste. Schon die Zusammenstellung der Kommission war ein Problem, da einige der Ausersehenen den Auftrag ablehnten. Als sie dann endlich zusammengestellt und approbiert war, musste sie sich durch den ganzen Stoff arbeiten, und schließlich mussten die Mitglieder ihre Gutachten aufeinander abstimmen, um zu einem einheitlichen Ergebnis zu kommen. Das alles dauerte etwa fünf Monate.

Dazu kam noch eines, das ich mir anfangs nicht so recht bewusst gemacht hatte, obwohl der Staatsanwalt mich darauf hingewiesen hatte: die Kosten. Die hatten wir, meine Frau und ich, zu tragen, gleichviel, ob das Ergebnis zu meinen Gunsten ausfiel oder nicht. Hatten wir noch so viel Geld, dass meine Frau außer dem Verteidiger auch dies bezahlen konnte, musste sie Schulden machen oder von unseren Sachen etwas verkaufen? Andererseits sah ich in dem Gutachten die einzige Möglichkeit, vielleicht zu einer sachlichen Beurteilung zu gelangen. Das Für und Wider versetzte mich von Neuem in den so unerträglichen Zustand der Ungewissheit und Anspannung. Er wurde noch verschlimmert durch das Gefühl, dass meine Lebenszeit unaufhaltsam verrann.

In dem Maß, in dem die Tage länger wurden, Vogelgezwitscher und der Strahl der Morgensonne durchs Gitterfenster drangen, das Brausen des Lebensstromes aber draußen vorüberflutete, ohne dass ich auch nur etwas davon mitbekam, stieg meine Ungeduld, steigerte sich zur Unrast und manchmal zu nur mühsam unterdrückten Anfällen wütenden Aufbegehrens gegen diese Situation, deren ganzen Widersinn mir erst der Prozess, die Berührung mit der Außenwelt vor Augen geführt hatte. Wie viele der mir vergönnten Lebenstage waren hier schon vergeudet worden, und wie viele sollten noch vergeudet werden, jeder ein unersetzlicher Verlust! Sosehr meine Vernunft sich sträubte und alle Bremsen des Willens anzog, fühlte ich, dass eine Strömung mich gepackt hatte und auf einen Abgrund zutrieb.

31 Luftveränderung

Sommer war es inzwischen geworden, der zweite hinter Gittern. Sogar durch die vergitterten und verbretterten Fenster drang die Wärme, und in den Freiluftzellen konnte man, wenn man ab und zu vormittags hingeführt wurde, Jacke und Hemd abstreifen und den kellerbleichen Gliedern ein wenig Sonne gönnen. Über die mit Glassplittern gespickte Mauer hinweg leuchtete verlockend das Rot reifer Kirschen aus den Bäumen des einstigen Villengartens, und von der Straße herüber wehte manchmal der Ruf eines Zigeuners, der Waldbeeren feilbot.

Ich war diesmal keine zehn Minuten draußen, als plötzlich der Wächter erschien und mich, ganz außer der Reihe und Regel, wieder hineinführte, wobei er äußerste Eile forderte. Was zum Teufel war denn los? So kurz vor Mittag wurden doch keine Verhandlungen angesetzt. Zu meiner anhaltenden Überraschung dirigierte er mich jedoch nicht in die Zelle, sondern nach rechts, in die Kanzlei.

Als ich die Brille abnehmen durfte, verschlug mir, was ich zu sehen bekam, den Atem. Der diensthabende Offizier und der Kanzleibulle standen, ein Blatt Papier studierend, hinter dem Schreibtisch, auf dem ausgebreitet mein Regenmantel lag und darauf die paar Habseligkeiten aus meiner Zelle, offenbar eilig zusammengerafft, daneben noch ein Häuflein Sachen, die man mir bei Haftantritt weggenommen oder später nicht ausgefolgt hatte. An der Ausgangstür standen zwei Unteroffiziere mit Maschinenpistolen vor der Brust.

Was mir in diesem Augenblick alles durchs Hirn schoss, vermag ich nicht zu sagen, bloß so viel: Hätte ich auch nur eine Spur schlechten Gewissens gehabt, mir wäre das Schlottern in die Knie gefahren. Es sah verdammt bedrohlich aus, als hätten sie etwas Verbotenes bei mir vermutet oder gar entdeckt. Obwohl ich von nichts dergleichen wusste, wurden mir Mund und Kehle trocken und der Atem eng, so dass ich nur mit Mühe einen Ton hervorbrachte, als mir der Offizier das Blatt reichte und mich aufforderte, anhand der Liste zu überprüfen, ob meine Sachen alle da seien. Als ich, noch immer ungewiss, was dies alles zu bedeuten hatte, nach kurzem Überblick bejahte, schob er mir einen Tintenstift zu: „Dann unterschreiben Sie hier, dass nichts fehlt, und packen Sie Ihren Kram zusammen!"

Wie sollte ich nun das verstehen? Ich starrte in die Gesichter der Wachleute, die mich ihrerseits mit einer schwer zu deutenden Mischung aus Spannung und Ironie angafften. War es nicht ähnlich gewesen damals, als sie mich als der Waldbrandstiftung verdächtig festgehalten hatten und dann Knall auf Fall entließen? Aber damals hatte es keinen Prozess gegeben. Sollte ich fragen? Anscheinend lauerten sie darauf. Lieber nicht.

Ich hatte schon zu lange gezögert und wurde von dem Bullen angeherrscht: „Nun, wird's bald? Die Kutsche wartet schon auf den Herrn. Ab durch die Mitte!" Der Offizier übergab dem einen der beiden Männer mit Maschinenpistolen einige Papiere, ich raffte meinen Kram in den Mantel zusammen, die beiden nahmen mich in die Mitte, und hinaus ging's, wo ein Geländewagen wartete. Dann fuhren wir los, durch sommerlich mittäglich blendende, staubige Straßen, doch am Gerichtsgebäude vorbei, vorbei am Stadtpark und am Friedhof, die dörfliche Langgasse hinunter und über die Gleise zum Vorstadtbahnhof, schließlich hinaus aus der Stadt in die Weite der sommerlichen Felder.

Kaum ein Fahrzeug auf der Straße, kaum ein Mensch auf den Feldern, die in der Mittagshitze flimmerten. Da fuhr ich nun also auf derselben Straße dahin, die wir einst, wann war das nur gewesen, in fröhlicher Gesellschaft zu Ausflügen und zum Zeidner Waldbad gefahren waren. Jetzt saß ich zwischen zwei bewaffneten Männern, und es ging aus dem einen in ein anderes Gefängnis, nach Zeiden. Das wurde mir alsbald klar, völlig unklar aber war mir, warum sie mich jetzt, mitten im Prozess oder gar kurz vor seinem Ende, plötzlich umquartierten.

Es hatte keinen Zweck, darüber zu grübeln, auf den wahren Grund konnte ich ja doch nicht kommen, und ebenso wenig nützte es, wenn ich mir den Kopf darüber zerbrach, was mich in Zeiden erwartete. Schlimmer als bisher würde es wohl kaum werden. Also schob ich Gedanken solcher Art beiseite und versuchte, möglichst viel von der Umwelt zu hamstern: Ich schickte den Blick in die Weite bis hinüber zum fernedunstigen Felsklotz des Königsteins, zur waldgrünen Kette all der Buckel vor uns, deren höchstem, dem Zeidner Berg, wir entgegenfuhren, ich labte mich am vielfältigen Grün des dichten Buschwerks, das die windungsreichen Flussbetten im Gelb der Felder säumte, freute mich an den Scharen weißer Gänse und Enten, die auf dem Dorfteich in Weidenbach schwammen oder ihn umlagerten. Das alles, unter einer Glocke blauer Stille, das alles gab es noch – für andere. Nein, nicht daran denken, nicht bitter werden! Schauen! Genießen, solange es geht, und so viel mitnehmen wie nur irgend möglich, tief innen. Bewahr es dir, das kann dir niemand nehmen.
Seltsam, auch meine Begleiter schienen dem Zauber dieser Stunde des Pan zu erliegen. Die Maschinenpistole sank auf den Schoß, unter der Uniform kam der Mensch zum Vorschein, der Bauer, der über Feld und Vieh sprach und wie es daheim damit wohl stehe. Die Kluft zwischen ihnen und dem Häftling schloss sich, der eine bot mir sogar eine Zigarette an. Als ich dankend ablehnte, kam es fast zu einer Verstimmung, die ich aber durch meine Begründung bald beseitigen konnte. Meine Gesundheit schädigen, abhängig werden, andern die Luft verderben und obendrein Geld hinauswerfen für dieses fragwürdige Vergnügen – das komme für mich nicht in Frage. Er sah nachdenklich auf seinen Glimmstängel hinab und wunderte sich, worüber „Studierte" so alles nachdächten. Es höre sich zwar ganz vernünftig an, sei aber doch etwas verdächtig, wenn man an die Folgen denke. So käme doch der Staat um seine Einkünfte und viele Leute im Anbau und in der

Verarbeitung um ihr Brot. Ob ich vielleicht solcher Ideen wegen ...

Aber das Gespräch musste abgebrochen werden, denn wir näherten uns unserem Bestimmungsort, einem von hohen gekalkten, stacheldrahtbewehrten Mauern umgebenen Gebäudekomplex am Ortsrand, auf dessen unverhältnismäßig kleines, aber massives Tor eine Allee verstaubter, trauriger Kastanienbäume zuführte. Am Tor stand ein Posten vor einem Schilderhäuschen, der, als wir anrollten, auf einen Klingelknopf drückte, worauf sich die Torflügel lautlos öffneten und Einlass gaben in einen von niederen geweißten Gebäuden gesäumten und von freundlichen bunten Blumenbeeten belebten kleinen Hof.

Ein mit Maschinenpistole Bewaffneter schloss die schweren Torflügel, während wir im Schatten einer jungen Akazie hielten. Ein paar Uniformierte, die anscheinend vom Mittagessen kamen, schlenderten heran, wir stiegen aus, meine Begleiter begrüßten die anderen, mich, der ich mit meinem Bündel danebenstand, beachtete niemand. Nichts von der dienstlichen Steifheit, dem argwöhnisch zugeknöpften Gehabe, das ich kannte. Schließlich trat der eine Begleiter mit den Papieren in eines der Häuschen und kam nach einer Weile mit einem wohlbeleibten älteren Mann zurück, der zwar in einer Uniform steckte und am Koppel eine Pistole trug, aber so aussah, als sei er bloß aus Versehen in dies alles hineingeraten.

Er winkte mir, und ich folgte ihm zu der Eingangspforte in der hohen Mauer, die diesen Vorhof vom eigentlichen Gefängnishof trennte. Er zog einen Schlüssel, sperrte auf, bedeutete mir, ich solle eintreten, und schloss hinter uns wieder ab. Vor mir lag zwischen der hohen Mauer links und zwei gitterfenstrigen Gebäuden rechts ein weiter, sandiger, in der Mittagshitze flimmernder, leerer Hof.

Als aus einem der Gebäude zwei Männer in gestreiften Sträflingsanzügen traten, die einen Holzzuber an einer Stange zwischen sich trugen, zog mein Begleiter eine Trillerpfeife aus der Brusttasche und ließ einen schrillen Pfiff ertönen, worauf die beiden uns den Rücken kehrten und den Zuber abstellten. Trotz der Hitze hatten sie Mützen von merkwürdiger, krapfenartiger Form auf. Als wir vorbei waren, merkte ich, dass sie sich umwandten und uns neugierig nachsahen, ehe sie den Zuber wieder aufnahmen.

Hinter diesen Gebäuden zog sich noch eine Mauer mit einer jetzt unverschlossenen Holztüre, durch die wir in einen kleineren Hof traten, wo in ein paar von Ziegeln eingefassten Beeten kümmerliche Blumen vor sich hinwelkten. Mein Begleiter drückte auf den Klingelknopf neben der Eisentüre, drinnen knirschten Schritte, ein Schlüssel wurde umgedreht, ein Wächter ließ uns hinein – aus Licht und Hitze in düstere Kühle, dass ich erschauerte. Wir stiegen eine Wendeltreppe zum ersten Stock hinauf. Dort wurde von einem bulligen Wächter abermals eine Eisentür geöffnet, die beiden nickten einander zu, dann führten sie mich in einen kleinen Raum neben dem Eingang, der wie ein recht primitives Büro aussah und mit einem größeren und einem kleineren Tisch, etlichen Stühlen, einem schmalen Schrank, einer Personenwaage und einem fliegenverdreckten Staatswappen ausgestattet war.

Zuerst wurden meine Personalien umständlich in ein dickes Register eingetragen, wobei nicht nur, wie gewöhnlich, mein Name Schwierigkeiten bereitete, sondern auch die kratzende Feder, die schlechte Tinte und die klobige Hand des Schreibenden. Dann musste ich die Sachen aus meinem Bündel auf dem Tisch ausbreiten, Stück für Stück wurde ausgeschüttelt, untersucht und dann in eine Liste eingetragen. Dann aber wurde mir zu meinem Erstaunen alles wieder ausgehändigt, sogar Gürtel, Schnürsenkel und Selbstbinder. Hier schien man also nicht zu befürchten, dass einer sich aufhängen könnte, übrigens auch nicht, dass einer etwas ausspionieren könnte, denn als ich nach der Prozedur meine Sachen wieder zusammengerafft hatte und an der Tür zögerte, weil ich auf die Brille wartete, grinste der Wächter, sowas gebe es hier nicht.

So sah ich mich auf einem fast saalartig weitläufigen Gang, dessen Kunststeinfliesen auf Hochglanz poliert waren. Die eine Längsseite wies in regelmäßigen Abständen Eisentüren auf, während auf der anderen Seite weniger Türen in unregelmäßigen Abständen waren. Wie sich später herausstellte, befanden sich hier neben dem Aufnahmebüro noch Klo und Waschraum sowie zwei Massenräume. Die Türen waren nicht durch Querriegel gesichert, sondern hatten nur altertümliche Schlösser, auch war das Guckloch nicht im Fensterchen eingelassen, sondern darüber wie ein Zyklopenauge. All das konnte ich mit nun schon geschultem Blick erfassen, während ich zu meiner Zelle am Ende des Ganges gegenüber der Klotür geführt wurde.

Alles in allem war ich aufgrund der bisherigen Eindrücke drauf und dran, diese Übersiedlung als unverhofften Glücksfall zu preisen, doch sollte man im Gefängnis noch weniger als sonst den Tag vor dem Abend loben.

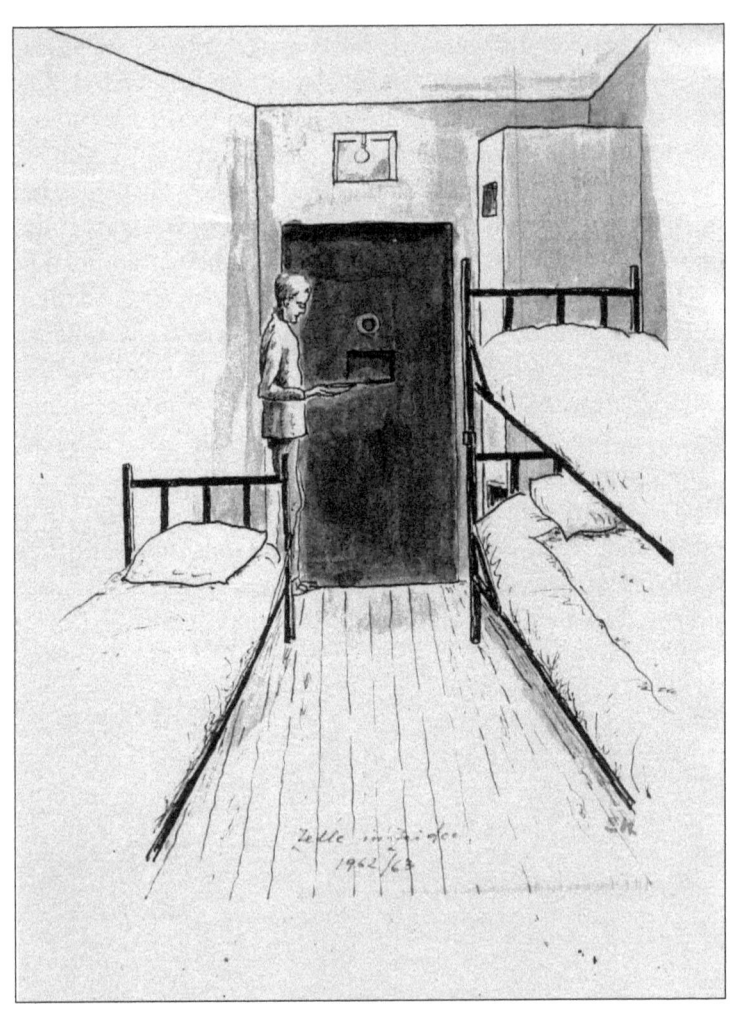

Zelle in Zeiden 1962/63

Skizze: Erwin Neustädter

32 Beim Vetter auf dem Lande

In einer Hinsicht hatte der erste Eindruck nicht getrogen: Die Atmosphäre war hier nicht so vergiftet von ständigem gegenseitigem Misstrauen und daraus erwachsener Aggression, es ging „gemütlicher" zu. Aber auch primitiver, bisweilen ländlich derb. Alles hat eben seine zwei Seiten.
Auch die Zelle. Ihr erster Eindruck war freundlicher als der der früheren, da sie nach Süden lag und die Mittagssonne trotz der hölzernen Sichtblende ein wenig hereinscheinen konnte. Fingerdicke Eisenstäbe ergänzten die kaum gehobelten Bretter. Die Fenster selbst hatten nur einfache, zum Teil sogar gesprungene Scheiben, die wer weiß wann zum letzten Mal geputzt worden waren, denn Staub und Regen hatten eigenartige Zeichnungen darauf hinterlassen. Was mich aber im Hinblick auf einen immerhin möglichen Winteraufenthalt hier bedenklich stimmte, war die befremdliche Tatsache, dass die beiden Fensterflügel nicht zueinander passten. Der Falz fügte sich nur oben in die Nut, stand unten aber fingerbreit ab, so dass ein breiter Spalt klaffte. Überdies sah ich zunächst keinen Heizkörper und entdeckte erst nach einigem Herumspähen einen eisernen Kasten in der Wand, vermutlich die Rückwand eines von außen beheizten Ofens. Nun, hoffentlich wurde nicht mit Kuhfladen geheizt. Mit dieser Mutmaßung tat ich allerdings der hiesigen Wirtschaft Unrecht, denn der Brennstoff war Erdgas. Wie er jedoch zum Einsatz kam, gehört in ein anderes Kapitel.
Gewitzt durch meine Erfahrungen, hatte ich mein Bündel zunächst nicht abgelegt, sondern in der Mitte der Zelle haltgemacht und Umschau gehalten, und das war gut so, denn als ich nach diesen ersten Feststellungen die Betten in Augenschein nahm, fand ich mich gleich wieder auf der Schaukel zwischen freudiger und böser Überraschung. Zwar waren die Strohsäcke erstaunlicherweise mit Leinenlaken abgedeckt, die Kopfpölster staken in Überzügen und die Wolldecken waren auch teilweise in Laken eingeschlagen,

was den freundlichen Eindruck wesentlich erhöhte, aber das alles deckte eine dicke Staubschicht mit gelblichem Grau zu. Die Bude musste schon lange leer stehen. Genoss ich den zweifelhaften Vorzug, aus irgendwelchen geheimnisvollen Gründen immer das dreckigste Loch zugewiesen zu bekommen?

Ich stand noch unschlüssig, wohin ich mein Bündel legen sollte, da auch die rissigen Dielen mit einer flockigen Staubschicht bedeckt waren, als die Türklappe geräuschvoll aufging, das breite Gesicht des Gangwächters im Fensterchen erschien und fragte, ob ich zu Mittag gegessen oder Verpflegung mitbekommen hätte. Ich hatte tatsächlich ob all des Neuen nicht mehr ans Essen gedacht, doch jetzt spürte ich, wie mich der Hunger umso heftiger ansprang. Als ich also verneinte, brummte er, ich sei zwar noch nicht in den Versorgungsstand aufgenommen, es sei aber etwas übriggeblieben, das könne ich haben. Oder gehörte ich auch zu den Verächtern des Arpacaş, der dicken Graupen? Keineswegs, ich sei sehr dankbar für seine Freundlichkeit. Und die Gelegenheit beim Schopf ergreifend, fragte ich, ob ich vielleicht mein Bettzeug ein wenig ausschütteln könne, es sei so schrecklich staubig. Seine Augenbrauen gingen hoch, die Klappe klirrte zu, doch die Tür ging auf, er trat herein, besah sich die Betten, sah dann mich an und wiegte den Kopf: „Was bist du bloß für ein Vogel? Bei dir ist alles anders als sonst. Kommst als Einzelreisender im Geländewagen statt im Transporter, trudelst zu Mittag ein statt am Morgen, bringst kein Urteil mit, aus dem man sehen kann, was mit dir los ist. Und jetzt", seine Stimme schwoll bedrohlich an, „jetzt ist das Erste, was ich von dir zu hören bekomme, eine Beschwerde wegen Staub! Darüber hat sich noch keiner beklagt! Wenn du nicht graue Haare hättest ..." Etwas in seiner Stimme und in seinen Augenwinkeln gab mir den Mut, mich bescheiden einzuschalten: „Herr Feldwebel", er war nur Sergeant, „Herr Feldwebel, nichts für ungut! Es war keine Beschwerde, bloß eine Bitte, und wenn's nicht geht, dann geht's halt nicht. Bloß schade ums schöne

Bettzeug." „So, ums Bettzeug", grinste er plötzlich. Dann fuhr er mich an: „Los, pack zusammen, und marsch hinüber ins Klo, dort kannst du's schütteln. Wehe, ich find' nachher noch ein Flöckchen!" Und als er sah, dass ich nicht wusste, wohin mit meinem Bündel, winkte er: „Das kannst du so lange auf dem Gang abstellen." Das ließ ich mir natürlich nicht zweimal sagen, raffte das Bettzeug, das am besten aussah, vorsichtig zusammen und rannte hinüber.

Du lieber Himmel! Dass ich mich einmal ins Kronstädter Klo zurücksehnen würde, hätte ich nicht für möglich gehalten, aber so war es. Einen scheußlicheren Raum habe ich nicht einmal im Lager zu sehen bekommen. Ein zwar geräumiges, aber düsterfeuchtes Gelass mit einem einzigen Gitterfenster an der Schmalseite gegenüber der Tür hauchte mich ebenso kalt wie stinkend an. Und zwar stank es nicht nach Exkrementen, sondern nach einem abscheulich scharfen Desinfektionsmittel. An der rechten Längsseite zog sich ein massiver Trog aus grauem Beton hin, darüber ein Bleirohr mit sechs Wasserhähnen. Diesem gegenüber an der linken Seite fünf Abtritte der gewohnten türkischen Art, ebenfalls aus grauem Beton, wie ja der ganze Raum nur aus diesem trostlosen Material zu bestehen schien, auch Wände und Decke. Im toten Winkel hinter der Tür standen etliche Blecheimer und seltsam ungefüge, fassartige Behältnisse aus starken Dauben in der Form von Kegelstümpfen, auf halber Höhe zwei Eisengriffe und obendrauf ein schwerer Holzdeckel. Standfest waren die Dinger, das war aber auch ziemlich alles, was sich zu ihren Gunsten sagen ließ. Mir schwante, dass dies die hiesige Ausformung des „Zimmerklosetts" war und eines davon wohl bald auch meine Klause schmücken würde. Zehn Minuten später durfte ich die Einrichtung auch tatsächlich damit vervollständigen: Gewicht etwa zehn Kilogramm, Fassungsvermögen zwanzig Liter, wenn nicht mehr.

Hier das Bettzeug zu schütteln bereitete einige Probleme. Um mir ein mehrmaliges Hin und Her zu ersparen, hatte ich das ganze Zeug auf einmal zusammengerafft, musste nun

aber feststellen, dass sich dort kein sauberes oder trockenes Fleckchen fand, wo ich etwas hätte hinhängen oder ablegen können. So musste ich denn, begleitet vom spöttischen Grinsen des Dicken, erstmal alles zurück und dann Stück für Stück wieder herübertragen. Als ich eben mit dem letzten, dem Pölsterchen, den Rückweg antreten wollte, merkte ich, dass der Dicke sich am Ende des Ganges zu schaffen machte, nutzte den Augenblick und griff mir flink Besen und Kehrichtschaufel, die hinter den Eimern in der Ecke lehnten, ließ etwas Wasser über den Besen laufen und fegte in der Zelle das Gröbste zusammen. Ich musste es mit dem Besen auf der Schaufel festhalten, damit es nicht wieder herumflog. Mir troff der Schweiß, als ich soweit war.
Doch beim Versuch, wieder unbemerkt über den Gang zu huschen, prallte ich fast gegen einen baumlangen Uniformierten, der neben dem Dicken auf die Zelle zuhielt. „He, was soll das?" wandte er sich stirnrunzelnd an diesen, während ich versuchte, Haltung anzunehmen, so gut das mit der vollen Schaufel und dem Besen ging. „Ist denn heute Putztag angesetzt?" Der Dicke knallte die Haken zusammen: „Das nicht, Genosse Oberfeldwebel, aber der Neue, der soll beizeiten lernen, was hier Sauberkeit heißt." „Soso", knurrte der Lange und musterte uns beide. Dann machte er mit dem Kopf ein Zeichen: „Ab! Weitermachen!" Im Gehen hörte ich noch: „Nicht abgeschlossener Fall ... unter Beobachtung ..." Als ich nach raschem Händewaschen zurückkehrte, wies mich der Dicke an, mir gleich einen Kübel mitzunehmen, worauf ich mir den saubersten aussuchte, etwas Wasser einließ und ihn hinüber schleppte.
Beim Kehren hatte ich unter einem der Betten ein Holzbänkchen bemerkt, das ich nun als willkommene Bereicherung meines Mobiliars hervorholte. Jetzt konnte ich meine Sitzgelegenheiten variieren und brauchte nicht ständig nur auf dem Strohsack herumzuhocken, so hart es meine Sitzknochen auch ankommen mochte. Aber es sollte sich auch noch zu etwas anderem nützlich erweisen: Da hier das Tischchen fehlte, bewährte sich das Bänkchen auch als

solches. Freilich hatte es dabei seine Tücken, denn als ich mich auf das eine Ende setzte, schnappte natürlich das andere hoch – ein Glück nur, dass keine Suppe, sondern erstarrter Graupenbrei im Teller war, den mir der Dicke tatsächlich noch beschafft hatte. Merkwürdiger Zufall übrigens, dass mir auch hier der Begrüßungsfraß nachserviert wurde und aus kaltgewordenen Graupen bestand.
Als das Abendbrot ausgeteilt wurde, eine dünne Suppe wie drüben auch, machte ich gleich zwei erstaunliche Feststellungen: der Napf wurde mir von einer Hand mit blau tätowiertem Unterarm hereingereicht, und der Zuber, aus dem sie schöpfte, glich aufs Haar denen, die als Zellenklos benützt wurden. So wurde auf recht anschauliche Weise der Weg alles Irdischen demonstriert. Nun, wenn keine Verwechslungen in der Reihenfolge vorkamen, war auch das hinzunehmen. Der Staat musste offenbar sparen, alles bis zum letzten Span ausnützen. Mehr interessierte mich aber im Augenblick, dass Sträflinge zur Essensausteilung herangezogen wurden. Vermutlich kochten sie es auch. Sie wurden überhaupt, wie sich später herausstellte, in verschiedenster Weise beschäftigt: Sie wuschen die Anstaltsbettwäsche einmal monatlich und die Leibwäsche der Insassen am wöchentlichen Badetag. Sie besserten die Anstaltskleidung aus, sie flickten Schuhe, und auch die Zuber fertigten sie an. Doch genossen nur die „Kriminellen" auf der anderen Seite des Ganges die Vergünstigung, ihre Zeit mit praktischer Arbeit vertreiben oder ausfüllen zu können, uns „Politischen" war das nicht vergönnt, wir mussten auch hier die 17 Stunden von morgens 5 bis 22 Uhr nutzlos vergeuden.
Noch aber war der Überraschungen an diesem ersten Tag kein Ende. Nach Einbruch der Dunkelheit, also gegen 21 Uhr, begann es vom Ende des Ganges her mächtig zu dröhnen, zuerst, als schlüge man gegen leere Fässer, dann, als würden Eisenstangen gegeneinandergeschlagen. Jäh brach der Lärm ab, setzte aber ebenso jäh wieder ein und

kam von Mal zu Mal näher. Dann ging auf einmal die Tür meiner Zelle auf, und herein trat ein Sergeant mit einem mächtigen Holzhammer. Ohne mich zu beachten, ging er aufs Fenster zu und hieb bei jedem Schritt auf die Dielen und schließlich auf die Stangen des Gitters. Auf dem Rückweg blieb er vor mir stehen, maß mich von oben bis unten und fragte: „Zum ersten Mal hier?" „Jawohl!" „Wenn die Kontrolle hereinkommt, hast du Meldung zu erstatten: ‚Sie sollen leben, Herr Sergeant! Zelle X mit soundso viel Mann Belegschaft zum Abendrapport angetreten!' Klar?" „Jawohl, Herr Sergeant!" „Wiederholen!" Ich schnurrte das Sprüchlein herunter, er nickte, drehte sich hoheitsvoll zur Tür und ging hinaus, worauf der andere Wächter abschloss. Und das Gepolter ging auf der anderen Seite des Ganges weiter. So war wenigstens annähernd herauszubekommen, wie die Zellen mit „Politischen" und „Kriminellen" belegt waren.

Vergeblich sah ich mich in meiner neuen Bleibe nach einem „Regulament" um. Wenn hier die Meinung herrschte, dass jeder, der herkam, schon genügend „ausgebildet" war, um nicht anzuecken, so war sie irrig, denn hier wich so manches von dem ab, was in der Untersuchungshaft üblich war. Die Insassen hier waren bereits verurteilt und standen unter Strafvollzug, aber eben deshalb musste dieser auf die Dauer halbwegs erträglich gestaltet werden. Daher die Abweichungen von den Methoden der Untersuchungshaft, die auf Zermürbung angelegt war. Verallgemeinernd lässt sich wohl sagen, dass hier die Einrichtungen primitiver, dafür Aufsicht und Umgang, die ganze Atmosphäre etwas freier, menschlicher war als bei der Securitate. Wachpersonal und Insassen kannten einander bis in alle Eigenheiten und mussten diese berücksichtigen, um auf lange Sicht miteinander auszukommen. Beeinträchtigt, ja zunichte gemacht wurde diese Rücksichtnahme allerdings durch die Bemühungen der Verwaltung, den Lebensstandard zugunsten des Staatssäckels auf das denkbar niedrigste Niveau herunterzuschrauben.

Es galt also wieder einmal, sich den Gegebenheiten anzupassen, doch ging es diesmal, da ich schon einiges gelernt hatte, ohne Schock ab. So fuhr ich zwar zusammen, als die nächtliche Stille plötzlich durch einen gellenden Trillerpfiff zerrissen wurde, nahm es dann aber lächelnd und erlöst aufatmend als das hier offenbar übliche Signal zum Schlafengehen hin. Zu den Annehmlichkeiten gehörte auch, dass man nicht mit dem Gesicht zur Lampe oder zum Guckloch schlafen musste. Ich hatte mich, als hätte ich es nie anders gekannt, abgewandt, und niemand störte sich daran, bis uns morgens um fünf die Trillerpfeife vom Stroh in die Höhe trieb.

Zelle in Zeiden 1962/63

Skizze: Erwin Neustädter

33 Variationen schon bekannter Themen

Damit hatte der Alltag in der neuen Umgebung für mich begonnen. Das „Programm" unterschied sich nicht wesentlich vom bisherigen, denn ob man durch Klopfen oder Pfeifen aus dem Schlaf gerissen wird, bleibt sich gleich, und auch die übrigen Punkte wichen nur in Nuancen voneinander ab. Übrigens begann das Rumoren bei den Strafgefangenen, den „Kriminellen" schon etwa um vier, ich nehme an, dass es die Bäcker und Köche waren, die so früh ans Tagewerk mussten. Die Übrigen trabten nach dem Wecken noch vor uns in den Waschraum. Man hörte das Trappeln vieler Füße, manche trugen Holzpantinen, und im Waschraum ging es manchmal recht lebhaft zu, wobei nicht immer zu unterscheiden war, ob es sich um Scherz, Streit oder bloßen Unfug handelte.

Der Raum und die Umstände, unter denen man dort seine Notdurft verrichten und sich waschen musste, waren in jeder Hinsicht abscheulich und ein Hohn auf alle Hygiene. Der Zustand des Raumes nach seiner Nutzung durch „die von drüben" wechselte je nachdem, wie Wächter und Stubenälteste ihre Aufsichtspflicht wahrnahmen. Wie Waschtrog, Fußboden, Abtritte und Abflussgitter manchmal aussahen, spottet jeder Beschreibung. Zeigte man das dem Unteroffizier vom Dienst, so folgte im günstigen Fall ein Schulterzucken (das Wachpersonal hatte offenbar wenig Lust, sich mit den Strafgefangenen anzulegen), im schlimmeren der Befehl, das alles selbst zu säubern. Klar, dass man nach solchen Erfahrungen lieber schwieg und sich irgendwie abzufinden suchte.

Da es keinerlei Haken oder sonstige Möglichkeiten gab, Kleider abzulegen, blieb einem nichts anderes übrig, als mit nacktem Oberkörper hinüberzulaufen, die Sachen irgendwo hinzuknallen oder sie in den Hosenbund zu stecken. Anscheinend aber hatten die meisten Insassen gar kein Bedürfnis, ihren Oberkörper zu waschen. Als dann im Herbst bei einbrechender Kälte der an sich vernünftige

Befehl der Direktion kam, man habe sich aus „hygienischen Gründen" mit nacktem Oberkörper in den Waschraum zu begeben, löste er fast eine Revolte aus. Anfangs kam es zu wüsten Szenen, die ich aus meiner Zelle gegenüber dem Waschraum zumindest akustisch verfolgen konnte. Die größten Schreier wurden unter lautstarkem Protest und dem Toben aller von der Bereitschaft gefesselt und abgeführt. Wenn man die Umstände in Betracht zieht, so war der Befehl, vom Zeitpunkt ganz abgesehen, in dieser kategorischen Form töricht, denn der Raum war nicht beheizt, schon im Sommer ein Eiskeller und im Winter auch wegen der häufig zerbrochenen Scheiben buchstäblich vereist. Zudem gab es unter den Häftlingen viele, die sich auch in Freiheit wohl nur zu großen Feiertagen gründlich gewaschen hatten. Sie mussten den Befehl als unzumutbar empfinden, fiel es doch sogar mir schwer, unter solchen Bedingungen meinen Gewohnheiten treu zu bleiben.

Wenn wenigstens das Wasser richtig geflossen wäre, so dass man alles, auch das Säubern des Kübels, schnell hätte erledigen können. Aber nein, es troff so spärlich, dass man eine geraume Weile brauchte, bis man die hohle Hand gefüllt hatte. Das lag an der unzulänglichen Kapazität der Pumpe und an den dünnen Zuleitungsrohren. Diese Missstände zu beheben schien aber niemandem auch nur einzufallen. Man schimpfte, fluchte – und wurstelte weiter.

Beim wöchentlichen Duschen sah es nicht viel besser aus. Da die Brausen sich im Erdgeschoß befanden, gab es zwar genug Druck, dafür aber andere Unannehmlichkeiten. Da war zunächst der An- und Abmarsch im Winter, wenn man erhitzt und schutzlos über zwei Höfe gejagt wurde. Was man sich dabei holen konnte, schien niemanden zu interessieren, hier interessierte nur, dass die Gefangenen sich nicht gegenseitig erkannten, weshalb sie ihr Gesicht verhüllen mussten, sei's mit dem Handtuch, sei's mit der Jacke. Im Duschraum selbst gab es zwar neun Brausen, die aber allesamt kaum zu regulieren waren. So wurde man entweder verbrüht oder von Eisschauern übergossen. Offenbar huldigte man hier dem ideologischen Grundsatz des Entweder-Oder – Laues galt als charakterlos und deshalb verabscheuungswürdig.

Kam man vom Badeausflug zurück, so hatte man die Schmutzwäsche in den Überzug des Kopfkissens zu stopfen, der wie jedes Stück Bettzeug die entsprechende Zellennummer trug, und das Bündel vor die Tür zu legen. Dort sammelten sie „die von drüben", schafften sie in die Wäscherei, und im Lauf des Nachmittags wurden sie einem oft noch dampfend, immer aber triefend, im Überzug vor die Tür gelegt. Dann galt es, sie möglichst ordentlich auszuwringen und über die Bettgestelle zu hängen. War man allein in der Zelle, so hatte man genügend Platz, schlimm wurde es aber schon, wenn auch nur einer dazukam. Dieser Fall trat bei mir erst im Herbst ein.

Soweit die Körperhygiene. Mit der geistigen Hygiene, für die der geregelte Tagesablauf sorgen sollte, verhielt es sich ähnlich.

Die Reihenfolge der einzelnen Programmpunkte und Verrichtungen war hier nicht so streng geregelt wie in Kronstadt, wo sich alles nach der Wachablösung und dem Frührapport richtete. Hier fanden keine zeremoniellen Wechsel statt, Offiziere ließen sich nur selten blicken, höchstens wenn sich jemand mit einer Beschwerde oder einem Ersuchen gemeldet hatte oder etwas Besonderes, etwa eine Strafe, verkündet werden sollte. So hing es weitgehend vom Belieben des Unteroffiziers ab, was wann wie zu geschehen hatte.

Normalerweise waren die Strafgefangenen beim Morgenprogramm als Erste dran, da viele von ihnen zu irgendeinem Tagwerk mussten. Hatten sie aber irgendetwas verbockt, sich bei dem einen oder anderen Diensthabenden missliebig gemacht, so konnte die Reihenfolge ohne Weiteres umgekehrt und sie dermaßen gehetzt werden, dass ihnen die Zunge heraushing. So kamen auch wir „Politischen" hin und wieder mal in einen sauberen Waschraum, zu einem einigermaßen warmen Kaffee und

etwas besseren Brot- und Maiskuchenrationen, denn dann teilte kein Sträfling aus, sondern der Wachhabende selbst, der sonst bloß dabeistand.
Allerdings war es fast unmöglich, die Rationen gerecht einzuteilen, da die runden Brote, die in 16 Keile geschnitten werden mussten, nicht gleich groß waren. Der Maiskuchen aber, der aus Brei in ölbestrichenen Blechformen gebacken wurde, hätte sehr wohl gleichförmig portioniert werden können, wenn die Formen gleich gewesen wären. Da sie aber grob geklempnert waren und alle möglichen Unebenheiten aufwiesen, die sich auf die Dicke der Kuchenstücke auswirkten, gab es ständig Gemaule und Gezänk.
Die Mahlzeiten waren weder besser noch schlechter als drüben, allerdings kam es schon manchmal vor, dass in dem Holzkübel noch etwas übrig blieb und man einen Nachschlag bekommen konnte, allerdings ereignete sich das nur bei wenig beliebten Gerichten wie Graupen, Kürbis oder Kohl.
Belanglosigkeiten? Für einen, der in Freiheit lebt und sich versorgen kann, wie, wann und mit wie viel ihm beliebt, gewiss. Für Menschen aber, die mit jedem Bissen und Schluck vom guten oder bösen Willen anderer abhängen und ständig an der Hungergrenze gehalten werden, ist das ganz und gar nicht belanglos, sondern lebenswichtig. Zum Glück hatte ich ja im Krieg, in meiner Studienzeit im ausgehungerten Nachkriegsdeutschland und im Lager genügend Erfahrung gesammelt, um mich in puncto Essen nicht vom Gaumen und von Zimperlichkeiten leiten zu lassen, sondern von der Vernunft und dem Willen, durchzuhalten: Friss, Vogel, oder stirb!
Die schlimmste Probe hatte ich ausgerechnet am Neujahrstag zu überstehen. Offenbar in bester Absicht, uns zur Feier des Tages mit einem Leckerbissen der besonderen Art zu beglücken, wurde uns eine besonders reichliche Portion eines Gerichts, das wir noch nie erhalten hatten, zu Mittag ausgeteilt: eine gelblichgraue säuerliche Brühe mit

zehn Zentimeter langen weißlichen Dingern drin. Ich dachte zuerst an Nudeln, doch waren sie dafür etwas zu schwammig-glitschig und ganz und gar geschmacklos. Sobald man sie in den Mund nahm, rutschten sie wie von selbst den Schlund hinunter. Stimmengewirr ertönte vom Gang her, Proteste, Gelächter, offenbar Meinungsverschiedenheiten, ein Pro und Kontra von zur Essenszeit ganz ungewöhnlicher Art. Was war da los? Während ich noch heißhungrig an dem seltsamen Fraß würgte – in den letzten Tagen war Schmalhans noch bestimmender als sonst Küchenmeister gewesen –, ging mir auf, was ich da hinunterschlang: Kuttelfleck! Es fehlte nicht viel, und es wäre mir alles zurückgekommen, aber ich redete mir gut zu und brachte es fertig, den Ekel so zu überwinden: Dass es sich essen lässt, hast du ja eben bewiesen. Dass es nahrhafter ist als das meiste Zeug, das wir da kriegen, ist anzunehmen. Und was Anderes kriegst du ohnehin nicht! Willst du, kannst du noch fasten? Du schlotterst ja vor Hunger und Kälte! Also los, runter mit dem Zeug! Tief atmen, und dann geht's. Und es ging.
Schlimmer war es, wenn man Demütigungen in sich hineinfressen musste, denn die fraßen sich nach innen, höhlten einen aus. Einstweilen war es hier aber noch nicht soweit, man war noch in der Phase des gegenseitigen Erkundens.
Während in Kronstadt der Spaziergang meist nach dem Mittagessen angesetzt war, holten sie einen hier im Sommer meist bald nach dem Frühstück, vielleicht der morgendlichen Kühle wegen, denn zur Mittagszeit brannte die Sonne unbarmherzig in die weißgekalkten Laufzellen, die mit ihren Brettertoren und der Galerie für den Wächter einer winzigen spanischen Dorfcorrida ähnelten. Es gab deren zwei, und zwar an der südlichen Schmalseite unseres Gebäudes, so dass man um dessen ganze Länge herumlaufen musste. Da mein Auge nach etwas Grün und Buntheit dürstete, versuchte ich es so einzurichten, dass ich auf dem Gang an den kümmerlichen Blumenbeeten vorbeikam. Eine

primitive Holztür mit hölzernem Fallriegel wie zu einem Tierpferch bildete den Eingang vom Hof her und die Verbindung zur Nachbarzelle, so dass man mit dem Insassen der letzteren ohne Weiteres hätte sprechen, ihn durch die Ritzen sogar hätte sehen können – wenn nicht auf einem balkonartigen Mauervorsprung ein Wächter patrouilliert hätte. Nicht genug damit, vom Türmchen her beäugte einen auch noch der reguläre Wachposten.

Diese Türmchen standen an jeder Ecke der ohnehin schon hohen Umfassungsmauer, so dass man von ihnen aus freien Einblick und ebenso freies Schussfeld sowohl nach innen als auch nach außen hatte. Wenn es kalt war, hörte man den Posten von dort her trampeln und stampfen, bei Nacht schlugen die Wachleute etwa jede halbe Stunde an eine Eisenschiene, die in jedem Türmchen hing, um sich so wachzuhalten, oder sie verständigten sich durch Zuruf. In der Stille der Nacht konnte ich den mir am nächsten postierten Wachmann husten oder vor sich hin summen hören, manchmal vernahm ich auch ein paar Worte zur Wachablösung und das metallische Klacken, wenn das Magazin an der Maschinenpistole einrastete. Absurd abenteuerliche Gedanken konnten einem dabei durch den Kopf geistern, wenn man so vom Strohsack in die Nacht hinaus horchte.

Spaziergang in Zeiden 1962/63

Skizze: Erwin Neustädter

34 „Spezialitäten"

Eines Nachts riss mich heftiger Lärm vom Gang aus tiefem Schlaf. Wie in einer Schmiede klirrte und gellte Metall auf Metall. Mittendrin schrillte eine Trillerpfeife, und raue Männerstimmen brüllten: „Alarm!" Wenn das Höllenspektakel ein wenig abflaute, hörte man das Jaulen einer schwachen Sirene und das Trappeln hastiger Schritte auf knirschendem Kiesgrund. Was zum Teufel war da los?
Ich hockte noch unschlüssig auf meinem Strohsack, als das Fensterchen aufgerissen wurde und ich angebrüllt wurde: „Was, noch im Bett? Raus, wir werden dir Beine machen!" Ich taumelte hoch, griff nach meinen Kleidern, da wetterte es vom Fensterchen: „Lass das! Hinlegen und Hände über den Kopf. Und keinen Mucks! Los, los! Auf den Bauch, du Idiot! Kennst du die Vorschriften denn nicht!" „Nein, Herr ..." – ich konnte kein Rangabzeichen erkennen –, „ich bin hier neu!" „Dann lernst du's eben jetzt! Nase runter und keine Bewegung bis zur Entwarnung!"
Da lag ich nun auf dem Bauch, die Nase im Staub der dreckigen Dielen, die Arme über dem Kopf verschränkt, und wartete und horchte. Nach ein paar besonders heftig gellenden Schlägen gegen eine Schiene brach das Spektakel auf dem Gang ab, nur ab und zu knirschten noch Nagelstiefel auf den Steinfliesen, Getuschel hier und dort, ansonsten lähmende Stille, während die Sirene noch ein paarmal aufjaulte und dann ebenfalls verstummte.
Die Zeit verstrich, ich lag in Hemd und Unterhose auf den nackten Dielen, Morgenkühle kroch durchs Fenster, die Ellbogen und sonstige Knochen meines klapprigen Gestells begannen zu schmerzen, und eine Mischung von Wut, Selbstverachtung und tückischem Lachkitzel stieg in mir hoch. Sie drohte meine Selbstbeherrschung zu überfluten, wegzuschwemmen. Musste man so etwas hinnehmen? Wenn die Meinen, meine Schüler und Zuhörer meiner Lesungen mich so liegen sähen ... Ich war drauf und dran,

aufzuspringen, loszubrüllen oder mich – komme, was will – ins Bett zu legen.

Da war mir, als streiche etwas beschwichtigend über meine Schulter: „Das eigene Richtmaß einhalten! Vergibst du dir etwas, wenn du Schlimmeres vermeidest, der Gewalt keine Handhabe gibst? Nur ein Narr stellt sich einem rollenden Fels in den Weg!" Da langte ich bloß nach meinen Kleidern auf dem Bänkchen und zog sie teils auf, teils unter mich. Kaum war es getan, klickte es am Guckloch, und ich hielt den Atem an ... Scheußlich entwürdigend dieses Schülergefühl, ertappt worden zu sein! Ich wollte den Kopf heben, da klickte es wieder – nichts weiter. Nach ein paar Minuten ertönten drei langgezogene Pfiffe. Entwarnung? Ich kroch jedenfalls ins Bett und versuchte ein bisschen Schlaf nachzuholen.

Da sich solcher Alarm während des halben Jahres, das ich in Zeiden zubrachte, zweimal wiederholte, ist anzunehmen, dass es sich um Übungen und nicht um Ausbruchsversuche, Meutereien oder dergleichen handelte.

Dies war wohl die eindrucksvollste „Spezialität", die mir das Zeidner „Sanatorium" bescherte. Doch es gab auch andere, durchaus menschenfreundliche, die geradezu Ansätze von Fürsorge erkennen ließen. Die Auswirkungen auf lange Sicht stehen freilich auf einem anderen Blatt.

So wurde ich beispielsweise am zweiten oder dritten Tag nach meiner Einlieferung in das Büro geführt, wo die Aufnahmeformalitäten erledigt worden waren. Hinter dem Tisch saß jetzt ein zartes weibliches Wesen in weißem Kittel und las in dem großen Register, während neben ihr ein junger Mann, ebenfalls im weißen Kittel und mit einem pharmazeutischen Bauchladen bewehrt, zwischen allerlei Fläschchen und Schächtelchen kramte. Der Wächter, der mich hingebracht hatte, meldete: „Der Neuzugang von Zelle 15, Genossin Doktorin!" Sie nickte, ohne aufzusehen: „Ist gut, Ioane!" Als sie dann aufblickte, erschrak ich über die müde Traurigkeit in den großen stillen Augen, die mich erst abwesend und dann wie erwachend zu mustern begannen.

Die langen Wimpern senkten sich für einen Augenblick, dann wandte sie sich mit leiser Stimme an den Feldscher: „Die Waage, bitte." Der stellte die Trage ab, holte die Waage aus dem dunklen Winkel ans Licht des Fensters und gab mir mit dem Kopf ein Zeichen, mich daraufzustellen. „Mit den Schuhen?" fragte ich. „Ohne", sagte er. Als ich mich bückte, sie aufzunesteln, sagte sie leise: „Geben Sie ihm doch den Stuhl da." Ich dankte, während ich mich niederließ, und ärgerte mich, dass mir das Blut zu Kopf gestiegen war, und das nicht nur vom Bücken. Sah ich denn schon so gebrechlich aus?

Dann stand ich auf der kleinen Plattform, und der Feldscher schob das kleine Gewichtlein am Hebelarm hin und her. „Sechzigeinhalb", verkündete er. Sie sah ins Buch, runzelte die Stirn und sagte: „Bei Körpergröße eins achtundsiebzig. Sie haben noch abgenommen. Wie steht es mit der Entzündung?" Ich zuckte die Schultern: „Immer wieder Anfälle. Ich wäre sehr dankbar für ein paar Tierkohletabletten." Sie nickte, sagte dann aber: „Machen Sie den Oberkörper frei!" Wie nebenher fragte sie, während ich dies tat, welches mein Gewicht in „normalen Zeiten" gewesen sei. „Um die siebzig." Sie wiegte den Kopf, betrachtete kritisch meine Rippen, begann mich abzuhorchen, ich musste tief einatmen und den Atem anhalten. Dann kamen die Augen dran, die Muskulatur, ich musste Kniebeugen machen, sie maß meinen Puls, prüfte mit dem Hämmerchen meinen Knieausschlag, der enorm war – kurz, sie unterzog mich einer so gründlichen Untersuchung, wie die Umstände sie eben zuließen.

Schließlich wandte sie sich ab, sah zum Fenster hinaus, wo die Schwalben durch den Morgenglanz flitzten, und fragte, ohne mich anzusehen: „Wie viele Jahre haben Sie bekommen?" „Das Urteil ist noch nicht gefällt." „Ach so." Sie strich sich über die Stirn und wies dann auf den dritten Stuhl, auf dem eine Waschschüssel nebst Seife und Handtuch stand: „Ioane, etwas reines Wasser, bitte." Als er draußen war, wechselte sie einen raschen Blick mit dem

Feldscher, worauf der zur Tür ging und dem Wächter nachspähte, während sie hastig flüsterte: „Sie sind hochgradig unterernährt und untergewichtig. Sie brauchen Vitamine und Brot. Umsonst verschreibe ich's, die Direktion wird's nicht genehmigen. Ja, wenn Sie ein Krimineller wären und arbeiten könnten!" Sie lächelte mir gequält zu: „Versuchen werde ich's trotzdem!" In diesem Augenblick schloss der Feldscher leise die Tür und nahm seine Trage wieder auf, worauf sich die Ärztin setzte und Eintragungen zu machen begann, wobei sie dem eintretenden Wächter mit ruhiger Stimme Anweisungen gab: „Von den Kohlekompretten dreimal täglich je zwei, wenn Sie Anfälle haben; statt des Trinkwassers nehmen Sie von dem Tee, den Ihnen der Genosse Feldscher bringen wird, und von 12 bis 14 Uhr, nach dem Mittagessen, werde ich Bettruhe für Sie beantragen, die aber, wie die Medikamente, von der Direktion genehmigt werden muss. Das Ergebnis erfahren Sie auf dem Dienstweg." Damit nickte sie mir zu, trat zum Waschbecken und streifte sich die Ärmel hoch.

Bewilligt wurden natürlich weder die Erhöhung der Brotration noch die Vitamine, seltsamerweise aber die Bettruhe für eine Woche, freilich mit der Einschränkung, dass ich zwar ruhen, aber nicht schlafen dürfe. Das konnte ich nicht immer vermeiden, so dass es zu unangenehmen Zwischenfällen kam. Mithin hatte ich von der ganzen Prozedur nicht viel mehr als meine Dankbarkeit gegenüber der Ärztin. Nur noch zweimal bekam ich sie zu sehen: als ich um eine Zusatzdosis Tierkohle bat und als sie erfolgreich einen seltsamen rötlichen Ausschlag an meinen Schienbeinen mit einer blauen Flüssigkeit behandelte.

Als ich mich später einmal zur ärztlichen Visite meldete, fand ich nur den Feldscher vor. Auf meine Frage, ob die Genossin Doktorin nicht zu sprechen sei, schüttelte er nur mit einem Seitenblick zum Wächter den Kopf und fragte kurz, was ich wolle. Ich hatte eigentlich nur um etwas gegen Schlaflosigkeit bitten wollen, schaltete aber blitzschnell und fragte, ihm fest in die Augen sehend, ob ich noch etwas von

dem Tee haben könne, den er mir seinerzeit gebracht hatte. Er begriff und nickte, er werde es versuchen. Auch auf meine Bitte um ein Schlafmittel ging er ein. Als er am Nachmittag den Tee brachte, verkündete er lauthals, Schlafmittel gebe es keine, schließlich könne man nicht auch noch den Schlaf dieser Taugenichtse bezahlen, und fuhr leise fort, das habe man ihm vorne gesagt. „Und weil das hier so ist, deshalb ist sie gegangen und wird nicht wiederkommen. Die war viel zu gut für hier, zu weich, wie warmes Brot." Dann klappte er das Fensterchen zu und ging. Auch ihn habe ich nicht wiedergesehen. Was nach ihm kam, das waren Schlächtertypen wie der in Kronstadt.
Manches allerdings, was hier Brauch war, stand in keinerlei Beziehung zu den Kronstädter Gepflogenheiten. Wurden einem dort sogar die Schnürsenkel abgenommen und die Handtücher halbiert, jede Nadel oder Glasscherbe beschlagnahmt und zum Nägel Schneiden bestenfalls eine völlig stumpfe Schere zur Verfügung gestellt, so musste man hier zu dem Schluss kommen, dass der Häftling nur vor sich selbst geschützt werden sollte, solange er zum Exempel taugte. Sobald er durch den Wolf gedreht war und im regulären Vollzug saß, war er praktisch Pensionär auf Staatskosten und deshalb verzichtbar. Aus mir konnten sie zwar nichts mehr herausholen, was politisch exemplarisch hätte ausgeschlachtet werden können, aber verurteilt war ich auch noch nicht. Ich nahm eine Zwitterstellung ein, über die man sich hier offenbar auch nicht ganz im Klaren war. So hatte ich allen Grund, immer wieder zu staunen, was mir hier alles geboten wurde von dem, was drüben verboten war. So erhielt ich, als ich von hier aus zum nächsten Prozesstermin gebracht werden sollte, auf meine Anfrage hin gleich zwei Rasiermesser und einen Abziehriemen, so dass ich die Wahl hatte, mich aufzuhängen, mir die Kehle durchzuschneiden oder die Pulsadern zu öffnen. Da ich mich aber solchen Gunst- und Vertrauensbekundungen gegenüber nicht undankbar erweisen wollte, verzichtete ich zunächst auf die großzügige Gelegenheit – dazu war auch

nach der Verurteilung noch Zeit – und versuchte, mich so schön zu machen wie unter diesen Umständen irgend möglich. Das war aus mehreren Gründen recht schwierig. Zum einen hatte ich mich seit vierzig Jahren nicht mehr mit dem Messer rasiert. Zum anderen gab es als Spiegel nichts als die schmutzigen Fensterscheiben, die wegen der Holzblende und des schräg einfallenden Lichtes nur einen Schatten meines Gesichtes erkennen ließen. Außerdem war dessen zerfurchte Landschaft mir fremd geworden und erschwerte das ohnehin Schwierige. Auch der Pinsel war eine Karikatur, und das Eckchen Waschseife konnte schon deshalb keinen Schaum abgeben, weil mir nur ein Trinkbecher Wasser zur Verfügung gestellt wurde. So, lieber Zeit- und Zivilisationsgenosse des 20. Jahrhunderts, fasse dir ein Herz und sieh zu, was du damit zustande bringst, um nicht als Vogelscheuche vor deinesgleichen erscheinen zu müssen – das war die Herausforderung.

Nun, mit der Zeit war ich ihr immer besser gewachsen und erlebte schließlich sogar die Genugtuung, von einem Zellengenossen, und zwar einem ehedem verwöhnten und anspruchsvollen Herrn, als Fachmann bestaunt und zum Lehrmeister erkoren zu werden, nachdem sein Selbstversuch in einem Fiasko geendet hatte. Er sah damals aus wie ein Burschenschaftler nach der ersten Mensur, hatte allerdings keinen Sinn für diesen tröstenden Hinweis, sondern forderte mit derart lautstarkem Gezeter nach Pflaster, dass er sich fast eine Strafe einhandelte.

Was unsere Frisur betraf, ließ man uns bis zu unserer Verurteilung buchstäblich „ungeschoren". Danach mussten wir dann die Henkersprozedur des Kahlscherens aneinander vollziehen, besser gesagt lernen. Immerhin erhielten wir eine kleine Haarschneidemaschine, so dass die technischen Schwierigkeiten leichter zu bewältigen waren als jene des Gemüts. Doch davon an anderer Stelle.

Als letzter Beweis der rührenden Fürsorge, die uns zuteil wurde, soll das Nähkästchen erwähnt werden. Als ich eines Morgens mit dem Kübel vor dem Bauch von der

Morgentoilette zurückhastete, sah ich vor allen Zellentüren, auch vor der meinen, ein rotes Blechschächtelchen mit gelben Blümchen liegen, ungefähr eine Spanne lang und eine Handbreit hoch. Was zum Kuckuck mochte das sein? Nürnberger Lebkuchen wohl kaum, wenngleich diese Schachteln mich an jene erinnerten, die in meiner Kindheit unter keinem Christbaum fehlten. Als ich beim Austeilen des Frühstücks fragte, was es damit für eine Bewandtnis habe, brummte der Wächter: „Nähtag heute." „Nähtag?" Ich muss ein sehr dummes Gesicht gemacht haben. Er ließ sich herbei, das Kästchen hereinzureichen und zu erläutern: „Kennst du ja noch nicht. Nun, wenn du was zu nähen oder zu flicken hast, hier ist das Nötigste dazu." Als ich den Deckel, auf dem die Zellennummer stand, öffnete, wollte mir fast heimelig zumute werden: Drin lagen, säuberlich geordnet, je eine Spule weißer und schwarzer Zwirn, ein Zopf mit grauer Wolle, ein etwa handgroßer Lappen Gefängnisflanell und einer von grober Leinwand, schließlich ein gelbes Nadelkissen mit einigen Nähnadeln verschiedener Größe. „Sieh mal einer an! Hätte gar nicht gedacht, dass Väterchen Staat so hausfraulich praktisch für seine schwarzen Schäflein sorgt!" Der Wächter musste zuerst überlegen, dann lachte er: „Von wegen Väterchen Staat! Der hat andere Sorgen. Der Frauenverein zur Unterstützung gefallener Mädchen hat die Dinger gestiftet. Da es aber in unserem sozialistischen Vaterland von diesen Mädchen so viele gar nicht mehr gibt, habt auch ihr etwas abbekommen. Ja, die fleißigen Bienchen der Horizontalen müssen nun auch richtig arbeiten, produzieren! Ob ihnen das auch so viel Spaß macht wie das andere? Arbeit ist ja Pflicht und Ehre, kein Vergnügen, oder?" Er wiegte nachdenklich den Kopf, blinzelte mir kurz zu, dann ließ er plötzlich und mit Nachdruck das Fensterchen einrasten.

Was nicht alles mit einem Nähkästchen verquickt sein kann! Im Übrigen hatte die Sache, so schön sie auch gedacht war, manchen Haken. Das Kästchen wurde nicht nach Bedarf, sondern einmal monatlich ausgefolgt, und es gab bloß zwei

Scheren, also ständige Querelen. Mir aber half es über manche öde Stunde hinweg, und meine Garderobe begann sich zu erholen. Als mir jedoch Herr Vivivac zugesellt wurde, gab es bald nur noch Probleme.

35 Herr Vivivac

So nannte ich ihn allerdings nur im Geheimen, er hätte mir diese respektlose Abkürzung seines Namens sehr krumm genommen. Denn auf diesen durfte nichts kommen, schließlich wies er ihn als der guten Gesellschaft zugehörig aus: Victor Virgil Văcărescu, Hauptmann der Königlich Rumänischen Luftwaffe. Er legte auch jetzt noch Wert darauf, als solcher angesprochen zu werden, und konnte oder wollte nicht begreifen, dass ich nicht auf meinem Doktortitel bestand, den er mir gegenüber regelmäßig gebrauchte.

Eines Abends im Spätherbst, es blies schon recht kalt durch das schlecht schließende Fenster herein, wurde er mir in die Zelle geschoben. Zähneklappernd blieb er an der Tür stehen, ein dürftiges Bündel krampfhaft an sich pressend, misstrauisch blinzelnd. Der Adamsapfel in seinem hageren Hals zuckte auf und nieder – ein verstörtes Huhn, das vor dem nächsten Donnerschlag bebt. Wären die Zeichen längerer Hafterfahrung nicht unverkennbar gewesen, hätte ich ihn für einen Neuling gehalten. Bald stellte sich aber heraus, dass dieses Verhalten keineswegs auf Schüchternheit, sondern auf Misstrauen, Hochmut und fast krankhafte Kontaktschwierigkeiten zurückzuführen war. Nun ist Vorsicht zwar jedem neuen Zellengenossen gegenüber angebracht, doch müsste sie mit einem gewissen Taktgefühl dosiert sein. Davon aber hatte dieser Ankömmling offenbar nicht viel mitbekommen.

Obgleich er auf den ersten Blick hatte sehen können, dass ich reichlich älter war als er und obendrein „alteingesessen", machte er keinerlei Anstalten zu grüßen, sondern begann, als er merkte, dass von mir keine Gefahr mehr drohte, von seinem Standort aus die Betten kritisch zu mustern. Da ich bisher hier Alleinherrscher gewesen war, hatte ich meine Habseligkeiten am Ende des oberen Etagenbettes gestapelt, obgleich ich nicht dort, sondern auf einem freistehenden Bett an der Wand gegenüber schlief. Damit er daraus keine falschen Schlüsse zog, nahm ich meine Sachen von oben, legte sie auf mein Bett und sagte lakonisch, die drei dort drüben seien frei, worauf er missbilligend die Brauen hochzog und näselte, auch ihm hätte dieses Bett am ehesten zugesagt. Gleichmütig zuckte ich die Schultern und ließ mich breit darauf nieder: „Tja, hier habe ich nun aber seit mehr als drei Monaten quasi Wurzeln geschlagen." „Mehr als drei Monate!" japste er. „In diesem Loch?" Er stakste an mir vorbei zum Fenster, wobei er fast über meine Beine stolperte, steckte den Finger in die Ritzen, besah sich die gesprungenen Scheiben und ereiferte sich wieder: „Drei Monate! Unglaublich!" Er warf sein Bündel achtlos aufs nächste Bett und fuhr mich an, als hätte ich etwas damit zu tun: „Kommt für mich nicht in Frage! Sie müssen wissen, mein Onkel, der General ..." Er hielt inne und flüsterte, scheu zur Tür schielend: „Ich nehme an, Sie sind als Politischer hier?" „Allerdings." „Also", er beugte sich vor, „also ein anständiger Mensch, denn heutzutage ..." Er stockte wieder, der Blick seiner nahe beieinander liegenden Augen irrte ab und blieb neben mir haften. Es war der Rest Maiskuchen, den ich mir als Betthupferl aufzuheben pflegte – das Tuch, in den ich ihn immer wickelte, hatte sich verschoben, so dass ein gelbes Eckchen hervorlugte. Der Neue hüstelte, schluckte und würgte heiser hervor: „Hat's eigentlich schon Abendbrot gegeben?" „Ja, vor gut einer halben Stunde." „Verdammte Wirtschaft!" brach er plötzlich los. „Konnten die mir keinen Löffel Suppe aufheben, statt mich in der Kanzlei so lange zu kujonieren! Ein Stückchen Brot für den ganzen Tag! Diese Banditen!" Ich legte den Finger auf die Lippen und schüttelte den Kopf. Während er trotzig verstummte, gab ich zu bedenken: „Damit erreichen Sie nichts, höchstens das Gegenteil von dem, was Sie wollen. Hier, nehmen Sie, ohne Umstände. Ich habe vor kurzem erst gegessen, Sie nicht." Damit bot ich ihm den Maiskuchen an. „Nein, nein, so war es nicht gemeint!" Er fuchtelte abwehrend mit den Armen, doch seine Augen sprachen eine andere Sprache, so dass ich beharrte: „Los, los, hier macht

man keine Faxen. Und was das Tuch betrifft, so ist es zwar ein Taschentuch, aber sauber, erst vorgestern gewaschen, und das Gelbe ist nur vom Maiskuchen, der klebt halt, wenn er frisch ist." Er zögerte noch, aber dann riss er sich und seine Absätze zusammen, machte mit der Rechten eine Bewegung, als wollte er salutieren, und schnarrte: „O merci! Merci! Ein Kavalier versteht anzubieten, ohne zu beschämen. Von Ihnen darf auch ein Vacarescu annehmen. O pardon, ich glaube, ich habe mich noch gar nicht vorgestellt. Gestatten: Victor Virgil Văacărescu, einst Hauptmann der Königlich Rumänischen Luftwaffe."
Da er so erwartungsvoll förmlich, ja feierlich dastand, blieb mir nichts anderes übrig, als mich zu erheben, den Maiskuchen in die Linke zu nehmen, ihm die Rechte zu reichen und meinen Namen und Stand zu nennen. „Was? Wie? Wahrhaftig? Endlich ein Mensch, mit dem man reden kann! Jetzt fehlt nur noch, dass Sie auch Offizier der Reserve sind." Als ich das ohne Umschweife bejahen konnte, war für diesmal alles in bester Ordnung. Exhauptmann Vivivac konnte, ohne seiner Ehre etwas zu vergeben, zugreifen, und wenn er es auch mit spitzen Fingern tat, schien es ihm doch gut zu munden, wie er des Öfteren, Daumen und Zeigefinger an die gespitzten Lippen führend, versicherte.
Dass ich nach diesem Präludium dem Zusammensein mit gemischten Gefühlen entgegensah, brauche ich nicht besonders zu betonen.
In den ersten Tagen, als er noch einige Unsicherheiten überwinden und sich eingewöhnen musste, beschnupperten wir uns noch leidlich kameradschaftlich, vom einen oder anderen Wetterleuchten abgesehen. Bald aber begann es zu knistern und wurde zusehends brenzliger.
Der erste konkrete Anlass war das Bänkchen, das ich wie gesagt als Tisch benutzte. Schon am ersten Morgen nach Empfang des Frühstücks, als ich mich wie gewohnt darauf setzte, den Kaffe vor mir, merkte ich an seinen missbilligenden Blicken und an seinem ganzen Gehabe, dass ihm etwas nicht recht war. Während er den Blechbecher mit

dem heißen Kaffee abwechselnd aus einer Hand in die andere nahm und die Finger durch heftiges Blasen zu kühlen suchte, wandte er sich hin und her auf der Suche nach einer Fläche, wo er ihn abstellen konnte. Als ich das merkte, zieh ich mich innerlich der Gedankenlosigkeit, stand von dem Bänkchen auf und schob es so zwischen sein Bett und meines, dass wir es beide als Tischchen benutzen konnten. Meine einladende Handbewegung quittierte Herr Vivivac aber mit einem befremdeten, ja entrüsteten Blick: „Von einer Sitzgelegenheit essen? Unmöglich!" Er stellte den Napf aufs obere Bett und versuchte im Stehen zu essen. Dann eben nicht, dachte ich bei mir, wenn du die ersten Flecken auf dem Leintuch hast, wirst du ja sehen, was dir deine Zimperlichkeit einbringt. Ich schlürfte geruhsam den heißen Trank, während er versuchte, den Napf in den Becher umzuleeren – immerhin nicht über dem Leintuch, so dass nur die Dielen etwas davon abkriegten. Das Bett kam erst zu Mittag dran, als ihm beim Versuch, eine Kartoffel in der Suppe zu zerschneiden, ein Stück davon heraussprang. Natürlich empörte er sich lauthals und gab aller Welt die Schuld, vor allem der Kartoffel und dem Koch, blieb aber stur bei seiner Schnellimbiss-Stellung. Allerdings legte er von da an zum Essen sein Handtuch aufs Bett, was diesem nicht besonders gut bekam.

Im Anschluss an das Mittagessen ergab sich ganz von selbst das erste Gespräch einer langen Reihe, zunächst über den hiesigen Speisezettel, sodann über Kochkunst und Ernährung im Allgemeinen, Kalorien, Vitamine, Spurenelemente, Zutaten und ihr Verhältnis zueinander. Ich war bass erstaunt über die Detailkenntnisse eines ehemaligen Fliegeroffiziers auf einem ganz und gar erdgebundenen Gebiet.

Auf diesem seltsamen Umweg kam ich allmählich an den Punkt heran, der in der Welt der Zellen als der springende bezeichnet werden kann: Wer und was bist du eigentlich? Wessen bist du angeklagt, und was hast du wirklich ausgefressen? Die Ehrlichkeit gegenüber dem Zellengenossen ist dabei so etwas wie das Gegengewicht und Sicherheitsventil der Seele gegenüber den Täuschungsmanövern, in die man in dieser Welt ständig verwickelt wird und die man selbst praktiziert, um sich dem Zugriff der Macht zu entziehen. Nur gänzlich egozentrisch verkümmerte, in Misstrauen und Angst verkapselte Seelen scheinen eine Ausnahme zu machen, und Vivivac gehörte wohl zu diesen, denn er wich, solange es nur eben ging, jeder Erörterung dieser Fragen geflissentlich aus. Hatte er wirklich etwas zu verbergen, wollte er sich durch Geheimnistuerei interessant machen, oder war es nur das strukturelle Misstrauen eines Misanthropen?

Dass ich vorerst nur fragte, wie er zu diesen erstaunlichen Kenntnissen im Bereich der Ernährung und Kochkunst gelangt und ob das sein Hobby sei, schien ihn teils zu irritieren, ihm anderenteils aber auch zu schmeicheln. Ich bin nicht imstande, all die Haken nachzuhopsen, die er nun schlug, um einer eingebildeten Verfolgung zu entgehen, aber der langen verzwickten Rede kurzer Sinn lässt sich wie folgt zusammenfassen: Zur Luftwaffe sei er weniger aus eigener Neigung gekommen als auf Wunsch seiner Familie, vor allem eines Onkels, der General sei. Als er nach dem Umsturz als ehemaliger Königstreuer und Spross einer Großgrundbesitzerfamilie aus dem Dienst habe scheiden müssen, sei es ihm durch noch bestehende gute Verbindungen geglückt, die begehrte Stelle als Hauptverantwortlicher für Verpflegung und Küche in einem Militärkrankenhaus zu bekommen. Besonders für ihn sei diese Stelle wie geschaffen gewesen, da er dort sozusagen von Amts wegen seiner Leidenschaft, der Kochkunst, habe frönen können. Sein Erfindergeist sei freilich nicht im Rahmen ärarischer Verpflegungssätze und der Normalkost zum Tragen gekommen, sondern bei der Diätkost, wo sich die seiner Meinung nach veralteten und kaum praktikablen Rezepte durch neue Zusammenstellungen und Zubereitungsmethoden ersetzen ließen, die nicht nur ebenso bekömmliche, sondern obendrein schmackhaftere und sogar billigere Kost ergeben würden.

Dass er sämtliche Komponenten und Zutaten, die einem Patienten oder Gefangenen zustanden, bis aufs Gramm genau anzugeben wusste, nahm mich nach dieser Eröffnung nicht mehr wunder, wohl aber, dass er auch über die Zubereitung verschiedenster, keineswegs nur alltäglicher Speisen Auskunft zu geben wusste. Seine Spezialität waren Vor- und Süßspeisen. Eine Zeitlang machte er es zum Ritus unserer Mahlzeiten, je nach dem, was zu erwarten war, eine Vor- und eine Nachspeise dazu zu „komponieren", wie er es nannte. Ich konnte ihm keinen größeren Gefallen erweisen, als ihn um die Zusammenstellung eines Menüs für irgendwelche Anlässe oder um sonst einen Rat auf kulinarischem Gebiet zu bitten, je ausgefallener, desto besser. Er setzte sich dann so auf sein Bett, dass er den Kopf ans Gestell lehnen konnte, schloss die Augen und begann, gleichsam entrückt und mit einem genießerischen Lächeln um die Lippen, Speisen und Ingredienzien zu beschwören. Manchmal gebrauchte er für diese magischen Formeln so gewählte und seltene Worte und Ausdrücke, dass ich um deren Übersetzung oder Erläuterung bitten musste, was sich immer schwierig gestaltete, da er zwar etwas Deutsch verstand, sich aber nicht auszudrücken wusste. Wochenlang hatte er mir sogar diese spärlichen Kenntnisse verheimlicht, nicht etwa, weil er sich ihrer Geringfügigkeit wegen scheute, sondern damit ich mich sicher fühlte und er mich gegebenenfalls bei einer unvorsichtigen Bemerkung oder unrichtigen Übersetzung ertappen konnte. Er selbst verriet sich aber, als er unversehens hochging, nachdem ich ihn einer seiner Torheiten wegen als „Schafskopf" tituliert hatte. Diese und ähnliche Liebenswürdigkeiten hatte er während eines kurzen Aufenthaltes wohl als Beobachter in einem deutschen Fliegerhorst aufgeschnappt.

Seine Speisekarten-Poesie ließ ich mir eine Weile gefallen, teils weil das für mich etwas Neues war und die Zeit vertreiben half, teils um ihn bei Laune zu halten. Allmählich aber wurden mir diese Gaukeleien, die einem das Wasser im Munde zusammenlaufen ließen, ohne dass irgendeine Aussicht auf Befriedigung bestand, wurde mir diese kulinarische Fata Morgana doch zu dumm. Als ich ihm dies aber ganz zart andeutete, verlegte er sich für eine ganze Weile aufs Schmollen. Eine Primadonna, der man zu verstehen gibt, dass ihre Arien nicht mehr entzücken, dürfte ähnlich reagieren und einen übergangslos vom Kenner zum Banausen degradieren.

So gab es also ein paar Tage lang keine Tischgespräche, was ich in meiner Undankbarkeit sehr genoss. In diese Zeit fiel eine meiner letzten Fahrten zum Gericht. Ich merkte, mit welchem Befremden, das sich bis zum Schaudern steigerte, er meine Hantierungen mit dem Pinselrest und dem Rasiermesser verfolgte; etwas zu sagen oder zu fragen brachte er aber noch nicht über sich. Als ich dann zurückkam, litt es ihn doch nicht länger, seine Neugier ging mit ihm durch. Keine seiner Fragen ließ dabei die geringste Anteilnahme oder auch nur wirkliches Interesse am Geschick des Mitmenschen spüren, sondern bloß den Wunsch, sich zu orientieren und zu vergewissern, ob er nicht irgendwelche Vorteile daraus ziehen könnte. Auf diesem Umweg kam nun auch heraus, was ihn hierher gebracht hatte und wie es um seine Sache stand.

Erst wollte er wissen, ob Angehörige bei meinen Verhandlungen zugegen sein dürften. Dass ich bejahte, versetzte ihn in maßlose Aufregung, von der ich eine ganze Weile nicht sagen konnte, ob sie der Freude oder der Bestürzung entsprang. Er rannte in der Zelle auf und ab, fuhr sich durch die Haare und murmelte unverständliches Zeug, dem ich erst nach und nach entnehmen konnte, worum es ihm eigentlich ging: „In diesem Zustand sollen sie mich also sehen? Abgerissen, verdreckt, verkommen wie ein Wilder. Sie, die täglich zweimal badet? Und du, mein Sohn, sollst deinen Vater als Sträfling sehen müssen! Welch eine Schande für einen Vacarescu!" „Ein Sohn? Sieh mal einer an, den haben Sie ja noch gar nicht erwähnt." Er hob die

Augenbrauen und den Zeigefinger: „Alles zu seiner Zeit. Am Ende knallt die Peitsche."
Als ich ihm zu verstehen gab, dass ich nichts verstand, bequemte er sich, wenn auch sichtlich widerstrebend, zu einer Art Auskunft. Er habe aufgrund einer Familienabmachung eine Kusine geheiratet. Von aller Anfang an habe er sich nichts sehnlicher gewünscht als einen Stammhalter, da er, Victor, der letzte Spross seines Zweiges sei. Davon habe seine Frau vorerst nichts wissen wollen. Erst eine sichere, einträgliche und standesgemäße Stellung, hatte es geheißen. Und die Familie habe ihr zugestimmt. So habe er sich denn für den militärischen Verwaltungsdienst qualifiziert, da sei man gut versorgt, pensionsberechtigt, trage Uniform und anderes mehr. Dank guter Beziehungen sei es ihm dann auch gelungen, in der Branche unterzukommen. Nun aber habe sie sich hinter die Ärzte gesteckt: Nerven, Schonung, Kuren hier und Kuren dort, kurz, die Ärzte hätten mehr von ihr als er selbst. Obendrein habe er die Wirtschaft führen und dazu auch noch ihren Spott ertragen müssen, das könne er ohnehin besser als sie, die ihm, dem Pedanten, ja nie etwas recht machen könne.
Das habe man davon, wenn man einem Mädchen aus den eigenen Kreisen Ordnung, Pünktlichkeit und wirtschaftliches Denken beibringen und dadurch das Leben vereinfachen wolle! Nichts als Undank, Ärger, Szenen. Was ihm von Natur und Erziehung her selbstverständlich und unentbehrlich, sei ihr ein Graus. Und für seine Maxime: Mit einem Minimum an Mitteln zu einem Maximum an Wirksamkeit, da habe sie nur Hohngelächter übrig gehabt. Ich könne mir nicht vorstellen, wessen ein so zart scheinendes, in einem exklusiven Internat erzogenes Geschöpf fähig sei. Er machte eine resignierend wegwerfende Handbewegung. Sosehr sie sich auf diesem Gebiet als verstockt und unbelehrbar gezeigt habe, so überaus anstellig sei sie ... Er zögerte, suchte nach Worten und platzte dann heraus: Ja, da sei es gewesen, als hätte er einem Entlein das Schwimmen beibringen wollen. Und seine

Maxime der Sparsamkeit und Effizienz habe sie ihm schamlos unter die Nase gerieben – im Bett stimme sie ja nun wohl in seinem Fall ganz und gar nicht, sondern gerade das Gegenteil.

Das habe er sich natürlich nicht bieten lassen können. Da habe er zeigen müssen, wer der Herr im Haus ist. Ergebnis: Tränen, Empörung, Flucht zu den Eltern, aber auch, pünktlich nach neun Monaten: Nichifor! Er verkündete es funkelnden Auges und erhobenen Zeigefingers. „Nichifor?" „Jawohl, Nichifor, der Siegbringer! Wie Held Siegfried für euch Deutsche. Mein Sohn! Zwei Monate vor meiner Verhaftung hat er sich eingestellt, und seither ist er der Herr im Haus! Und meine Frau, die ist kuriert!" „Na also. Gratuliere!" „Ja, alles könnte nun in bester Butter sein, wenn nicht die verdammte Sache mit den Briefen passiert wäre." Sein Triumph sackte in sich zusammen.

Nun, es war eine kuriose Sache, die da allmählich zum Vorschein kam. In der Zeit seiner Einsamkeit sei er auf dumme Gedanken gekommen, habe nach der Ursache seiner misslichen Lage zu grübeln begonnen, und da sei es ihm klar geworden – er beugte sich weit zu mir herüber und schielte nach der Tür –, dass an der ganzen Misere nur der Umsturz der politischen und sozialen Verhältnisse schuld sei. Ich staunte und machte kein Hehl daraus. Nun ja, mir das in allen Einzelheiten auseinanderzusetzen würde zu weit führen. Aber habe denn nicht der Umsturz ihn wie viele andere aus der Bahn geworfen, einer sicher scheinenden, aussichtsreichen Bahn? Sonst wäre er jetzt im Generalstab oder als Großgrundbesitzer schön im Fett daheim! Kurz, alles wäre anders gekommen.

Und da habe er eben an verschiedene Minister geschrieben und denen mal gründlich seine Meinung gesagt. Nicht nur darüber, was alles falsch gemacht worden sei, sondern auch, wie man es besser machen könnte. Jawohl, unverblümte Kritik und reale Vorschläge, sozusagen als Stimme des Volkes oder des gesunden Menschenverstandes gegen starre Parteiideologie. Schließlich sei durch die Enteignung des

Grundbesitzes die ganze Landwirtschaft durcheinandergeraten und auf den Hund gekommen. Gleiches sei auch in der Industrie passiert und im Gewerbe und beim Hausbesitz und überhaupt, überall Rückschritte, Beschränkungen, Absinken des Niveaus, der Qualität – von der Verarmung des Speisezettels gar nicht erst zu reden. Er selbst hätte, wenn alles mit rechten Dingen zugegangen wäre, ein halbes Dutzend Kinder und nicht nur einen mühsam erkämpften Sohn.
Er hatte sich in Eifer geredet und war immer lauter geworden, so dass ich schließlich den Finger auf die Lippen legte und zur Tür zwinkerte. Sofort sank der Rebell in sich zusammen und sah verstört um sich. Und dieser Mensch hatte Ministern geschrieben, hierzulande und heutzutage! Unglaublich. Es dauerte eine Weile, bis ich fragte: „Und die Antwort war, dass man Sie hier einbuchtete?" Ein pfiffiges Grinsen breitete sich über seine blassen Züge: „Antwort? Da hätten sie aber erst wissen müssen, wer ihnen so die Wahrheit sagt. Nein, so einfach habe ich es ihnen nicht gemacht, ich bin ja kein Narr, mich auf dem Präsentierteller zu servieren! Nein, anonyme Briefe aus verschiedenen Städten, Sie wissen ja: Getrennt marschieren, vereint schlagen ... Moltke, nicht wahr? Ja, Strategie war schon immer mein Lieblingsfach, schon auf der Kadettenschule." „Ja, wie zum Kuckuck hat man Sie dann ... ?" „Ha, die Teufel, durch die Schreibmaschine haben sie es herausbekommen. Dass sie auch von den amtlichen die Schrifttypen haben, hatte ich nicht bedacht. Immerhin haben sie zwei Jahre nach mir suchen müssen!" feixte er.
Ich konnte nur noch den Kopf schütteln. „Und Ihre Frau? Hat sie davon gewusst?" „Wo denken Sie hin. Hatte sie etwa mein Vertrauen verdient? Verstanden hätte sie ohnehin nichts, nur alles gefährdet. Wissen Sie denn nicht, dass Frauen nur schweigen können, wenn es um ihre eigenen Angelegenheiten geht? Nein, da hätte ich ja gleich meine Anschrift angeben können!" Ich wollte mich auf keinen Disput einlassen und fragte ganz sachlich, wie es ihm bisher

ergangen und wessen er nun eigentlich angeklagt sei. War die Sache schon bisher reichlich sonderbar, so wurde sie jetzt vollends mysteriös.

Da man ihm für seine Experimente zu neuen Kochrezepten weder Geld noch Rohstoffe über den Etat des Krankenhauses hinaus bewilligt habe, habe er, was er dazu benötigte, einfach vom Vorhandenen abgeknapst. Wer nicht wagt, gewinnt nicht, ecco! Dabei hätten seine Reformen hundertfache Verbesserungen bringen können. Man stelle sich nur vor: Neue, verbesserte Diätrezepte im ganzen Land! Aber nein! Die kleinlichen Buchstabenreiter hätten ihn, vielleicht auf Anzeigen von neidischen Kollegen hin, unter Anklage gestellt wegen Mangel an Disziplin, Veruntreuung von Staatseigentum, Vernachlässigung Pflegebedürftiger und dergleichen. Ihn, der aller Bestes wollte! Er war entlassen und ins Militärgefängnis gesperrt worden.

Aber – hier machte er eine bedeutungsvolle Pause mit erhobenem Zeigefinger – was anfangs wie ein Schicksalsschlag ausgesehen, habe sich schließlich als glückliche Fügung herausgestellt. Denn noch während die Untersuchungen in dieser Sache liefen, habe ihn die Securitate endlich ausfindig gemacht als Autor der anonymen Briefe, die er selbst schon fast vergessen hatte. Da er aber in Militärgewahrsam saß, seien sich die beiden Instanzen seinetwegen in die Haare geraten und er habe Zeit gewonnen, sich mit Onkel und Frau und Anwalt zu verständigen. Man sei doch kein Niemand! Kurz und gut, gemeinsam sei der Plan ausgeheckt worden, seine Überweisung in eine psychiatrische Klinik zu beantragen, wo sein Geisteszustand untersucht werden sollte. Klinik statt Gefängnis, Untersuchung statt Prozess, zwei Fliegen auf einen Schlag. Wochen, Monate könne das dauern, kommt Zeit, kommt Rat, glänzend, nicht? Triumphierend meckerte er los. Das Beste dran aber, die größte Überraschung für ihn selbst, sei die Wandlung, die mit seinem Frauchen vor sich gegangen war. Nicht wiederzuerkennen sei sie gewesen. Wie sie, die bis dahin Behütete, ja in öffentlichen Dingen gänzlich Unkundige auf einmal aktiv geworden, zu den Behörden gelaufen sei, alles in Bewegung gesetzt und obendrein eine Stellung angenommen habe. Als Daktylografin! Bei irgendeinem Bonzen! Geradezu unglaublich, wie sie vor Munterkeit und Tapferkeit strahle! Und das alles für ihn und Nichifor, den sie zuerst gar nicht gemocht habe. Wenn das nicht ein paar Monate Gefängnis wert sei!

Die Umstände hier seien freilich etwas unerfreulich. Drüben, da sei es anders gewesen: Besuche, Bücher, Essen und überhaupt. Aber lange werde er ja hier auch nicht bleiben, dafür werde sie schon sorgen, sie, die auch das mit der Klinik ausgeheckt habe. Soviel Schlauheit habe er ihr offen gestanden gar nicht zugetraut. Ja, wer kenne sich auch schon mit den Weibchen aus.

Da musste ich ihm beipflichten, allerdings in einem anderen Sinn, als er offenbar meinte. Diese Wandlung seines „Frauchens" mit den einschlägigen Begleitumständen dünkte mich doch einigermaßen sonderbar, und ich staunte insgeheim, dass er, der ansonsten so misstrauisch war, nur Positives darin erblickte. Machte er sich denn nicht klar, dass just das geschehen war, was durch das vermeintliche Komplott hätte umgangen werden sollen? Dass er nicht in die Klinik, sondern hierher geschickt worden war, um wie ich auf die Hauptverhandlung und die Aburteilung zu warten? Lebte er dermaßen befangen in seiner Wunsch- und Traumwelt, dass er die Tatsachen gar nicht an sich heranließ? Sollte ich versuchen, ihn zu warnen? Das hätte in diesem Fall bedeutet, einen Nachtwandler auf dem Dachfirst anzurufen. Nein, es war wohl besser, er blieb in seiner blinden Sicherheit. Vielleicht brachte dies auch das Gericht zu der Überzeugung, dass er eher in eine Anstalt gehörte als ins Gefängnis.

Doch es kam anders. Die Hauptverhandlung versetzte ihm einen Schock, der ihn – fürs Erste wenigstens – aus allen Illusionen auf den Boden der Tatsachen stürzen ließ. Völlig verstört kam er zurück. Niemand von seinen Angehörigen war dabei gewesen, nur sein Anwalt, der ihm mitgeteilt hatte, dass seine Frau sich von ihm scheiden lassen wollte. Niemand könne ihr zumuten, mit einem Narren oder Staatsfeind zusammenzuleben, der ihre Zukunft und die ihres Sohnes zerstören würde. „Ihres Sohnes!" brüllte er plötzlich. „Die Schlange!" Er spuckte zischend aus. Nicht genug damit, hatte das Gericht befunden, dass er für seine Taten voll verantwortlich sei, was mindestens zehn Jahre bedeutete. „Zehn Jahre! Was habe ich dann noch vom Leben. Ein Mummelgreis wird aus dem Gefängnis entlassen werden!"

„Nun, wenn das Sie tröstet: Sie werden dann noch lange nicht so alt sein wie ich jetzt", versetzte ich trocken. Was hätte ich auch sagen sollen. Er starrte mich an wie ein Irrer.

Doch nicht genug mit diesem niederschmetternden Schlag für ihn. Jetzt trat auch noch Tănase in unser Leben und machte es uns beiden für geraume Zeit zur Hölle.

36 Tănase

Als er seinen Dienst bei uns antrat, hob er sich zunächst durchaus vorteilhaft von seinen Genossen ab. Machten diese den Eindruck, in diesem Provinzgefängnis auf einem Abstellgleis gelandete Versager zu sein, die müde und abgestumpft, nachlässig auch im Äußeren, ihren Dienst abwerkelten, so stach dieser Neuling durch sein adrettes und elastisches Auftreten hervor. Uniform und Riemzeug saßen wie angegossen an seiner zierlich straffen Gestalt, während an den anderen alles schief hing. Während jene in Filzpantoffeln herumschlichen, trug er stets blitzblanke Stiefel, mit denen er zackig auftreten, aber auch lautlos dahinhuschen konnte. Eben hatte man sie noch am anderen Ende des Ganges klappen gehört, da funkelte auch schon das Raubtierauge des Besitzers durch unser Guckloch. Kohlschwarz war das Auge wie sein Haupthaar und sein Schnurrbärtchen, immer auf der Lauer, kalt und stechend alles beobachtend, alles registrierend.

In den ersten Tagen tat er nichts anderes. Eines Morgens dann fuhr wie der Blitz aus heiterem Himmel eine seiner bösartig ausgeklügelten Neuerungen auf uns nieder. Bisher hatte jeder, sobald er sein Essen durch die Luke gereicht bekommen hatte, drauflos gelöffelt und gekaut, wie es ihm behagte. Besonders gierig stürzte man sich am Morgen auf den heißen Kaffee, ausgehungert und durchfroren, wie man nach den zwölf Stunden seit dem Abendbrot war. Jetzt, als wir uns gerade über den Kaffe hermachen wollten, ging plötzlich die Klappe auf, das hübsche, aber Unheil verkündende Gesicht des Neuen erschien und musterte uns von oben bis unten etwa so wie die Schlange die Maus, auf die sie zustoßen will. Obwohl wir uns keiner Schuld bewusst waren, hielten wir im Schlürfen und Kauen inne, ungewiss, was dies bedeuten sollte, denn noch nie waren wir bei einer Mahlzeit gestört worden. Er aber zischte, uns unverwandt anstarrend und die Lippen kaum bewegend, mit tückischer Ruhe die Frage, ob wir etwa ein Zeichen bekommen hätten,

dass wir essen dürften. Nun war es an uns, ihn anzustarren. Das hatte es noch nie gegeben. Wer seine Tagesration erhielt, der begann eben zu essen. Jetzt fauchte er los: „Was? Jeder nach Belieben? Das gibt's nicht, bei mir nicht! Wenn alles ausgeteilt ist, dann erst pfeif' ich. Und wehe, es geht einer vorher ans Brot oder an den Napf!"
Verdutzt stellten wir die Näpfe wieder ab und wichen zurück. Erst als wir dort standen und des Pfiffes harrten, wurden wir zähneknirschend der Gemeinheit inne, mit der wir erniedrigt wurden, wie dressierte Hunde gleichsam mit sabbernden Lefzen auf den Startpfiff warten zu müssen. Hätten wir sofort spontan rebelliert, wäre es vielleicht möglich gewesen, diese Schikane und damit auch die künftigen zu verhindern, da sie offenbar in keinerlei Vorschrift begründet waren, sondern nur in der Willkür, mit der dieser Teufel seine Dienstbefugnis missbrauchte. Aber wer schaltet so schnell? Überdies wirkten die anderthalb Jahre Gefängnisluft, das ständige Gefühl des Ausgeliefertseins. Stolz, Mut, Entschlusskraft, sie waren gelähmt, da man wurmgleich und möglichst unbeachtet am besten durch den Tag kam.
Jedenfalls hatten wir den Augenblick versäumt, denn als wir dann versuchten, auf dem Beschwerdeweg etwas zu erreichen, scheiterte dieser Versuch kläglich an der achselzuckenden Gleichgültigkeit oder schadenfroh grinsenden Solidarität der übrigen Wächter. Tănase aber begriff seine Chance und nutzte sie weidlich.
Beim „Spaziergang" hatte uns der Aufsichtführende bisher stets unbehelligt gelassen, meist unterhielt er sich über unsere Köpfe hinweg mit dem Posten im Türmchen, während wir tun und lassen konnten, was wir wollten: im Kreis traben, Freiübungen machen, in der Sonne stehen. Eines Tages jedoch, kurz nachdem unsere Verurteilung rechtskräftig geworden und wir eingekleidet worden waren, d.h. die gestreifte Anstaltskleidung erhalten hatten und nun wie gewöhnlich mit den Händen auf dem Rücken dahinschlenderten, fuhr er uns plötzlich an, wir sollten

endlich aufhören mit diesen „gutsherrlichen Allüren". Wir befänden uns hier schließlich nicht auf der Promenade zwecks Müßiggang. Als wir verblüfft zu ihm hinaufschauten, wie er breitbeinig, die Hände in den Taschen seines Mantels vergraben, auf der Galerie stand, steckten auch wir die Hände unwillkürlich in die Taschen. Schier bersten wollte er vor Wut ob der „Unverschämtheit", mit der wir ihn nachgeahmt hätten. Er werde es uns schon zeigen! Erholung bedeute nicht Müßiggang, Hofgang nicht Schlendern. „Hände vor die Brust und im Laufschritt marsch, marsch! Eins zwei drei vier, eins zwei drei vier!"
Wieder hatte er uns überrumpelt, und zwar in dem Augenblick, wo wir durch die Abweisung unserer Berufung und durch die Neueinkleidung, die unseren neuen Stand als Strafgefangene so peinlich veranschaulichte, verunsichert und über unsere verschärften Pflichten und eingeschränkten Rechte noch nicht aufgeklärt worden waren. Das Einzige, was wir tun konnten und dann auch taten, war, auf den Hofgang zu verzichten, wenn er Dienst hatte, was ihn zu unserer Genugtuung maßlos zu ärgern schien.
Verzichten mussten wir übrigens ohnehin oft, da man uns statt unserer Zivilkleidung so elend verschlissene, fadenscheinige Sträflingskleidung ausgefolgt hatte, dass wir oft schon in der Zelle frierend auf und ab liefen, denn geheizt wurde nur morgens und abends je eine halbe Stunde, dann allerdings so, dass der Eisenofen glühte und einem der Schweiß ausbrach. Das half allerdings bei den miserabel schließenden Fenstern mit den notdürftig gestopften Ritzen nichts, denn nach einer Stunde war die Bude wieder ausgekühlt und das Zähneklappern begann von vorn. Die Wolldecke durften wir natürlich nicht vom Bett nehmen.
Die kalte Jahreszeit bescherte uns übrigens noch eine Plage. Den saalartigen Gang mit seinen Fliesen spiegelblank zu halten, davon waren alle Wachhabenden besessen. Wenn wir vom Hofgang oder vom Bad zurückkehrend Spuren hinterließen, gab es je nach Gemütsart des Wächters mehr oder weniger Geraunze. Eine Möglichkeit aber, die Schuhe

abzutreten, gab es nicht. Eines Tages überraschte man uns – nein, nicht etwa mit einem Lattenrost oder einem Abtritt, sondern mit dem Befehl, die Schuhe beim Betreten des Ganges von außen auszuziehen. Natürlich gab es Gemaule, doch man sah es schließlich ein und fügte sich. Schlimm wurde es erst, als irgendeiner draufkam, diesen Befehl auf jedes Betreten des Ganges auszudehnen. Das bedeutete, dass man auch beim Weg vom und zum Klo die Schuhe ausziehen musste. Das war schlimmer als der Zwang, mit nacktem Oberkörper zum Waschen zu laufen, denn im Klo konnte man sich unmöglich ohne Schuhe bewegen. Merkwürdigerweise aber war der Aufruhr deswegen bei weitem nicht so spontan und heftig wie bei jenem Anlass. Allerdings hing auch die Ausführung ganz vom Wohlwollen des jeweiligen Wachhabenden ab. Ganz und gar unnachsichtig erwies sich als einziger natürlich Tănase. Er richtete es gern so ein, dass wir kurz vor dem Ausschenken des Kaffees drankamen, so dass er uns hetzen konnte und wir mit dem Aus- und Anziehen der Schuhe in peinliches Gedränge gerieten. Wurden wir bis zum Beginn des Ausschenkens nicht fertig, so mussten wir bis zu dessen Ende im Klo bleiben, da in dieser Zeit niemand den Gang betreten durfte, weil er sonst die Köche zu Gesicht bekommen hätte. Da die Prozedur etwa zwanzig Minuten dauerte, kann man sich vorstellen, was das bei der Temperatur auf dem Klo bedeutete. Als es wieder einmal passierte, wurde aus unserem bibbernden Fluch „Satanas!" durch zwei kleine Lautverschiebungen der rumänische Name Tănase, unter dem er von nun an bei uns geführt wurde und in dessen Silben wir all unsere Empörung legten. Er gab uns noch oft genug Gelegenheit, ihn mit zusammengebissenen Zähnen zu zischen.

Seit über vier Monaten genoss ich nun schon Kost und Logis in diesem als „Sanatorium" beleumdeten Gefängnis. Ein bis zweimal die Woche musste die Zelle gekehrt werden, doch hatte uns noch nie jemand befohlen, sie zu scheuern. Und das bei dem alten Dielenboden. In Kronstadt hatten wir den fugenlos glatten Zement- oder Kunststeinboden täglich kehren und einmal die Woche aufwischen müssen. So war die Anordnung, den Zellenboden hier zu scheuern, von der Sache her vollauf berechtigt. Ob Tănase hinter dem Befehl steckte, war natürlich nicht herauszubekommen, jedenfalls wurde er nur während seines Dienstes ausgeführt, und wie das zu geschehen hatte, bestimmte allein er.

Die Zelle war etwa fünf Meter lang und etwas über zwei Meter breit. Die eine Längsseite wurde von zwei aneinanderstoßenden Betten, die andere von einem Einzelbett eingenommen, neben dem noch der Kübel und das Bänkchen standen. Die Dielen, drei bis vier Meter lang und eine Spanne breit, strotzten vor Astknoten, also Hökern und Mulden. Die Oberfläche des strapazierten Holzes war übersät von Rissen und scharfen Spänen. Dies war das Schlachtfeld, der Dreck darauf der Feind, und die Waffen, mit denen wir ihm zu Leibe rücken, ihn vertreiben sollten, waren ein Kübel mit kaltem Wasser, ein paar Hadern und Lumpen und etwas, das Tănase als Scheuerbürste bezeichnete, das jedoch nur noch einen hölzernen Rücken aufwies, insofern also mit dem mir zugestandenen Rasierpinselrest verwandt war. Mir schwante Böses. Ich hatte einige Erfahrung in diesen Dingen, Vivivac aber nicht die mindeste.

Es würde zu weit führen, diese Plage in allen Einzelheiten zu schildern, wenngleich es aufschlussreich wäre, zu zeigen, wie viele Tücken auch in einfachen Verrichtungen stecken können. Nur auf einiges möchte ich hinweisen, freilich weniger um der Unzulänglichkeiten in Werkzeug und Material als um der Menschen willen, die damit befasst waren. Zwar gab es mehrere Putzlappen, aber nur einen „Bürste" genannten Gegenstand. So kam es zu Meinungsverschiedenheiten mit Vivivac nicht nur darüber, wie wir die Sache angehen sollten, sondern auch darüber, wer was in welcher Reihenfolge am besten handhaben konnte und sollte, da ja in dem engen Raum nur jeweils einer von uns arbeiten konnte. Wir waren uns nur in dem einen

Punkt einig, dass vom Fenster zur Tür gearbeitet werden musste. Daraus ergab sich, dass er zu beginnen hatte, da ja sein Bett am Fenster stand. Er sollte dort mit der „Bürste" den größten Dreck abkratzen und dann, nachdem ich die „Bürste" für den Bereich meines Bettes übernommen hatte, mit einem Lappen nach- und aufwaschen. Wenn nur alles so einfach gegangen wäre! Aber schon Vivivac zu überzeugen, dass er dadurch nicht übervorteilt wurde, war Schwerarbeit. Zunächst wollte er nicht begreifen, dass wir zuerst kehren mussten, um dem Dreck überhaupt Herr werden zu können. Erst als ich daran erinnerte, dass wir es mit Tănase zu tun hatten, sah er es ein. Als wir um Besen und Kehrichtschaufel baten, bestätigte der mit hämischem Grinsen meine Bedenken: „Hat aber lange gedauert, bis ihr Neunmalklugen draufgekommen seid."

Als Vivivac dann unter seinem Bett kehren sollte, bockte er: „Hat doch keinen Sinn, unterm Bett zu fegen!" Das Argument, dort sei der größte Mist, galt weniger als die Tatsache, dass wir Tănase auf uns aufmerksam gemacht hatten. Aber ich solle mir nicht einbilden, dass er unterm Bett auch scheuern werde, auf allen Vieren, nein, da mache er nicht mit. Er nicht! Diesmal verfingen meine Hinweise auf Tănase nicht. Vivi funkelte mich mit seinen eng beieinander liegenden schwarzen Frettchenaugen giftig an, ihm sei es egal, er werde sich Knie und Ellenbogen nicht durchscheuern.

Es sollte sich bald herausstellen, wie Recht er diesmal mit seinen Befürchtungen hatte. Als wir mit dem Scheuern beginnen wollten und Wasser auf die Dielen gossen, war es im Nu verschwunden, aufgesogen von den trockenen Dielen, in den Ritzen und Rissen versickert. Zwei-, dreimal mussten wir nachgießen, bis genügend Flüssigkeit übrigblieb, dass wir mit dem Scheuern überhaupt beginnen konnten. Das ergab allerdings dann mit dem hobelnden Bürstenrest alsbald eine ekle dunkle, schlammige Brühe. Die musste mit einem Lumpen aufgenommen werden, immer wieder, denn ständig quoll sie aus den Ritzen nach. Handbreit um

Handbreit nur kamen wir voran, zunächst gebückt, dann hockend, schließlich schweißgebadet. Endlich blieb uns nichts anderes übrig, als in die Knie zu gehen auf diesen immer noch dreckigen, schiefrigen Dielen. Kleidung und Haut wurden arg in Mitleidenschaft gezogen.
Immer häufiger erschien Tănases Auge im Guckloch, immer drohender wurde sein Blick. Dass wir langsam vorankamen, dass das gerade gesäuberte Stück alles andere als sauber war, wussten wir selbst. Nicht nur das Wasser im Kübel, sondern auch unsere Kräfte gingen zur Neige. Herakles hatte im Stall des Augias einen Fluss als Hilfe einsetzen können, wir aber wurden bei allen technischen Bedenken, die wir anmeldeten, von Tănase nur als „Herren und Gebildete" verhöhnt, die nicht gewohnt seien zu arbeiten, denen er es aber beibringen werde. Erhitzt und erschöpft mussten wir hinaus in die Eiseskälte des Klos, um frisches Wasser zu holen, wo wir uns doch den Tod hätten holen können. Merkwürdigerweise kamen wir beide mit einem Schnupfen davon, und dass es trotz der Hautabschürfungen und Holzsplitter, die wir uns bei der Arbeit zu- und einzogen, und trotz der Dreckbrühe ohne Vereiterungen abging, ist ein kleines Wunder.
Als solches zu werten ist auch, dass wir ohne Strafe davonkamen, obwohl wir in der vorgegebenen Zeit natürlich nicht fertig wurden. Die Ablösung Tănases brachte uns die Erlösung.
Es wäre aber nicht Tănase gewesen, wenn er es dabei hätte bewenden lassen. Offenbar hatte er es sich in den Kopf gesetzt, uns elende „Burschuis", noch dazu „Politische", ganz und gar fertigzumachen. Etwa zwei Wochen später versetzte er uns eigenmächtig in eine andere Zelle, nur um sie von uns scheuern zu lassen. Diesmal stand er fast die ganze Zeit über dabei, dirigierte und trieb uns an, dass uns Hören und Sehen verging, um uns dann kurz vor der Ablösung, als wir uns erschöpft auf dem Bänkchen niedergelassen hatten, in die alte Zelle zu scheuchen.
Als wir kurz vor Weihnachten regulär in eine andere Zelle verlegt wurden, leistete er sich noch ein drittes Mal das

Vergnügen, uns auf dem Dreckboden vor sich kriechen zu sehen. Da wir jetzt schon Anstaltskleidung trugen, meinten wir sie nicht auf Kosten unserer Knie schonen zu müssen, was uns teuer zu stehen kam. Das Schlimmste war nicht, dass wir auch diesmal – bei einer Kälte, die die Fenster von innen vereisen ließ – Jacke, Hose und Schuhe ausziehen mussten, auch nicht, dass er uns diesmal unter die Betten zwang, sondern dass er, als er die nassen Stellen an den Kleidern sah, uns aufstehen und Haltung annehmen hieß, worauf er ein Büchlein aus der Brusttasche zog und uns einen Artikel vorlas, wonach für vorsätzliche Beschädigung staatlichen Eigentums der Täter zu Schadenersatz verklagt werden oder mit Verlängerung der Haftzeit oder Karzer, Entzug der Hauptmahlzeit oder Kürzung der Brotration bestraft werden konnte. Jetzt hatte er uns dort, wo er uns haben wollte: Wir zitterten! Ob vor den Aussichten oder von dem eisigen Matsch, in dem wir standen und dessen Kälte in uns hochkroch, das war nicht mehr zu unterscheiden.

Die Dielen waren dermaßen mit Wasser durchtränkt, dass es bei der Kälte fast zwei Tage dauerte, bis sie trockneten, wobei sich während der halbstündigen Heizzeiten buchstäblich Dunstwolken bildeten. Kleidung und Bettzeug wurden klamm, so dass wir wie bei Kneipp in feuchter Packung lagen – allerdings nicht zur Heilung. Krank wurde seltsamerweise nur Vivivac. Am zweiten Tag musste er zähneklappernd, schwitzend und keuchend wie ein Blasebalg zur ärztlichen Visite. Er kam nicht mehr zurück. Ein Wächter holte seine Sachen ab und knurrte auf meine Frage nur: „Lazarett".

Weder über sein noch über Tănases weiteres Schicksal habe ich noch jemals etwas gehört. Ich habe allerdings in dieser ganzen Zeit auch durch ihn Gelegenheit genug gehabt, Untiefen der menschlichen Ohnmacht auszuloten.

37 Das Urteil und seine Folgen

Die Phantasie ist eine seltsam zwiegesichtige Gabe und Kraft. An sich weder gut noch böse, wie etwa Dynamit oder Morphium, entscheidet über ihre Wirkung zum Heil oder Unheil des Begabten die jeweilige Zielrichtung, die Art der Anwendung und die Dosierung beim Einsatz. Solange sie sich von Vernunft und Verantwortung leiten lässt und ihnen dient, wird diese wohl menschlichste aller Gaben zur Bereicherung des Lebens beitragen. Wenn sie aber ins Gewirr der Gefühle gerät, kann sie Leben zerstören. Sie bringt es fertig, einem die Sinne zu weiten und einen ins Einstige oder ins Künftige zu versetzen, wenn man ihr zu gebieten versteht. Ebenso vermag sie aber, einen in sich selbst einzukerkern, die Dinge umzufälschen, den Freund zum Feind, das Rettungsseil zum Henkerstrick zu machen. Wenn man mit sich uneins, unsicher und voll Misstrauen ist, wirkt sie nicht nach außen, sondern nach innen und erzeugt Wahngebilde, die einen zerstören.

Dies trat bei Vivivac mit erschreckender Deutlichkeit zutage, als das Gerüst seiner Illusionen, das ihn bisher gehalten hatte, bei der Hauptverhandlung unter den Rammstößen der Wirklichkeit zusammenbrach. Ein toller Wirbel von Vermutungen trieb ihn um, ließ ihn zu keiner Ruhe, zu keinem klaren Gedanken kommen. Mal tobte er, das sei alles ein abgekartetes Spiel der Behörden, die das Erscheinen seiner Angehörigen hintertrieben hätten. Dann wieder winselte er, diese hätten ihn verraten, seinem Schicksal überlassen, um selbst ungeschoren zu bleiben, und verfluchte ihren Egoismus; ein andermal sah er sie schwerkrank darniederliegen, darbend und sich in Sorge um ihn verzehrend, dem man das alles verheimliche, sei's um ihn zu schonen, sei's um ihn zu quälen. Das alles wurde in lebhaftesten Farben und in erschütternden Szenen nachempfunden und mit vehementer Beredsamkeit und Gestik hervorgekeucht. Zeitweise erschien ihm das alles als ein Ergebnis von Missverständnissen oder von

Verleumdungen durch Kollegen oder durch seine Frau. Dann donnerte er gegen die Tür und forderte Schreibzeug, er habe dem Gericht dies und jenes mitzuteilen, worauf er wirklich ins Büro geführt wurde. Wenn er nach zwei Stunden blaugefroren zurückkam, flüsterte er geheimnisvoll: „Die werden sich wundern. Dass mir das aber auch nicht früher eingefallen ist! Aber so ist es eben: Das Streichholz muss man reiben, damit es sich entzündet." Was er da aber gerade enthüllt hatte, darüber hüllte er sich in Schweigen.
Genützt hat ihm das alles jedenfalls nichts. Zwei oder drei Tage nach meiner Verurteilung zu drei Jahren bekam er seine acht Jahre aufgebrummt. Er war ganz unten durch und sprach nur noch davon, dass er sich aufhängen oder mit dem Schädel gegen die Wand rennen wollte. Ich hatte meine liebe Not, ihn dazu zu bringen, dass er mit mir Berufung einlegte. Viel Hoffnung auf Erfolg hatte ich nach diesen Erfahrungen zwar auch nicht, wollte aber nichts unversucht lassen. Vor allem durfte nicht der Eindruck entstehen, dass ich kapitulierte und das Urteil anerkannte. Außerdem hatte ich damit eine mehr oder minder geistige Betätigung und Ablenkung von der Misere des Alltags, war es mir doch kein Leichtes, dieses lebenswichtige Schreiben in der mir nur mangelhaft geläufigen Amtssprache abzufassen. Vivivac hingegen genoss es, mir in immer neuen Tiraden vorzudeklamieren, was er ihnen zu schreiben gedenke und was er ihnen geschrieben habe. Dies gab ihm für eine Weile wieder Auftrieb.
Als dann aber nach einem Monat der ablehnende Bescheid auch für ihn eintraf, ging dem Ballon wieder einmal die Luft aus. Noch schlimmer als diese Entscheidung aber trafen ihn offenbar ihre unmittelbaren und mit der Hand zu greifenden Folgen: das Kahlscheren und die Neueinkleidung in Sträflingsdrillich. Solange wir in unseren Zivilklamotten gesteckt hatten, war ein Rest von Verbindung mit der Welt draußen und von einst gewahrt geblieben, jetzt aber war damit Schluss, und jetzt waren wir schlechter dran als die von „drüben", die Diebe, Räuber, Mörder, von denen uns

äußerlich nichts mehr unterschied, die aber arbeiten, lesen, Briefe schreiben und Pakete empfangen durften. Mit denen unterhielt sich ab und zu der eine oder andere Wächter, mit uns nie.

Von dort drang zuweilen Gelächter herüber, manchmal freilich auch Gebrüll, Poltern und Toben, dann schnitten es die gellenden Trillerpfeifen und krachenden Nagelschuhe jäh ab, Schlüssel klirrten, man vernahm unterdrückte Schreie, Keuchen, Befehle, Ziehen und Schieben sich sträubender Körper, wütende Auflehnung oder klägliches Flehen – ein Hörspiel, dass einem der Atem stockte. Nur einmal bekamen wir auch etwas zu sehen, etwas, was wir nicht für möglich gehalten hätten, nicht in unserem Jahrhundert, nicht in einer „Volksdemokratie", und sei sie noch so verlogen. Und das kam so:

Nach unserer Umquartierung stellten wir alsbald fest, dass dort, wo das Fensterchen sich in den Angeln drehte, ein kleiner Spalt klaffte. Da diese Zelle dem Büro genau gegenüber lag und sich dort immerhin einiges abspielte, was uns bemerkenswert erschien und die Zeit abkürzen half, riskierten wir es trotz strengen Verbots, immer wieder hinauszuspähen, sobald sich dort etwas vernehmen ließ. So hatten wir schon manchen Ankömmling und manchen Patienten erspäht.

So war es eigentlich gar kein Zufall, sondern schon Routine, dass Vivi sofort am Spalt klebte, als von draußen ungewohnte und uns unerklärliche Geräusche zu vernehmen waren. Aufgeregt winkte er mich heran. „Sehen Sie sich das einmal an!" wisperte er, blass bis in die Lippen. „Ob die sowas auch mit uns machen können?" Nun, von Vivi war ich ja manche unmäßige Reaktion und Übertreibung gewohnt, diesmal aber fand ich unangebracht daran nur, dass er das, was da zu sehen war, nur in Bezug auf uns als ungeheuerlich empfand.

Und zu sehen war dies: Drei Sträflinge, zwei Wächter und ein Feldscher. Soeben verließen ein Wächter und ein Sträfling den Raum, und letzterer trug eine Eisenkugel in der

Hand, von der Ketten zu massiven Schellen um seine Fußgelenke hinunterhingen. Er war darauf bedacht, die Ketten von seinen Beinen wegzuhalten, und sie schleiften über den Boden. Dies war das seltsame Geräusch, das wir nicht zu deuten vermocht hatten. Zu den Füßen des zweiten Sträflings bückte sich gerade der Wächter, um die Schellen aufzuschließen. Der dritte aber saß auf einem Stuhl und streckte dem Feldscher ein Bein hin, damit dieser den wundgescheuerten Knöchel mit Watte säubern und verbinden konnte; der andere Knöchel war schon verarztet worden, denn unter dem Eisen lugte eine Art Manschette hervor. Kugeln trugen diese beiden nicht, dafür waren die Handschellen mit den Fußschellen verbunden.

Was mochten diese drei auf dem Kerbholz haben, dass man meinte, sich auf diese barbarische Art vor ihnen sichern zu müssen? Wirklich bedrohlich sah eigentlich keiner von ihnen aus, der eine, der eben verarztet wurde, war eher das, was man eine halbe Portion nennt.

Alsbald jedoch wurde diese Sensation von zwei anderen verdrängt, die nur allzu unmittelbar uns selbst betrafen. Zwei oder drei Tage nachdem unser Einspruch abgelehnt worden war, ging die Türklappe auf. Einer der Wächter winkte uns heran, streckte uns eine Haarschneidemaschine entgegen und sagte lakonisch: „Einer den Anderen! Länge ist eingestellt. Wenn ihr fertig seid, klopft."

Ich habe mir schon damals den Kopf zerbrochen, ob das nun der Gipfel der Bosheit, des Hohnes war oder ob auf unbeholfene Weise unsere Gefühle geschont werden sollten dadurch, dass wir selbst Hand an uns legen mussten/durften. Ein Wunder, dass man uns nicht tätowierte oder brannte wie im Mittelalter.

Das alles wäre leichter zu überstehen gewesen, wenn nicht Vivi sich dermaßen unvernünftig gebärdet hätte. Er tönte, er werde diese Schande nicht überleben, man solle ihm den Kopf doch gleich abhacken und derlei mehr, bis mir die Geduld riss und ich ihn anbrüllte. Kopf abhacken? Einverstanden! Wäre vielleicht vorzuziehen, aber die anderen hatten auch andere Mittel. Er solle nur an die Kette denken. Ob er es vorziehe, wie ein Hammel zur Schur geschleift zu werden und denen ein Schauspiel zu bieten, oder nicht eher das Unvermeidliche hier unauffällig hinter sich bringen wolle? Das wirkte. Und als ich mich erbot, als Erster die Prozedur an mir vollziehen zu lassen, begann er sich damit abzufinden und seine Geschicklichkeit an mir auszuprobieren. Es war schauerlich. So ungeschickt wie beim Rasieren stellte er sich auch jetzt an, nur war diesmal ich das Versuchskaninchen. Als er mich nach getaner Arbeit beäugte, schüttelte er eine Weile den Kopf, bis er schließlich hervorbrachte: „Wenn ich nicht wüsste, dass Sie es sind, ich würde es nicht glauben!" Als ich wiederum das Werk an ihm vollzogen hatte, konnte ich ihm nur recht geben. Es war ungeheuerlich, wie diese Sklaventracht den Menschen veränderte. Bis zum letzten Moment hatte er seine rötliche Haarespracht mit Inbrunst und allen zehn Fingern gepflegt, jetzt hob er sich mit der Miene eines abdankenden Königs eine Locke auf – ob als Liebespfand für seine Frau oder als Zeichen für sein Martyrium, blieb ungeklärt, er sprach jedenfalls von „heimsenden".

Erst glaubte ich, nicht recht gehört zu haben, allmählich aber musste ich mich überzeugen, dass er es nicht nur so dahingesagt hatte, sondern es ernst meinte. Und zwar hatte er ausgerechnet mich als Boten ausersehen. Damit hatte er im Augenblick tiefster Demütigung seinen Selbstbehauptungsinstinkt der Phantasie überantwortet und mich aus eigener Machtvollkommenheit zu seinem Vertrauten, ja Bevollmächtigten erkoren.

Was konnte ich tun? Ich spürte, dass diese Idee oder vielmehr Illusion für ihn der letzte Halt war wie für einen Kletterer der letzte Haken, der ihn über dem Abgrund vor dem Absturz bewahrt. Sollte ich, durfte ich ihm den nehmen? So ließ ich denn seine immer neuen, immer phantastischeren Einfälle über mich ergehen wie eine Art abstruses Feuerwerk, bunt, knallig, ein seltsames Ergebnis verstiegener Erfindungsgabe und am Ende nichts als leere, rauchgeschwärzte Hülsen.

Übrigens waren die Voraussetzungen zu seinen Plänen zunächst gar nicht so abstrus und abwegig oder schienen es zunächst nicht zu sein. Sie gingen nämlich davon aus, dass ich laut Urteil rund fünf Jahre vor ihm entlassen würde. Nach meiner Entlassung sollte ich dann unverzüglich seine Frau, seinen Onkel, den Ex-General, und noch etliche andere Personen, deren Namen und Anschriften er mir einzuprägen sich mühte, aufsuchen und durch sie eine Begnadigungs- oder Befreiungsaktion in Gang bringen.

Das Aufsuchen von Angehörigen einstiger Mitgefangener war ja gang und gäbe, dagegen war nichts einzuwenden, das Bedenkliche, ja Unmögliche begann bei den Nachrichten, die ich ihnen zu überbringen hatte. Das ging von der Beantragung eines Wiederaufnahmeverfahrens über Vorschläge zur Bestechung verschiedener Persönlichkeiten oder Instanzen – das Geld hierfür sei da und dort zu beschaffen – bis zum Hineinschmuggeln von allerlei Dingen in Nahrungsmitteln, die in den nach einiger Zeit der Gefangenschaft gestatteten Paketen verstaut werden sollten. In Kuchen oder Wurst oder Marmelade sollten Stahlfeilen hineinpraktiziert werden, dann wieder gewisse Chemikalien oder Medikamente, die bestimmte Krankheitserscheinungen hervorrufen sollten, mit denen er ins Krankenhaus eingeliefert zu werden hoffte, wo er dann leichter entkommen könnte, und sei's in einem Sarg. Er teile mir das für alle Fälle mit, da man bei diesen Herrschaften ja auf alles gefasst sein müsse, so auch auf den plötzlichen Abtransport des einen oder anderen.

Damit sollte er, wenn auch anders, als er gemeint hatte, Recht behalten. Ich habe schon erwähnt, wie plötzlich er aus meinem Gesichtskreis verschwunden ist.

Als ich etliche Wochen später wider Erwarten durch Begnadigung vorzeitig freikam, schrieb ich an seine Frau, deren Anschrift ich mir als einzige gemerkt hatte, erhielt aber keine Antwort. Da eine Anfrage an ihre Dienststelle nur den

Bescheid erbrachte, sie sei nicht mehr dort beschäftigt und ihr Verbleib unbekannt, musste ich annehmen, dass absichtlich alle Spuren verwischt worden waren, ob nun von ihr oder von Amts wegen. So hielt ich es für ratsam, keine weiteren Nachforschungen anzustellen.
Doch damit habe ich vorgegriffen. Noch ahnte ich nicht, was sich in meinem Fall tat, und versuchte mit mir selbst auszumachen, wie ich die Haft am besten überstehen könnte. Durch Prozess, Übersiedlung nach Zeiden und Vivivac war ich so sehr aus meiner seinerzeit betriebenen „Produktivität" herausgerissen worden, dass ich vorerst nicht zurückfand. Mit Mühe brachte ich es fertig, mir die in Kronstadt entstandenen Versuche ins Gedächtnis zu rufen und sie vor dem Vergessen zu bewahren. Es waren gewissermaßen die Steinchen von Hänsel und Gretel, die mir den Weg zurück weisen sollten. Zu etwas Neuem brachte ich es aber nicht mehr.
Ich begann zu grübeln. Noch anderthalb Jahre … Was konnte alles geschehen, draußen wie hier! Was Vivivac widerfuhr, konnte doch ebenso gut mir widerfahren. Lungenentzündung hier, war das nicht vielleicht die beste Lösung, nicht nur für ihn! Siebenundsechzig würde ich sein, wenn ich herauskam. Was konnte ich da noch leisten, was erwarten vom Leben? Was würde ich draußen vorfinden? Wurde ich entbehrt? Jetzt hatte man sich mit meiner Abwesenheit einigermaßen ab- und zurechtgefunden – wäre es nicht besser, sie endgültig werden zu lassen, statt noch ein kurzes Zwischenspiel einzuschieben?
Ja, so grübelte ich und trabte im dünnen gestreiften Jäckchen durch den Schnee, machte im eisigen Waschraum und in der Zelle, wie es sich eben ergab, meine Freiübungen auf Biegen und Brechen, fraß sogar Kuttelfleck, um halbwegs bei Kräften zu bleiben („ein Mensch in seinem Widerspruch"), und erwartete mit gespanntem Gruseln, wie man einst einen drohenden Angriff erwartet hatte, das Auftauchen Tănases, dessen Verschwinden ich mir nicht erklären konnte.

Nun, er kam nicht, aber eines Tages gegen Mittag ging plötzlich die Tür auf, ein Wächter trat herein und befahl mir, mein Bündel zu schnüren. Du lieber Himmel, dachte ich, schon wieder ein Umzug! Als ich aber alles wie gewohnt in meine Decke packen wollte, winkte er ab: „Die Decke bleibt hier!" Was waren das denn für Neuerungen? Mein Staunen wuchs aber zur Bestürzung, als ich nicht zu einer anderen Zelle, sondern zum Ausgang dirigiert wurde. Sollte ich verschickt werden? Wohin, um Himmels willen? Selten kommt was Besseres nach. Eine Frage drängt sich mir auf, als ich merke, dass mein Begleiter einen Zettel in der Hand hält, ich kann sie nicht mehr zurückhalten, als beim Hinaustreten auf den schneeglitzernden Hof der Befehl ausbleibt, ich solle meinen Kopf verhüllen. „Wohin?" frage ich, ein eklatanter Verstoß gegen das „Regulament". Statt eines Anschnauzers wirft er mir einen kurzen Seitenblick zu und brummt: „Wirst schon sehen." Dann sind wir am Eisentor zum Vorhof. Damals, bei meiner Einlieferung, brannte die Sonne, man suchte den Schatten der Akazien. Diesmal aber steht kein Geländewagen da, und eisige Windstöße zischen durch das kahle Gezweig.

Ich wurde ins Verwaltungsgebäude dirigiert, in ein überheiztes Büro. Mein Begleiter gab seinen Zettel einem, der etwas tippte. Der nickte bloß und wies mit dem Kinn auf eine Tür im Hintergrund: „Warten Sie dort, bis Ihre Sachen kommen." „Sie", hatte er gesagt! Und: „Bis Ihre Sachen kommen"! Mir blieb die Luft weg. Was hatte das zu bedeuten?

Als ich den Raum betrat, ein ziemlich düsteres kleines Zimmer mit einem Tisch aus rohem Holz und ebensolchen Bänkchen sowie einigen Aktenschränken an den Wänden, stand an dem einzigen Fenster mit dem Rücken zu mir einer, der sich soeben rasierte. Er wandte sich um, und ein feistes Clownsgesicht grinste mich an, halb rasiert, halb weiß geschäumt. „Nur immer ran. Bin gleich fertig mit der Verschönerung. Hoffentlich erkennt mich meine Alte wieder und hat sich nicht an ein neues Gesicht gewöhnt. Fünf Jahre

sind eine lange Zeit. Nur gut, dass ich unangemeldet komme. Solche Sorgen haste wohl nicht, Alterchen, was?" Ich musste tief Atem holen, ehe ich fragen konnte: „Glaubst du also, es geht nach Hause?" „Ob ich glaube? Klar, Alter, mit dem Bus nach Kronstadt, und zwar auf Staatskosten!"
Mir schwindelte, ich musste mich setzen. Er bemerkte es in dem kleinen Spiegel und drehte sich um: „Mir scheint, dich haut es um, was? Stimmt was nicht?" „Nun, ich weiß nicht recht. Mir hat niemand was gesagt, bloß hergeführt hat man mich." „Bloß hergeführt hat man ihn!" Er wieherte los. „Aber doch mit dem Bündel da! Und gleich wird man uns noch ein anderes Bündel bringen, mit unsern Zivilklamotten! Noch immer nicht kapiert? Amnestie, Mann! Heim geht's, zur Frau geht's!" Einer Antwort war ich enthoben, denn die Tür ging auf und ein Wächter brachte tatsächlich unsere Zivilsachen, naphtalingeschwängert, zerknüllt und verstaubt, aber sie waren es: die Kluft der Freiheit!

Als ich mich dann auch rasiert und umgezogen hatte, begann das Warten. Sobald Nicu – so will ich ihn nennen – herausbekommen hatte, mit wem er da entlassen werden sollte, änderte sich sein Benehmen schlagartig dergestalt bis in die feinsten Nuancierungen, dass jeder Schauspieler ihn darum hätte beneiden können. Die Hacken zusammenschlagend, entschuldigte er sich in aller Form, dass er so blind gewesen sei, nicht gleich zu merken, wen er vor sich habe. Na ja, die Freude, die habe ihn ganz durcheinandergebracht, habe ihn tolles Zeug daherreden lassen, unvernünftiges Zeug, so dass ich ihn jetzt für einen Rüpel, pardon, für einen Saukerl halten müsse. Nun ja, die Umgebung färbe halt ab. Fünf Jahre in dieser Gesellschaft – ich müsse verstehen!

Ich verstand und begriff auch, dass er sich zu den Gründen seines Hierseins in Schweigen hüllte, weil man ja heutzutage niemandem trauen dürfe, am wenigsten den so genannten Freunden. Aber nun sei er frei, zischte er funkelnden Auges und ballte die Fäuste gen Himmel. Als ich sie unter missbilligendem Kopfschütteln sanft herunterholte und meinte, wenn er so hinausgehe, sei er bald wieder hier, aber in einer anderen Abteilung, tat er ganz zerknirscht und beteuerte, er werde sich zusammennehmen.

Zwar gelang es dem umtriebigen Nicu, der im Büro nebenan anscheinend Bekannte von früher entdeckt hatte, ein Mittagessen zu organisieren, doch eine Unterschrift unter unsere Entlassungsscheine konnte auch er nicht durchsetzen. Der Zuständige war nicht zu erreichen. Stunde um Stunde verging. Ich hatte Mühe, Nicu, der wie ein Tiger im Käfig auf und ab rannte und knurrte, man betrüge ihn um den ersten Tag und den ersten Abend seiner Freiheit, zu beruhigen. Es half nichts. Als es dunkelte, wurden wir zurückgeführt, aber nicht getrennt in unsere Zellen, sondern zusammen in eine, die offenbar schon lange nicht mehr belegt war. Hundekalt war sie, die Heizung funktionierte nicht, der Staub lag fingerdick auf den Strohsäcken, und beinahe hätte sich Nicu durch sein wildes Aufbegehren noch im letzten Augenblick eine Strafe eingehandelt.

Wenn meine Enttäuschung auch kaum geringer war als seine, so war sie doch von anderer Art. Anders als ich konnte er sich Luft machen und brachte mich durch seinen Erfindungsreichtum in puncto phantasiebeschwingter, bilderreicher Kraftausdrücke nicht nur zum Staunen, sondern sogar zum Lächeln. Damit war die Situation gerettet. Wir teilten den Rest Maiskuchen, den wir noch am Morgen bekommen hatten, zogen alles an, was wir hatten, und krochen brüderlich unter die eine Decke, die uns der Wächter hereingeworfen hatte. Am Morgen, als er uns blaugefroren vorfand, verhalf er uns in seiner Gutmütigkeit auch noch zu einem heißen Kaffee.

Unsere Geduld wurde noch auf eine harte Probe gestellt. Erst kurz vor Mittag geruhte der Genosse Kommandant, uns zu empfangen, und zwar im Beisein eines Offiziers der Securitate, der uns Weisungen für unser Verhalten „draußen" erteilte: Meldepflicht, Schweigepflicht usw. Dann wurden uns der Entlassungsschein und fünf Lei in bar, das

Geld für den Bus nach Kronstadt, ausgehändigt. Das Tor ging auf. Wir waren frei.
Gemeinsam trabten wir über den knirschenden Schnee, ich trotz der drei Hemden und Unterhosen zähneklappernd bei 20 Grad Frost, in meinem sommerlichen Mäntelchen eine wohl etwas komische Figur. Mein Gefährte in Lederjoppe und Pelzmütze war besser dran. Niemand lächelte allerdings über uns, die Leute hier mochten Bescheid wissen. Es wurden uns in der Bushaltestelle sogar Zigaretten angeboten, von wildfremden Menschen.
Dann ratterten wir los. Bald tauchten die Umrisse der heimatlichen Berge aus dem Frostdunst. Sie waren sich gleich geblieben. Je mehr wir uns aber der Stadt näherten, desto mehr Veränderungen fielen uns auf. Vertrautes war verschwunden, Neues drängte sich vor, unbekannt, befremdend, abweisend. So schien es uns wenigstens. Wir sahen uns an, hoben die Schultern. Was mochte uns erwarten?
Als wir ausstiegen, war alles anders. Befremdete, misstrauische Blicke musterten uns. Nicu war verstummt, er berührte kaum meine dargebotene Hand, machte eine linkische Verbeugung und verschwand in der Menge. Ich spürte den Blick eines Polizisten, der mir nachsah, als ich ausschritt. War ich wirklich frei?

38 Nachwort

Zwei Jahre nach meiner „Begnadigung" gelang uns, d.h. meiner Frau und mir, nach vielen Schwierigkeiten und Aufregungen und nur durch schließliche Intervention des IRK (Internationales Rotes Kreuz) das Unwahrscheinliche: Die Übersiedlung in die Bundesrepublik Deutschland.
Sie war in jeder Hinsicht teuer erkauft. Wir ließen ja nicht nur Heimat und Freunde zurück, sondern auch unsere materielle Habe; was wir von dieser mitnehmen durften, waren insgesamt 140 kg; Geld in keiner Form, kein Schmuck, keine Bücher.
Doch nicht davon soll hier die Rede sein! Diese Not durch Beraubung teilten wir ja mit Tausenden anderer. Solange es darum ging, eine neue Existenz aufzubauen – mit den wenigen Federn, die man uns gelassen – solange wir „in der Mauser" waren und uns ums Einleben bemühen mussten, blieb weder Zeit noch Kraft, sich um „innere" Schäden zu kümmern.
Als es dann aber nach drei Jahren so ziemlich geschafft war, äußerlich Ruhe einkehrte und die Lebensgeister sich wieder freier zu regen begannen, da begann sich auch der bislang zurückgedämmte Schmerz über den Verlust meiner sämtlichen schriftstellerischen Arbeiten durch deren seinerzeitige, völlig ungerechtfertigte Beschlagnahme wieder zu regen. So reifte schließlich der Entschluss, ihre Rückerstattung zu beantragen. Als meine Versuche, dies durch meinen einstigen Verteidiger, quasi durch Ausweitung der „Begnadigung" auch auf meine Schriften, zu erreichen, erfolglos verliefen, wandte ich mich endlich um Rechtshilfe an das Auswärtige Amt der Bundesrepublik und fand dort Verständnis und Unterstützung, indem mein Gesuch an den „Obersten Gerichtshof der Sozialistischen Republik Rumänien" über die Botschaft der BRD in Bukarest dorthin befürwortend weitergeleitet wurde.
Ich hatte ganz bewusst nicht das juristische Wiederaufnahmeverfahren beantragt, sondern es dem

Gerechtigkeitsgefühl und humanitären Verständnis der rumänischen Behörden überlassen, der seinerzeitigen „Begnadigung", unter Berücksichtigung meines fortgeschrittenen Alters, nun die Rückgabe meiner Schriften folgen zu lassen.

Mein Vertrauen auf deren Einsicht und Wohlwollen erwies sich als weitgehend begründet, wenn die Erledigung des Falles zunächst auch in etwas anderem als dem angestrebten Sinn erfolgte. Ich erhielt nämlich nach etlichen Monaten die Kopie des Urteils, das auf Eingreifen des Justizministeriums in einem außerordentlichen Rekursverfahren die Militärabteilung des Obersten Gerichtshofes der Sozialistischen Republik Rumäniens nun gefällt hatte, und in dem es das seinerzeitige Urteil als „illegal und unbegründet" aufhob und meine volle Rehabilitierung aussprach.

Dies war mehr, und doch zugleich auch weniger, als was ich angestrebt hatte. Mir war nicht durch eine Rehabilitierung gedient, sondern durch die Rückerstattung meiner Schriften, es sei denn, dass jene die Voraussetzung für diese sein sollte. Zunächst schien es so, da einige Zeit nach Eintreffen des freisprechenden Urteils zwei der Gedichtbändchen, die das eigentliche „corpus delicti" gebildet hatten, mir zugeschickt wurden. Versuche, auch meine übrigen Arbeiten zurückzuerhalten, hatten bisher noch keinen Erfolg.

Da die Begründungen des Revisionsurteils weitgehend mit dem übereinstimmen, was ich seinerzeit, d.h. bei Verhör und Prozess, zu meiner Verteidigung vorgebracht hatte und im vorliegenden Erlebnisbericht kurz zusammengefasst brachte, glaube ich, dies Urteil – nicht so sehr als Wahrheitsbeweis für meine Sache, als vielmehr als Zeugnis für das Bemühen der heutigen rumänischen Rechtsprechung, die Fehler der Vergangenheit so weit wie möglich gutzumachen und Gerechtigkeit walten zu lassen – vollinhaltlich hier folgen lassen zu sollen. Die sinngemäße Übertragung einiger juristischer Fachausdrücke ist in manchen Fällen schwierig, da diese in der hiesigen Rechtsprechung keine Parallele haben. Immerhin wird dem Ganzen doch wohl zu

entnehmen sein, in welchem Geiste damals „Recht"
gesprochen und mit politisch Andersgläubigen verfahren
wurde.
Und hier nun der volle Text des Urteils in Übersetzung[9]:

Sozialistische Republik Rumänien.
Oberster Kriegsgerichtshof.-Entscheidung Nr. 183.
Dossier Nr. 172/1969.
Öffentliche Sitzung vom 23. September 1969.
Vorsitzer: Alexander Apostoliu, Justizoberst;
Richter: Constantin Săndulescu, Justizoberst;
Richter: Sergiu Stănescu, Justizoberst;
Staatsanwalt: Tancred Dunea, Justizoberst;
Juristischer Berater-Chef: Vespasian Semeniuc, Justizoberst.

Geprüft wurde der vom Justizministerium eingebrachte
außerordentliche Rekurs gegen das Urteil Nr. 78 vom 3.
Oktober 1962 des Militärgerichtshofes Brașov und gegen die
Entscheidung Nr. 323 vom 10. November 1962 des
Militärgerichtshofes der 3.-ten Militärregion Cluj, bezüglich
des Angeklagten E r w i n   N e u s t ä d t e r (Sohn des
Eugen und der Helene), geboren am 1. Juli 1897 in der
Gemeinde Prejmer, Bezirk Brașov, ehemals Professor,
Absolvent der philologischen Fakultät von München, derzeit
wohnhaft in der BRD, Stadt Augsburg, Alfonsstraße 15.
Der Angeklagte war abwesend, da er nicht vorgeladen war.
Der Staatsanwalt vertrat den außergewöhnlichen Rekurs und
forderte seine Zulassung im Sinne des vorliegenden Textes.
In seiner Beratung über den außerordentlichen Rekurs kam
der Gerichtshof zu folgenden Feststellungen:
Durch das Urteil Nr. 78 vom 3. Okt. 1962 des Militär-
gerichts Brașov wurde der Angeklagte Erwin Neustädter zu
3 Jahren Gefängnis verurteilt wegen Vergehens gegen die in
Artikel 325, Abs. 3, Buchstabe c des damals geltenden

---

[9] Übersetzung: Erwin Neustädter.

Strafgesetzbuchs enthaltenen Bestimmungen betreffend Aufbewahrung verbotener Publikationen, und zu 2 Jahren Gefängnis und 3 Jahren Freiheitsentzug (Art. 59, 58, Punkt 3 und 4 StGB) wegen des Vergehens der strafbaren Unterwühlung der öffentlichen Ordnung durch Agitation, gemäß Art. 209, Pkt. 2, Buchstabe a des gleichen StGB, bei Anwendung des Art. 157 StGB für beide Vergehen.
Gemäß Art. 101 des StGB wurde die Ausführung des schwersten Strafgrades verfügt.
Aufgrund Art. 25, Pkt. 6, Abs. 1 StGB wurde das ganze Vermögen des Angeklagten beschlagnahmt.
Zu Lasten des Obengenannten wurde darauf hingewiesen, dass er vor dem Jahre 1944 die Romane „Mohn im Ährenfeld" und „Der Jüngling im Panzer" schrieb, die beide durch Übertreibung deutschnationalistischer und antikommunistischer Gefühle chauvinistischen Inhalt haben und in jenen Jahren in Deutschland veröffentlicht wurden. Je ein Exemplar dieser Bücher hat der Angeklagte bis zum Jahr 1961 in seiner Wohnung aufbewahrt, wo sie bei der Hausdurchsuchung gefunden wurden.
Außerdem hat der Angeklagte noch zwei Gedichtbände verfasst, betitelt „Gedichte", von denen er auch je ein Exemplar zum Zweck späterer Veröffentlichung daheim aufbewahrte. Von diesen Gedichten hat der Angeklagte einige bei verschiedenen Gelegenheiten auch anderen Personen vorgelesen. Ein Exemplar von diesen hat er seiner Tochter als Andenken gegeben, ein anderes aber der Zeugin Maria Prall, weil diese ihm das Manuskript auf der Maschine vervielfältigt hat.
Das Urteil behauptet weiterhin, dass die obengenannten Gedichte einen dem Regime des Landes feindlichen Charakter hatten.
Außerdem wird festgehalten, dass der Angeklagte im Jahre 1960 bei einem Gespräch mit der obengenannten Maria Prall, seine Absicht in die BRD auszuwandern kundtat, sowie die Verhaftung einiger deutscher Schriftsteller

betreffend, die Lebensbedingungen in unserem Land abfällig beurteilt habe.

Durch die Entscheidung Nr. 323 vom 10. Nov. 1962 des Militärgerichtshofes der 3. Militärregion Cluj wurde der Rekurs des Verurteilten abgewiesen und dadurch das Urteil rechtskräftig.

Gegen diese Entscheidungen hat das Justizministerium den vorliegenden außerordentlichen Rekurs eingebracht, der darlegt, dass sie unbegründet und ungesetzlich sind, da der davon Betroffene für Taten verurteilt wurde, welche die wesentlichen Elemente der angeführten Vergehen nicht enthalten, u.zw. als Folge einer falschen Beurteilung der gelieferten Proben.

Deshalb wird der Freispruch des Angeklagten von beiden Vergehen beantragt.

Der außerordentliche Rekurs ist begründet.

Die erste Instanz hat den genannten Erwin Neustädter mit der Begründung verurteilt, dass die von ihm geschriebenen Romane und Gedichte, die teils von ihm selbst aufbewahrt, teils auch anderen Personen anvertraut wurden, einen regimefeindlichen Charakter haben und zu Vergehen anstiften, im Sinne des Art. 325 des StGB.

Diese Schriften wurden aber einer Kommission von drei Schriftstellern zur Überprüfung unterbreitet, welche in ihrem Gutachten zu folgendem Schluss gelangte: Die Romane, die v o r 1944 geschrieben und damals in Deutschland veröffentlicht wurden, spiegeln zwar die bürgerlichen, idealistischen, ja nationalistischen Ansichten des Autors jener Zeit, sind somit unseren Ansichten über das Leben und die sozialen Beziehungen, die heute gefordert werden, fremd, reizen aber nicht zur Ausübung von Vergehen an. Der Autor gelangt trotz seiner reaktionären Einstellung zu keinen aufwiegelnden Formulierungen.

Andererseits geht aus den Beweisen des Dossiers nicht hervor, dass der Angeklagte je ein Exemplar jener Romane zum Zweck der Verbreitung in der Öffentlichkeit aufbewahrt hat, sondern nur weil er ihr Verfasser war.

Was die beiden Gedichtbände betrifft, so kam die Sachverständigenkommission zu dem Schluss, dass sie sich zwar nicht auf der Linie der realistisch-sozialistischen Literatur bewegen, aber keineswegs zu irgendwelchen Vergehen aufstacheln, ja, teilweise sogar verbreitet werden könnten, da sie auch überzeitliche, humane Ideen enthalten. In vielen dieser Gedichte gibt der Autor seinem persönlichen Bedauern darüber Ausdruck, dass die Privilegien des sächsischen Bürgertums, deren es sich in der Vergangenheit erfreute, unwiderruflich dahin sind, und ruft zu Verzicht, Isolierung und Passivität auf. Dieser Grundzug der Gedichte enthüllt den depressiven Zustand des Angeklagten jener Periode, der vielleicht von den Lebensbedingungen, in denen der Autor lebte, bestimmt war.
Aus dem Verhör des Angeklagten, aus der Gesamtheit der Zeugenaussagen sowie aus anderen Beweisstücken des Dossiers geht hervor, dass der Angeklagte vor Abfassung dieser Gedichte längere Zeit hindurch „administrativ" in Haft war, und zwar im Zusammenhang mit seiner politischen Tätigkeit im Rahmen der einstigen DVR (Deutschen Volksgruppe Rumäniens) und wegen anderer ähnlicher Tätigkeiten. Als er aus der Haft zurückkehrte, fand er sein Heim von Fremden besetzt, seine Frau war gestorben, und aus diesen Gründen zog er sich in Einsamkeit zurück, wurde schwermütig und gab Gefühlen dieser Art in verschiedenen seiner Gedichte Ausdruck.
Angesichts dieses Sachverhalts war es falsch, dass die Instanzen ihren Standpunkt, dass er die Gedichte in der Absicht, sie zu verbreiten und gegen die sozialistische Ordnung des Staates zu verstoßen, verfasst habe, beibehielten.
Außerdem hatten auch die Gedichte, die er im Rahmen einiger literarischer Veranstaltungen las, keinerlei feindseligen Charakter, und bei den Lesungen, die übrigens auf Ersuchen der Leitung der Schriftstellervereinigung stattfanden, hatten die Anwesenden nicht die geringsten

Anzeichen für Begehung antisozialer Handlungen bemerken können.

Aus obigen Feststellungen ergibt sich, dass der Angeklagte keinerlei Schriften mit strafbaren Inhalten bewahrte und ebensowenig Gedichte mit aufwieglerischen Tendenzen gegen den Staat verfasste, sodass die grundlegenden Elemente für die ihm zur Last gelegten beiden Vergehen nicht gegeben sind.

Was die Anschuldigung betrifft, dass der Angeklagte in seinen Gesprächen mit der Zeugin Maria Prall die Errungenschaften unseres Landes angeschwärzt habe, so geht aus den Verhören mit ihm wie aus den Aussagen der Zeugin hervor, dass, obgleich der Angeklagte einem gewissen Missfallen mit seiner Lage Ausdruck gab, dieses sich auf seine ganz persönlichen Belange bezog, jedoch nicht gegen das Regime unseres Landes richtete, so dass auch dieser Anklagepunkt ihm nicht angelastet werden kann, da ihm die grundlegenden Elemente des Vergehens feindseliger Umtriebe fehlen.

Auf Grund dieses Sachverhalts muss der außerordentliche Rekurs im Sinne des vorliegenden Textes zugelassen werden.

Aus diesen Gründen wird im Namen des Gesetzes beschlossen:

Dem vom Justizministerium eingebrachten außergewöhnlichen Rekurs gegen das Urteil Nr. 78 vom 3. Okt. 1962 des Militärgerichts Brașov und gegen die Entscheidung Nr. 323 vom 10. Nov. 1962 des Militärgerichts der 3. Militärregion Cluj betreffend den Angeklagten

E r w i n N e u s t ä d t e r, wird stattgegeben.

Die obengenannten Entscheidungen werden annulliert und auf Grund des Art. 11, Pkt. 2, Buchstabe a, kombiniert mit Art. 10, Buchstabe d der Strafprozessordnung wird der obengenannte Angeklagte sowohl vom Vergehen gegen Art. 325, Absatz 3, Buchstabe d, als auch gegen Art. 209, Pkt. 2, Buchstabe a, - beide nach dem StGB zum Zeitpunkt der Urteilsverkündung – f r e i g e s p r o c h e n.

Verkündet in öffentlicher Sitzung, heute, am 23. September 1969.
Vorsitzer: Justizoberst Apostoliu Alexander e.h.,
Richter: Justizoberst Săndulesu Constantin e.h.,
Richter: Justizoberst u. beratender Justizchef Semeniuc Vespasian.

39 Kurzbiografie: Erwin Neustädter

Erwin Neustädter, Dr. phil, geb. am 1. Juni 1897 in Tartlau (rum. Prejmer) in Siebenbürgen, gest. am 4. Mai 1992 in Kaufbeuren/ Deutschland.
Nach dem 1. Weltkrieg und dem Theiß-Feldzug, die er aktiv mitgemacht hat, studiert er kurzfristig Architektur in Dresden, dann Germanistik, Anglistik und Theologie in München, Freiburg im Breisgau, Marburg a.d. Lahn und Wien.

1921 heiratet er Margarethe Plesky, die jedoch schon 1935 verstirbt. Aus dieser Ehe stammt die einzige Tochter Inge.

Nach 1927 ist er als Lehrer für deutsche Sprache und Literatur am Honterus-Gymnasium in Kronstadt/Braşov tätig.

Sein Debutroman "Der Jüngling im Panzer" entsteht 1930-1933, kann jedoch erst 1938 im Hohenstaufen Verlag in Stuttgart erscheinen.

Der zweite Roman, "Mohn im Ährenfeld", erscheint 1943, ebenfalls im Hohenstaufen Verlag und wird 1974 bei Orion-Heimreiter, Heusenstamm neu aufgelegt.

In den Romanen verarbeitet er die Kriegserlebnisse und die für viele Siebenbürger Sachsen schwierige Übergangszeit nach 1919, als Siebenbürgen an Rumänien angeschlossen wurde.

Nach dem Ende des 2. Weltkriegs wird Erwin Neustädter vom kommunistischen Regime etliche Male inhaftiert und zu mehreren Jahren Haft und Zwangsarbeit verurteilt, enteignet und mit Arbeits- und Schreibverbot belegt.

1954 heiratet er in zweiter Ehe Ingeborg, geb. Reiner. Erst 1965 gelingt ihnen die Ausreise in die Bundesrepublik Deutschland.

1976 erscheint ein kleiner Gedichtband "Dem Dunkel nur entblühen Sterne", herausgegeben vom Arbeitskreis für Deutsche Dichtung, Süddeutschland, Druck: Wilhelm Röck.

Am 23. September 1969 wird das seinerzeitige Urteil als „illegal und unbegründet" eingestuft und aufgehoben und der Schriftsteller rehabilitiert.

Am 7. Juni 1981 wird ihm der Siebenbürgisch-Sächsische Kulturpreis in Dinkelsbühl verliehen.

Weitere Arbeiten aus seinem relativ umfangreichen Nachlass (Kurzgeschichten, Gedichte, Erzählungen) wären noch zu sichten und möglicherweise zu veröffentlichen.

40 Anhang

Der Fernzug (1953)[10]

Übers Feld hin pfeift der Wind
und der Fernzug braust vorbei,
schwindet hin in blaue Ferne –
Ach, wer dort fährt, der ist f r e i !

Übers Feld hin rieselt Regen,
doch den Fernzug hemmt er nicht,
fort braust er in graue Ferne –
Uns, ach, lähmt der Schollen Gewicht!

Überm Felde sengt die Sonne;
aus dem Fernzug winkts uns zu –
Wir den Schweiß vom Auge streichen:
Führ´ ich, Fremdling, dort, wo du!

So in Wind und Sonn und Regen
fronen wir hier auf dem Feld,
und dort braust der Zug vorüber –
fort – in eine f r e i e Welt!

---

[10] In: „Nur dem Dunkel entblühen die Sterne". Gedichtsammlung im Privatbesitz der Tochter Inge Galter.

Im Gerichtssaal (1961)[11]

Wie hat dein Anblick mir ins Herz geschnitten!
So einsam, müde, traurig saßest du.
Doch konnt es anders sein, als dass wir beide litten?
Wir waren e i n s doch, nicht mehr Ich und Du!

Wie sehr wir eins geworden und verbunden,
hat mir dein Antlitz schmerzlich offenbart:
Es trug die Male auch von m e i n e n Wunden,
und unsrer Trennung sehnsuchtsschwere Stunden
hats unaustilgbar eingeprägt bewahrt.

Wie müh' ich mich, durch Blicke dir zu senden,
was meinem Munde die Gewalt verbot!
Ein wenig Trost und Freude dir zu spenden,
denn beides tat dir, Liebste, bitter not!

Dass meine Liebe inniger geworden,
sollte zum Trost dein trauernd Herz erfahren;
und dass den Geist und Mut mir hinzumorden,
trotz allem nicht gelungen den Barbaren.

Doch braucht es dazu mehr als nur den Willen!
Und Glück ist eine Frucht, die uns nicht reift;
so bleibt mir nur zu hoffen, dass im Stillen
dein Herz der Blicke Sinn dennoch begreift.

---

[11] In: „Nur dem Dunkel entblühen die Sterne". Gedichtsammlung im Privatbesitz der Tochter Inge Galter.

41 Nachwort des Herausgebers

Als Jugendlicher habe ich die beiden Romane meines Neustädter-Großvaters „Der Jüngling im Panzer" und „Mohn im Ährenfeld" gelesen, war aber davon nicht sonderlich angetan. Meiner Erinnerung vage gegenwärtig ist nur dieses: die Thematik ist weit weg von meiner Lebenswirklichkeit, Stil und Sprache habe ich als sehr antiquiert und beide Romane als schwer lesbar empfunden.

Vor etlichen Jahren habe ich dann ein weiteres, nur im Nachlass erhaltenes Werk von ihm gelesen, und zwar „Im Glanz der Abendsonne". Ich erinnere mich, dass ich sofort beeindruckt war von der lebendigen Sprache, den überaus differenzierten Beschreibungen und der detailgenauen Erinnerungsgabe des Verfassers.

Vor einigen Monaten erst fiel mir „Mensch in der Zelle" in die Hände, ein Text, von dessen Existenz ich bis dahin tatsächlich nichts gewusst hatte und der wohl wie der oben genannte in den 1970er Jahren verfasst wurde.

Schon die ersten Sätze dieses „Erlebnisberichtes" zogen mich in ihren Bann: das genaue Erzählen von Vorgängen, die Wucht der Bilder, die Stimmigkeit zwischen Sprache und Erzählung, der bittere oder auch manchmal feine Humor, das wie durch ein Mikroskop genaue Beobachten und Durchschauen von Menschen und ihrer Befindlichkeiten, das Nachdenken über und das Beschreiben des eigenen Ich.

Meine Begeisterung bekam ein Ziel: das muss veröffentlicht werden! Das müssen auch andere lesen können! Das muss ein Buch werden!

Es i s t ein Buch geworden, und ich habe mir vorgenommen, eventuell noch weitere Werke aus dem Nachlass meines Großvaters einer breiteren Öffentlichkeit zugänglich zu machen, etwa das erwähnte „Im Glanz der Abendsonne".

Das vorliegende Buch ist jedenfalls ein erster Schritt in diese Richtung.

Das originale Typoskript von „Mensch in der Zelle" befindet sich im privaten Besitz meiner Eltern, Heinz und Inge Galter, geb. Neustädter.

Der Text wurde von Georg Aescht im Auftrag des Instituts für deutsche Kultur und Geschichte Südosteuropas in München (IKGS) für eine damals in Aussicht gestellte Veröffentlichung digitalisiert. Aus mir nicht bekannten Gründen konnte das Vorhaben seinerzeit jedoch nicht realisiert werden.

Ich habe den Text soweit wie möglich original belassen, er wurde lediglich der neuen deutschen Rechtschreibung angepasst und offensichtliche Fehler ausgebessert. Einige Skizzen aus dem Nachlass meines Großvaters, der auch ein talentierter Zeichner gewesen ist, sind an entsprechender Stelle eingefügt.

Etliche Gedichte sind im originalen Typoskript mit Titel genannt, jedoch nicht im Wortlaut wiedergegeben.

Ich habe mich dazu entschieden, zwei davon im Anhang abzudrucken.

Ein Statement zum Schluss: Ich bewundere meinen Großvater - für seine literarische Ausdruckskraft, für sein zeichnerisches Talent, für seinen Mut, seine Kraft und sein Durchhaltevermögen in den schweren Jahren nach 1945, für die immer wieder zu spürende Sorge und Fürsorge für die Menschen, mit denen er zu tun hatte, selbst im Gefängnis.

Leider habe ich ihn viel zu wenig kennengelernt, möchte jedoch mit der Herausgabe dieses Buches meine Hochachtung ausdrücken.

Ich danke allen, die mir bei diesem Projekt mit Ermutigung, mit Ratschlägen und Korrekturlesen geholfen haben.

Linz, im Oktober 2015   Ortwin Galter

Das Leben ...

Skizze: Erwin Neustädter